J. Hartmann

Dorothee Siebenbrodt, Angelika

DOROTHEE SIEBENBRODT

Angelika

CHRISTLICHES VERLAGSHAUS GMBH
STUTTGART

Bücher mit diesem Zeichen wollen
aktuell und biblisch Christus bezeugen.

ABCteam Bücher erscheinen in folgenden Verlagen:

Aussaat Verlag Neukirchen
R. Brockhaus Verlag Wuppertal
Brunnen Verlag Gießen / Basel / Woltersdorf
Christliches Verlagshaus Stuttgart
(und Evangelischer Missionsverlag)
Oncken Verlag Wuppertal

Umschlaggestaltung: Franz Reins, Detmold

Gesamtherstellung: Druckhaus West GmbH, Stuttgart
ISBN 3-7675-3032-5

8 9 7

I.

Johannes Bruckner fuhr seinen alten Mercedes schneller, als es sonst seine Art war. Die Betondecke der Autobahn hatte sich gehoben, die einzelnen Platten standen wie Stufen heraus, und der Wagen hüpfte darüber hinweg. Der Motor knallte und bullerte. Johannes achtete nicht darauf. Seine Kiefermuskeln standen wie Wülste in dem angespannten Gesicht. Die Augen waren starr nach vorn gerichtet und blickten grau unter den starken blonden Brauen auf den Weg. Der Brief lag schwer auf seiner Brust; seit er ihn empfangen hatte, setzte er sich mit seinem Inhalt auseinander. Wieder einmal würden alle seine Dispositionen über den Haufen geworfen werden, wenn es ihm nicht gelänge, Jochen endgültig einen Riegel vor seinen Leichtsinn zu schieben. Wie oft hatte sein jüngerer Bruder schon den monatlichen Wechsel überzogen — aber was jetzt geschehen war, führte zu weit!

Dörfer, eingebettet in braune, abgeerntete Ackerflächen, flogen vorüber. Ein riesiger amerikanischer Straßenkreuzer überholte Johannes und versperrte die Sicht zur Ausfahrt der Autobahn. Im letzten Augenblick gelang es Johannes noch einzubiegen. Kurz nahm er etwas Gas weg, um aber gleich darauf seinen großen Fuß wieder kräftig auf das Pedal zu drücken. Die Universitätsstadt lag jetzt dicht vor ihm, und schon setzte auch der Stadtverkehr mit Macht ein. Der Fahrer verringerte sein Tempo und versuchte, alle ablenkenden

Gedanken aus seinem Kopf zu bannen. Er saß ja am Steuer und mußte sich konzentrieren. Durch die niedergekurbelten Fensterscheiben drang Glockengeläut an sein Ohr. Eine sonntäglich gekleidete Kinderschar schritt paarweise den Bürgersteig entlang. Plötzlich sprang ein Junge von der entgegengesetzten Straßenseite über den Fahrdamm und lief direkt in das Auto hinein. Johannes riß das Steuer herum, trat auf den Bremshebel, die Reifen quietschten, der Motor kreischte auf und erstarb. Dann stieß Johannes die Tür auf und stürzte nach draußen. Das Auto war quer über die Straße gerutscht.

Mit geschlossenen Augen und kalkweißem Gesicht lag das Kind neben dem Vorderrad, nicht weit davon ein plattgewalztes Gesangbuch und eine vernickelte Stahlbrille. Als Johannes sich bückte, um den Jungen auf seine Arme zu nehmen, hörte er neben sich die scharfe Stimme eines Polizisten, der ihm gebot, alles so liegen zu lassen, wie es war, und sich zur Verfügung zu halten. Wie betäubt richtete Johannes sich auf und lehnte sich an seinen Wagen. Ihm war zumute, als habe er eine schwere körperliche Anstrengung hinter sich. Wie, wenn das Kind tot wäre? durchfuhr es ihn.

Andere Wagen, die durch den Unfall aufgehalten worden waren, stauten sich auf der Fahrbahn. Ein Kreis Sensationslüsterner hatte sich dazu gefunden. Der Polizist schrieb Namen von Zeugen in sein Notizbuch und versuchte, die Menge zum Weitergehen zu bewegen.

„Bitte, lassen Sie mich durch", hörte Johannes eine Mädchenstimme hinter sich, „bitte, lassen Sie mich doch durch, ich gehöre zu dem Jungen!"

Der Kreis teilte sich für einen Augenblick und ließ ein Mädchen in seine Mitte, das beinahe selbst noch ein Kind war. Es kniete neben dem Verletzten nieder und faßte nach seiner Hand. „Oh, Fridolin“, fragte es ängstlich, „was ist dir geschehen?“ Tief beugte sich das Mädchen über den Bewußtlosen. Unter seinen streng gebändigten krausen Haaren sahen kleine, vor Erregung rote Ohren hervor. — Eine beklemmende Stille entstand, in die nur das Glockengeläut und das gedämpfte Geräusch des fernen Großstadtverkehrs drangen. „Er lebt, Gott sei Dank, er lebt!“ flüsterte das Mädchen.

Der große, blonde Mann, der wie hypnotisiert auf die Kniende gestarrt hatte, fühlte sich erlöst. Jetzt kann man doch etwas tun, dachte er. Das Mädchen sprach auf das Kind ein, beschwörend und zärtlich: „Fridolin, sag mir doch, ob dir etwas weh tut. Sieh mich an, bitte, ich habe solche Angst um dich!“ Der Junge öffnete für einen Augenblick seine Augen um einen Spalt, klappte sie aber gleich wieder zu, als die Uniform des Polizisten in sein Blickfeld geraten war. Mit solchen Uniformen verbanden sich für ihn traurige frühe Kindheitserinnerungen. Aber das Mädchen, froh über diese erste Regung, ließ nicht nach. „Sei ein Mann, Fridolin“, ermutigte es ihn, „versuche, dich aufzurichten, ich weiß doch, wie tapfer du bist.“

Nach einigen Sekunden richtete sich der Junge zögernd auf — aber der Anblick der vielen Menschen, das querstehende Auto, eine Wunde am Knie, aus der unaufhörlich Blut tropfte, und nicht zuletzt die Anwesenheit des Polizisten ließen ihn in ein gellendes Geschrei ausbrechen. Schrecken erfaßte ihn. Er versuchte sich zu erheben und davonzulaufen. Aber das Mädchen hielt ihn fest und legte besänftigend den Arm um ihn. „Es ist der Schock“, erklärte eine alte Frau mitleidig, „dagegen können Sie vorläufig nichts machen, Fräulein.“

„Sie müssen mit dem Jungen zur Polizeidienststelle

kommen", sagte der Wachtmeister und wandte sich mit der gleichen Aufforderung an Johannes Bruckner und die Zeugen. „Ich kann nicht", antwortete das Mädchen, „ich muß erst meine Kinder in die Kirche bringen."

Auf dem jenseitigen Bürgersteig wurde eine ängstlich zusammengedrängte Kinderschar sichtbar. Das Mädchen verharrte unschlüssig und betrachtete zweifelnd den immer noch laut schreienden Fridolin. Der Wachtmeister machte eine ungeduldige Handbewegung. „Wir können hier nicht länger zum Verkehrshindernis werden. Vorwärts, vorwärts, meine Herrschaften!" Die Fußgänger, die keine Sensationen mehr zu erwarten hatten, zerstreuten sich, und nun begann ein Hupkonzert der langen Autoschlange.

„Darf ich Ihnen einstweilen diesen kleinen Unglücksraben abnehmen?" bot Johannes Bruckner dem Mädchen an. „Ich setze ihn zu mir ins Auto und fahre in eine Nebenstraße, dort warten wir auf Sie. Wir müssen doch hier Platz schaffen für den Verkehr." Das Mädchen hob seinen Kopf. Ein paar kindlich offene Augen sahen den Mann an seiner Seite ernsthaft prüfend an. Behutsam, wie man es dem großen Menschen gar nicht zugetraut hätte, nahm er den Jungen hoch und trug ihn in sein Auto. Dann bückte er sich und sammelte das zerfledderte Gesangbuch und die Brille auf. „Sie können getrost gehen", beruhigte er die immer noch Zögernde. „Ich fahre den Wagen gleich um die Ecke, und dort warten wir auf Sie. Außerdem würde der Hüter des Gesetzes uns sicher nicht ohne Sie fortlassen", fügte er mit einem Seitenblick auf den Wachtmeister hinzu.

Es war weniger das, was er sagte, als seine Art, wie er mit Fridolin umging, und sein ehrliches, einem alten

Holzschnitt ähnelndes Gesicht, die Vertrauen einflößten. „Vielen Dank", sagte das Mädchen und eilte auf die Kinderschar zu, die sie mit Fragen bestürmte. „Kommt schnell, es hat aufgehört zu läuten, ich berichte euch, während wir gehen." Der Trupp setzte sich eilig in Bewegung. — „Nein, Fridolin ist nicht schwer verletzt, ich hoffe es wenigstens. — Ins Gefängnis kommt er auch nicht, Kinder kommen überhaupt nicht ins Gefängnis."

„Aber in 'ne Erziehungsanstalt kommen sie", unkte Paul, der Erfahrung hatte. „Hast du die Autoschlange gesehen, die nicht durchkonnte, Angelika?" Nein, sie hatte sie nicht bemerkt.

Vor dem Portal der Kirche sammelte das Mädchen die Kinderschar um sich. „Hört zu, ich muß mit Fridolin zur Polizei, und ich weiß nicht, ob ich schon am Schluß des Gottesdienstes wieder bei euch sein kann. Karl und Paul, ihr beiden Großen, sorgt dafür, daß keiner auf dem Heimweg aus der Reihe tanzt. Was passieren kann, wenn man nicht aufpaßt und nicht gehorcht, habt ihr soeben erlebt."

Allseitiges eifriges Nicken. Zwei Paar sonntäglich saubere Bubenhände streckten sich dem Mädchen in wortloser Besiegelung eines Versprechens entgegen.

„Und vergeßt nicht, Gott zu danken, daß unser Fridolin lebt." Wieder allseitiges Nicken. „Gut, dann geht!" Als alle Kinder hinter dem Kirchenportal verschwunden waren, wandte sich das Mädchen eilig zurück.

Atemlos kam es bei der Unglücksstelle an. Nichts mehr war zu bemerken von dem eben Geschehenen. Die Autoschlange hatte sich aufgelöst, das Polizeiauto mit den Zeugen und hinter ihm der alte Mercedes parkten vorn in der Nebenstraße. „Na, Sie sind ja förmlich geflogen“, empfing sie der inzwischen gemütlich gewordene Wachtmeister, „man immer langsam, Fräulein, wir haben Zeit! Setzen Sie sich zu Ihrem Jungen.“

Fridolin öffnete schon die Tür. Die Brille schwebte etwas verbogen auf seiner Nase, und die Tränen waren versiegt. Erleichterung stand in seinen Augen. „Komm“, sagte er und rückte an Johannes Bruckner heran. Zu dritt saßen sie etwas beengt. „Ich werde mich auf den Rücksitz setzen“, bot das Mädchen an, „der Herr kann ja nicht steuern.“

„Bleiben Sie nur ruhig hier, für die kleine Strecke geht es schon. Fridolin möchte sicher genau sehen, wie ein Auto gefahren wird; das kann man am besten vom Vordersitz aus. Und an der Tuchfühlung mit Ihnen scheint dem Jungen doch viel zu liegen.“

Fridolin nickte, und während er seine Hand wieder in die des Mädchens schob, beobachtete er gespannt jede Bewegung des Mannes am Steuer. Gemächlich rollte der Mercedes hinter dem Polizeiauto her. Johannes Bruckner bemerkte, wie seine beiden Gäste die Fahrt fröhlich zu genießen begannen. Zum erstenmal in ihrem Leben sahen sie ihre Umgebung aus der Perspektive eines Autofahrers und machten einander durch kleine Zwischenrufe auf allerlei Belanglosigkeiten aufmerksam. Kinderhand ist leicht gefüllt, dachte Johannes und bezog das Mädchen, das den Jahren nach kein Kind mehr sein konnte, mit ein.

Die kleine Wachstube war mit einem Male voller Menschen. Außer den direkt Beteiligten saßen drei Zeugen auf der Bank an der Wand, zwei Männer und die mitleidige alte Frau. Die Fröhlichkeit der beiden „Kinder“ war jäh verflogen. Fridolin begann wieder zu schluchzen, besonders als ihn der Wachtmeister mißvergnügt über den Rand seiner Hornbrille musterte. Zunächst wurden die Personalien aufgenommen:

„Johannes Bruckner, 32 Jahre alt, Diplom-Landwirt.“

„Angelika Fink, 20 Jahre alt, Kindergärtnerin.“

Angelika machte sich zum Sprecher für ihren Schutzbefohlenen: „Fridolin Zapf, 8 Jahre alt, Vollwaise.“

Es folgten die Adressenangaben. Auch die Personalien der Zeugen wurden festgestellt. Es handelte sich um einen dicken Metzgermeister, einen Angestellten und eine Hausfrau.

„Das hätten wir“, sagte der Gesetzeshüter und klappte sein Notizbuch zu. „Jetzt handelt es sich um den Unfall als solchen. Also: wie war das? Wer hat wen?“

Die drei Zeugen erhoben zu gleicher Zeit ihre Stimmen, als hätten sie nur auf diesen Augenblick gewartet. Wie von einem Staudamm befreit, brachen ihre Meinungen in die stille Wachstube ein. Von Anfang an bildeten sich zwei Parteien. Der Metzger, selbst Fahrzeugbesitzer, stellte sich eindeutig auf die Seite des Autofahrers. Die Hausfrau und der Angestellte dagegen verteidigten in Fridolin einmal den armen Waisenknaben und zum anderen das bedauernswerte Fußvolk. Der Wachtmeister hob abwehrend die Hände. „Aber meine Herrschaften, so geht es nicht. Ich werde Sie nacheinander aufrufen, jeder kommt zu Wort.“

„Junger Mann“, wandte sich Johannes Bruckner an Fridolin, „komm einmal zu mir her! Keine Angst, dir geschieht nichts! Nun sag mal ehrlich, ob dir irgendwo etwas weh tut.“

Fridolin bewegte vorsichtig seine Glieder und zeigte

auf sein blutverkrustetes Knie, das er schon fast vergessen hatte.

„Richtig", sagte Johannes, „daran müssen wir selbstverständlich denken." Er wandte sich an den Wachtmeister. „Sonst scheint der Junge in Ordnung zu sein. Haben Sie hier nicht einen Verbandskasten?"

Fridolin wurde in ein Nebenzimmer geführt und kam nach kurzer Zeit mit einem Verband zurück, auf den er sichtlich stolz war.

„Herr Wachtmeister", nahm Johannes neuerlich das Wort, „da dem Kind offensichtlich kein körperlicher Schaden zugefügt worden ist und da abgesehen vom Gesangbuch, das ich natürlich ersetzen werde, auch kein Sachschaden entstanden ist, bin ich dafür, daß wir unsere Unterhaltung abschließen."

„Aber mein Herr", rief der Metzgermeister, „so leichtsinnig dürfen Sie nicht sein! Bei dem Jungen können sich ja später noch innere Verletzungen herausstellen. Wollen Sie dann Ihr Leben lang bezahlen? Unter allen Umständen muß die Schuldfrage geklärt sein — und die Schuld liegt eindeutig bei dem Jungen."

„Wieso bei dem Jungen?" brach der Angestellte los, „der Herr ist zu schnell gefahren. Er hat nicht aufgepaßt. Ich habe es genau gesehen. Er blickte gerade nach der anderen Seite."

Johannes dachte: es stimmt, ich habe nicht aufgepaßt, weil ich einmal unentwegt an Jochens Brief dachte, und zum anderen fiel mir die Kinderschar mit den Gesangbüchern auf dem Bürgersteig auf. Er wollte gerade sein Verschulden zugeben, als er in die entstandene Stille hinein eine kindliche Stimme sagen hörte: „Ich allein trage die Schuld." Aller Augen richteten sich auf das Mädchen. Von der Zeugenbank kam es einstimmig: „Sie haben damit doch gar nichts zu tun."

Angelika Fink war vor den Schreibtisch des Wachtmeisters getreten. „Ich hatte die Verantwortung für die mir anvertrauten Kinder und mußte für sie einstehen. Leider habe ich den zutreffenden Paragraphen vergessen, aber ich weiß, daß er existiert, er ist uns immer wieder im Kindergärtnerinnen-Seminar eingeprägt worden. Ich habe versäumt, den Jungen mit über die Fahrbahn zu nehmen. Ich hatte übersehen, daß er nicht bei uns war. Das macht meine Schuld nicht geringer. — Sie können den Herrn ruhig gehen lassen." Angelikas graue Augen sahen den Wachtmeister bittend an. „Ich bin unter der angegebenen Adresse jederzeit zu erreichen, falls es nötig sein sollte. Jetzt möchte ich Sie bitten, mich zu entlassen, da ich die Kinder aus der Kirche abholen muß, um weiteres Unglück zu verhüten."

Angelika Fink machte eine bittende Gebärde mit der Hand. Fridolin war neben sie getreten, und sie hatte schützend den Arm um ihn gelegt. Dieses Bild prägte sich Johannes Bruckner ein: das plötzlich so mütterlich aussehende Mädchen, das den doch wirklich nicht schönen kleinen Bengel liebend im Arm hielt. Den anderen schien es ähnlich zu ergehen, alle blickten auf das Mädchen und das Kind. Die Frau, die beide verteidigt hatte, hielt ihre Hände im Schoß gefaltet, und der Metzgermeister rückte ein wenig unbehaglich auf der Bank hin und her. Der Wachtmeister räusperte sich und sagte freundlich zu Angelika: „Ich glaube, ich kann es verantworten, wenn ich Sie jetzt nach Hause entlasse. Erstens habe ich Ihre Adresse, und zweitens ist es Sonntag."

Angelika hatte es eilig, fortzukommen. Sie zog Fridolin, so schnell sie konnte, hinter sich her. „Fräulein Fink", hörte sie sich angerufen, „erlauben Sie mir, bitte, Sie beide zur Kirche zu fahren; es ist vielleicht besser für den Jungen." Mit einem langen Schritt stand Johannes Bruckner neben der Tür und hielt Fridolin zurück.

„Wir haben Sie schon viel zu lange aufgehalten", wehrte Angelika ab. Johannes zeigte auf Fridolins verbundenes Knie. „Denken Sie doch an unseren Invaliden!" Diesem erschien es praktisch, deutlich sichtbar zu hinken, und so fuhr man denn.

Der Gottesdienst war schon beendet, und so ergab sich ganz von selbst, daß Johannes seine Fahrgäste ins Kinderheim brachte, wo Fridolin einen geradezu triumphalen Einzug hielt, denn just zu der Zeit, als das Auto ankam, erreichten auch die Kirchgänger das Einfahrtstor. Der Junge schritt, leicht hinkend auf Angelikas Arm gestützt, stolz neben Herrn Bruckner dem Hause zu, und die Kinder folgten wie der Schweif dem Kometen.

Johannes bestand darauf, der Heimleiterin einen Besuch zu machen. Einige Kinder liefen voraus, um den Gast anzumelden. Interessiert betrachtete er das große zweistöckige Einfamilienhaus, das in einer vornehmen Villenstraße stand. Angelika war neben ihn getreten. „Alles, was Sie hier sehen", sie wies auf das villenähnliche Gebäude und den großen Garten, „gehört unserer Mutter Anna. Nachdem sie im Krieg ihren Mann und ihre zwei Söhne verloren hatte, öffnete sie ihr Haus und ihr Herz für uns — ich meine, sie nahm uns Waisen auf und schenkte uns eine Heimat. Wir nennen das Haus jetzt das Finkenheim. Es hat für zwölf, im Höchstfalle für fünfzehn Kinder Platz. Wären es mehr, so könnten wir ja auch das einzelne nicht so genau kennen — und liebhaben lernen, nicht wahr?"

Johannes verstand wohl, was das Mädchen sagte, aber es waren für ihn so völlig neue Begriffe, die diese Angelika Fink vertrauensvoll vor ihm ausbreitete, daß er nur zustimmend nickte und sich vorläufig aufs Zuhören beschränkte.

„Jedes unserer Kinder ist verschieden vom anderen", fuhr Angelika eifrig fort, „manche bekommen wir" — sie dämpfte ihre Stimme — „mit sehr schwierigen Anlagen. Da brauchen wir viel Kraft für die Liebe, die sie zu ihrem Gedeihen nötig haben."

Sie ist doch schon erwachsener, als ich zuerst dachte, ging es dem Zuhörenden durch den Sinn, während er das Mädchen heimlich von der Seite betrachtete.

„Sie leben hier in einer sehr schönen Umgebung", stellte Johannes fest und ließ seine Augen über den sauberen, gepflegten Garten hinschweifen, in dem neben Tannen, Birken und Buchen mehrere alte Obstbäume standen. Eine Sträucherhecke zog sich am Zaun entlang, und hinter dem Haus erspähte er einen Hühnerstall, der sich in dieser kultivierten Umgebung etwas fremd ausnahm. „Hühner halten Sie auch", konnte er sich nicht enthalten zu sagen.

„Und ob, dreißig Stück haben wir."

Die Kinder führten ihn voller Stolz im Gehöft herum. Er sah hinter dem Hühnergatter einen großen abgeernteten Gemüsegarten, der sich bis zur nächsten Querstraße hinzog. „Wir machen alle Arbeit selbst", erzählten sie, „Mutter Anna zeigt uns, wie man's anfängt, und dann tun wir's."

„Eure Mutter Anna muß eine erstaunliche Frau sein", verwunderte sich Johannes.

„Sie ist unsere Mutter", sagten die Kinder stolz.

Frau Anna Fink erwartete den Besucher an der Haustür. Sie war schon über die Geschehnisse orientiert, und so brauchten weder Johannes noch Angelika zu berichten. Fridolin begann wieder heftig zu hinken, er wollte auch hier gerne nochmal den Bedauernswerten spielen, aber die Mutter war nicht zu täuschen. Nachdem sie sich überzeugt hatte, daß ihm kein ernster Schaden zugefügt worden war, sagte sie kühl: „Du hast einmal wieder nicht aufgepaßt, mein Lieber. Dachtest du schon darüber nach, welchen Kummer du dem Herrn und Angelika hättest bereiten können?" Beschämt schüttelte der Junge den Kopf. „Nun, dann tue es jetzt und gehe nach oben!" Fridolin warf Angelika einen flehenden Blick zu, aber es half ihm nichts. Mutter Anna wies mit ihrer rundlichen Hand energisch auf die Treppe, und so trollte er sich.

Frau Anna Fink öffnete die Tür zu ihrem Wohnzimmer, das ihr gleichzeitig als Büro diente. Den Eintretenden grüßte ein dunkles Holzkreuz von der Wand. Darunter standen, ungeschickt, wahrscheinlich von Kinderhand in Blockschrift geschrieben, die Worte: „Was würde Jesus dazu sagen?" — Frau Fink bot ihrem Gast den Ohrensessel an, sie selbst setzte sich hinter den Schreibtisch. „Wie dankbar bin ich, daß alles gnädig abgelaufen ist! Es war gewiß ein großer Schrecken für Sie." Anna Fink sah ihren Besucher mit ihren warmen braunen Augen an und bat für Fridolin, den Träumer, um Entschuldigung. „Der arme Kerl schleppt so viel Vergangenheit mit sich herum. Er fühlt sich eigentlich nur in der Nähe meiner Nichte wohl."

„Fräulein Angelika ist Ihre Nichte?“ fuhr es Johannes, eigentlich gegen seinen Willen, heraus.

„Sie ist die Tochter meines verstorbenen Schwagers. Mit drei Jahren kam sie zu mir. In einer Bombennacht hatte sie beide Eltern verloren.“

Johannes blieb still. Er fühlte, daß Redensarten, selbst wenn sie herzlich gemeint waren, dieser Frau gegenüber nicht am Platze sein würden — und Anna Fink war ihm dankbar dafür. Ihre Augen sahen für eine kleine Weile in die Ferne, und Johannes Bruckner hatte Muße, sie näher zu betrachten. Wie alt mochte sie sein? Um die fünfzig vielleicht, oder doch schon sechzig? Alles an ihr war rund und fest. Braunes Haar, noch kaum von weißen Fäden durchzogen, umgab die breite Stirn, unter der dunkle, lebendige Augen hervorsahen.

Die kurze Unterhaltung drehte sich um alltägliche Dinge. Trotzdem hatte der Besucher das Gefühl, einer außergewöhnlichen Persönlichkeit begegnet zu sein. Beim Abschied verneigte er sich ehrfürchtig vor der mütterlichen Frau. „Darf ich wiederkommen?“ fragte er. „Ich sehe, daß Sie in Ihrem Garten eigenes Obst haben, aber doch sicher nicht genug. Ich würde Ihnen gern aus meinem Garten etwas bringen. Erlauben Sie es mir?“

Anna Fink antwortete mit einer Gegenfrage: „Dürfte ich meinen vielen kleinen Mäulern gesundes Obst verwehren?“

Mit einem Seufzer stieg Johannes in seinen Wagen. Am liebsten wäre er nach Hause gefahren. Nach den Erlebnissen des Vormittags hätte er gerne Muße gehabt, um über seine Eindrücke nachzudenken. Statt dessen mußte er sich jetzt auf die unangenehme Unterredung mit Jochen konzentrieren. Seine Armbanduhr zeigte die zwölfte Stunde. Ob er erst essen ging? Wahrscheinlich war der Vogel dann aber ausgeflogen, und so setzte er seinen Wagen in Bewegung.

In der Holzgasse 24, drei Treppen, öffnete ihm Frau Oberpostsekretär Menders persönlich. Aus dem Dunkel des Korridors kommend, erkannte sie den Besucher nicht sogleich. Kurzsichtig zwinkerte sie gegen das Licht. „Ich bin Johannes Bruckner", half er ihr nach. „Ist mein Bruder zu Hause?"

„Ach, der Herr Bruckner! Welche Überraschung! Daß ich Sie nicht gleich erkannt habe! — Nein, nicht dort, — hier herein, bitte!" Dienstbeflissen öffnete sie die Tür ihres Wohnzimmers, das sie ihren Salon nannte. „Der Herr Bruder ist nämlich noch nicht aufgestanden." Johannes wollte sich sofort umdrehen, um Jochen zu wecken, aber Frau Menders vertrat ihm den Weg. „Das lassen's mich nur machen, ich hab da meine Method' — nehmen Sie Platz, ich bin gleich zurück."

Widerstrebend setzte sich Johannes in einen der schalenartigen Sessel. 12 Uhr 30, konstatierte er und starrte ungeduldig auf die Tür. Es dauerte geraume Zeit, bis Frau Menders wieder erschien. „Er wird gleich aufstehen", sagte sie gemacht optimistisch, und als sie Johannes' zweifelnden Gesichtsausdruck gewahrte, fügte sie hinzu: „Die Herren Studenten kommen mitunter ein bißchen spät nach Hause, samstags meistens, und dann müssen sie sonntags ausschlafen. Lassen Sie doch der Jugend ihren Lauf, das Sauertöpfisch-Sein kommt noch früh genug." Sie setzte sich Johannes gegenüber. „Schauen Sie mich an, vierzig Jahre alt bin ich erst und schon seit vier Jahren Witwe." Sie brachte es tatsächlich fertig, sich ein paar Tränen zu entlocken.

Heftig suchte sie nach einem Taschentuch, das sie schließlich in der Tasche ihrer Schürze fand, die sie kokett um die eng geschnürte Taille gebunden hatte. Johannes wurde es unbehaglich zumute, sein Groll gegen Jochen wuchs. „Mein bißchen Leben habe ich einem guten Zweck geweiht, nämlich den Herren Studenten. Drei Zimmer vermiete ich und sorge für die Herren wie eine Mutter. Manchmal läßt mich einer ein bißchen an seinem Leben teilnehmen. Ihr Bruder ist besonders nett, so lustig und gar nicht stolz." Johannes wurde wachsam. Sollte Jochen auch hier etwas Dummes angestellt haben? Oder war es nur sein berühmter Charme, dem auch diese Frau zum Opfer gefallen war? Seinen Argwohn beseitigte fürs erste die Witwe Menders selbst.

„Ich bin sehr froh, daß Sie gekommen sind. Ich wollte Ihnen schon immer schreiben, und wenn es sich nicht um Ihren Bruder gehandelt hätte, hätte ich es schon längst getan." Verlegen rutschte sie auf ihrem Schalensessel herum und zerknüllte nervös das Taschentuch, das sie eben zum Abtupfen ihrer Tränen gebraucht hatte. „Es wäre mir sehr lieb, Herr Bruckner, wenn Sie mir selbst zu jedem Monats-Ersten die Miete für Ihren Bruder überweisen würden. Die jungen Herren können manchmal ihre Ausgaben nicht ganz übersehen."

„Hat mein Bruder Schulden bei Ihnen?" fragte Johannes scharf.

„Zweihundert Mark."

„Also die Miete für zwei Monate."

Frau Menders nickte. Johannes ärgerte sich, daß er auf diese neuen Schulden seines Bruders stieß, und doch war er irgendwie erleichtert. Wäre sie seine Geliebte, würde sie nicht um Geld bitten, sagte er sich. Er legte zweihundert Mark auf den Tisch und bat um eine Quittung. Eilig holte die Dame des Hauses Füllfederhalter und Block und quittierte den Betrag. Sorgfältig faltete Johannes das Blatt zusammen und stand auf. „Ich möchte doch lieber selbst nach meinem Bruder sehen. Sie entschuldigen mich."

Johannes sparte sich das Anklopfen, hart öffnete er die Tür. Er fand einen sauber hergerichteten Raum mit geöffneten Fenstern und einem fest schlafenden Jochen, den er sich verärgert betrachtete. Auf dem Bauch liegend, mit bloßem braunem Oberkörper war das Profil des friedlich Atmenden mit der optimistisch leicht nach oben gebogenen Nase Johannes zugekehrt. Die langen Wimpern lagen zart auf dem bräunlichen Gesicht und ließen es sorglos, beinahe knabenhaft erscheinen. Diese Sorglosigkeit löste in dem Älteren plötzlich Zorn aus, den er augenblicklich loswerden mußte. Sein Blick fiel auf den Waschtisch und das gefüllte Zahnglas, und schon goß er seinen Inhalt über Jochens glatten, braunen Rücken, ohne jede Rücksicht auf die Betten der Witwe Menders. Jochen sprang wie von der Tarantel gestochen in die Höhe und starrte in die spöttischen Augen seines Bruders. Normalerweise wäre der Jüngere mit wilden Beschimpfungen auf den Älteren losgefahren, aber eingedenk seines beträchtlichen Schuldkontos murrte er nur: „Ich hätte ja einen Herzschlag bekommen können."

„Unkraut vergeht nicht", kam es ungerührt zurück. „Zieh dich an, damit wir uns unterhalten können."

Johannes nahm sich einen Stuhl und setzte sich an das Fenster. Eine peinliche Stille entstand zwischen den Brüdern, nur ab und zu unterbrochen durch das

Rauschen des Wasserhahns. Johannes schien es, als verginge endlose Zeit, bis der Bruder fertig war. Eine Tür knarrte, und als Johannes sich umdrehte, förderte Jochen aus den Tiefen des Schrankes eine Flasche Steinhäger zutage und brachte zwei Gläser herbei. „Komm", sagte er, „es spricht sich besser, wenn ein guter, scharfer Tropfen über die Zunge rollt." Er füllte die Gläser und schob das eine seinem Bruder zu. „Zigarette?"

Johannes hob abwehrend die Hände. „Ich mag nichts von dem Zeug." Wie kann man nur als erstes am Morgen, noch dazu so spät am Morgen, etwas Derartiges genießen, dachte er angewidert. Jochen goß hastig den Inhalt des einen Glases hinunter und steckte sich eine Zigarette in den hübschen Mund. Von der durchzechten Nacht ist ihm nichts anzumerken, dachte Johannes. Frisch und kraftvoll saß ihm Jochen gegenüber; ein Bein über das andere geschlagen, lehnte er sich in seinen Stuhl zurück. „Nun schieß los, Bruderherz", sagte er leichthin. Johannes griff in seine Brusttasche und übergab dem Bruder den Brief, der ihm seit gestern auf der Seele brannte. Jochens Gesicht veränderte sich beim Lesen nicht im geringsten. Er zog sich das für Johannes gefüllte Glas heran und leerte es ebenfalls. Dann gab er seinem Bruder das Schreiben zurück.

Johannes war starr. „Wie hast du dir das Weitere gedacht?" fragte er schneidend. „Der Wechsel platzt übermorgen, das scheinst du übersehen zu haben."

„Keineswegs. Deshalb schickte ich ihn dir ja. Ich denke, du erledigst es für mich. Ich verlange ja kein Almosen von dir, du sollst das Geld nur von meinem Erbe überweisen. Wenn ich selbst herankönnte, brauchte ich dich nicht zu bemühen."

„Wenn du selbst an das Geld herankönntest, wäre schon nichts mehr davon übrig, fürchte ich."

„Es wäre möglich", räumte Jochen bereitwillig ein, „aber da ich in dir einen so vorzüglichen Verwalter habe, bin ich eben in der glücklichen Lage, mir diese Ausgabe leisten zu können."

„Und was hast du dir geleistet, wenn ich fragen darf?"

„Ein Auto", entgegnete Jochen und hob seine leicht aufstrebende Nase. „Ein smartes Sportkabriolett aus zweiter Hand, sonst hätte ich es ja nicht für viertausend Mark gekriegt. Gelegenheitskauf!"

„Und wovon willst du die Unterhaltungskosten bezahlen?"

„Von meinem Wechsel natürlich." Jochens Gesicht zeigte zum erstenmal einen etwas unsicheren Ausdruck.

„Bis jetzt ist es dir nicht gelungen, mit deinem Wechsel auszukommen. Heute erst habe ich wieder zweihundert Mark an Frau Menders für dich bezahlt."

„Ich werde in den Semesterferien arbeiten."

„Darauf habe ich bisher vergeblich gewartet. Du hast es dir schon oft vorgenommen und nach kleinen Ansätzen niemals durchgehalten." Jochen zündete sich eine neue Zigarette an. Er wollte auffahren, aber Johannes ließ ihn nicht zu Worte kommen. „Du scheinst dir über deine und unsere Finanzlage nicht im klaren zu sein. Ich will sie dir noch einmal auseinandersetzen, mach dir die Mühe und höre zu."

Johannes' Stirne war tief gefurcht, als er begann: „Susanne und du, ihr sollt nach dem Tode der Eltern je 50 000 Mark erben. Dein Studium hat bis jetzt die unvorstellbare Summe von 35 000 Mark verschlungen.

Du hast es der Mutter zu verdanken, daß dein Monatswechsel mehr als großzügig ist. Du erlaubst dir große Reisen in den Semesterferien, vermutlich finanziert aus Mutters Privatschatulle, von der du genau so gut weißt wie ich, daß sie nicht groß ist. Es ist nicht meine Sache, darüber zu urteilen. Die Tatsache bleibt, daß du mit deinen sechsundzwanzig Jahren noch nicht den Referendar geschafft hast, obwohl du jetzt vor dem Assessor stehen müßtest. Von deinem Erbe, das noch nicht mal dein Erbe ist, stehen dir bis zum Ende des Studiums noch 15 000 Mark zur Verfügung. Eine hübsche Summe für bescheidene Menschen, für dich erscheint sie mir gering. Und nun willst du noch viertausend Mark für ein Auto davon haben." Johannes stützte den Kopf in beide Hände und schwieg eine Weile. Schließlich sah er den Bruder an. „Ich kann dir das Geld nicht geben." Der Satz stand wie ein Richterspruch im Raum, er trug etwas Endgültiges in sich.

„Weshalb denn nicht?" Jochens Stimme klang ungläubig. „Dir kann es doch gleichgültig sein, wann mein Geld verbraucht ist."

„Nein", sagte Johannes müde, „das kann es nicht, denn ich trage die Verantwortung für dich, Susanne und die Eltern. Ich habe sie damals übernommen, als mir das Gut überschrieben wurde. Glaubst du, ich könnte für euch beide so einfach 100 000 Mark aus dem Gut herausziehen? Eine solche Belastung würde unser Hof nicht tragen. Deshalb habe ich deinen Monatswechsel aus den laufenden Einnahmen bezahlt und von deinem späteren Erbe abgebucht. Für Susanne versuche ich allmählich eine Aussteuer zu ersparen. Ich habe ja außerdem auch noch für ihre, wie du weißt, nicht gerade bescheidenen Garderobewünsche und sonstiges Zubehör aufzukommen. Vor allem muß ich den Eltern einen sorgenfreien Lebensabend garantieren. Zusätzlich verlangt der Betrieb notwendige Modernisierungen. Keine Kuh gibt Milch, wenn sie nicht gefüttert wird." Johannes stand auf. „Du siehst also, daß du diesmal verzichten mußt."

„Ich kann aber nicht, — ich habe das Auto gekauft."

„Dann gib es zurück, der Mann wird mit sich reden lassen."

„Das würde eine beträchtliche Einbuße bedeuten."

Johannes überlegte. „Ich wäre bereit, eventuell noch einmal mit einer geringeren Summe —"

„Gib dir keine Mühe, Bruderherz — eine kleinere Summe nützt mir nichts", fiel ihm Jochen ins Wort. Er hatte sich ebenfalls erhoben. Er war kleiner als sein älterer Bruder, auch nicht so blond, aber sonst sah er ihm sehr ähnlich, nur war sein Gesicht viel weicher und glatter als das kantige, von Arbeit und Sorgen gezeichnete des Bruders. „Ist das dein letztes Wort?" In Jochens Augen war ein flehender Ausdruck getreten.

Johannes mußte sich abwenden. Obwohl er vermutlich der einzige Mensch war, der dem jungen Bruder widerstehen konnte, fiel es auch ihm nicht leicht. „Mach doch endlich deinen Referendar", sagte er fast bittend, „dann wollen wir uns wieder sprechen." Er nickte dem Bruder zu und ließ ihn allein.

Jochen blieb mit dem unangenehmen Papier im Zimmer zurück. Er sah es böse an. Gut, daß die Steinhäger-Flasche noch auf dem Tisch stand. Schnell hintereinander füllte er zwei Gläser und schüttete den Inhalt in sich hinein. Danach wurde ihm besser. Mußte er wirklich das kleine rassige Auto wieder fortgeben?

Schwankenden Schrittes trat er ans Fenster und sah auf die Straße hinab. Dort unten stand es mit seinem schwarzen Verdeck und dem roten, in der Herbstsonne glänzenden Lack. Ich gebe es nicht zurück, dachte er verbissen, ich muß einen Ausweg finden. Seine Wirtin fiel ihm ein. Sie wußte Rat in allen Lebenslagen. Er nahm das Papier und schickte sich an, sie aufzusuchen.

Aus der Küche vernahm er das Geklapper von Geschirr. „Herein", sang Frau Menders. Sie hatte ein bißchen vor sich hingesummt, glücklich, daß sie die ausstehende Miete bekommen hatte, und so erklang ihr Herein wie der Schluß eines Liedes. „Oh, der Herr Bruckner!" Und als Jochen, ganz seiner Art entgegen, an der Tür stehen blieb, kam sie auf ihn zu, legte ihre mollige Hand auf seinen Arm und zog ihn auf einen Küchenstuhl. „Ja, wie schauen's denn aus? Ist was passiert?" Jochen antwortete nicht. Bekümmert wie ein kleiner Junge saß er da und starrte vor sich nieder. „So schlimm wird's doch nicht gewesen sein", begütigte Frau Menders. „Hat's Krach gegeben mit dem Herrn Bruder?"

„Ja", entgegnete Jochen.

„Das geht vorüber! — Soll ich Ihnen eine Tasse Kaffee kochen? Sie haben sicher noch nichts gegessen?" Jochen nickte, und die Wirtin begann flink und geschickt ein kleines Mahl zu bereiten, wobei sie es sehr angenehm empfand, daß die Blicke des jungen Herrn sie unablässig begleiteten. Jochen war es völlig unbewußt, daß er unwillkürlich immer das tat, was anderen Menschen gut gefiel.

Frau Menders goß den duftenden Kaffee in die Tasse und schob ihrem Besucher ein leckeres Schinkenbrot zu. „Nun essen Sie erst mal, und dann schütten

Sie Ihr Herz aus — das heißt, wenn Sie möchten. Ich will mich nicht aufdrängen."

„Aber deshalb bin ich doch zu Ihnen gekommen", sagte Jochen und schlug seine schönen, langen Wimpern zurück. Ein zu hübscher Junge, dachte Frau Menders. Laut sagte sie: „Wenn ich Ihnen helfen kann, tue ich es gern." Unter dieser freundlichen Hilfsbereitschaft seiner Wirtin glätteten sich die Wogen in Jochens Innerem. Der Kaffee machte ihn mutiger, und das Schinkenbrot gab ihm vollends seinen für kurze Zeit abhanden gekommenen Optimismus wieder. Er schob Tasse und Teller zurück und bot Frau Menders eine Zigarette an. Nachdem er auch sich selbst eine angezündet hatte, übergab er seiner Trösterin den Wechsel. Nun machte sie doch ein verdutztes Gesicht. Sie faßte das Papier mit spitzen Fingern an und schob es Jochen wieder zu. „Und jetzt will Ihr Bruder nicht bezahlen, wie?"

„Dieser Spießer, dieser Tugendbold — er hat einfach kein Verständnis für mich."

Frau Menders hatte eigentlich auch kein Verständnis für ungedeckte Wechsel und deutete das vorsichtig an. „Frau Menders", Jochen sah die Wirtin streng an, „selbstverständlich könnte ich sofort die viertausend Mark von meinem Erbe zahlen. Meinen Sie, ich würde etwas so Unehrenhaftes tun und einen ungedeckten Wechsel unterschreiben? Niemals!" sagte er im Brustton der Überzeugung. „Leider hat mein Bruder noch bis zum Ende meines Studiums das Bestimmungsrecht über mein Vermögen. Meine Eltern besaßen immerhin ein großes Gut."

„Mit einem Schloß?" fragte Frau Menders ehrfurchtsvoll.

„Nun, ein Schloß möchte ich es gerade nicht nennen, aber ein recht respektables Gutshaus. Leider begingen sie den unverzeihlichen Fehler, meinem Bruder zu früh das Ganze zu überschreiben. Wir alle sind dadurch in ein Abhängigkeitsverhältnis zu ihm geraten, auch meine alten Eltern. Das ist überaus peinlich, glauben Sie mir." Der junge Herr sah so bekümmert aus, daß sich Mitleid in Ida Menders regte. Jochen erhob sich. „Frau Menders, ich möchte Ihnen etwas zeigen." Er ging voran in sein Zimmer, blieb am geöffneten Fenster stehen und wies nach unten. „Sehen Sie den kleinen, schwarz-roten Kerl da auf der Straße stehen?"

Die Blicke der Frau folgten dem ausgestreckten Finger. „Meinen Sie das Autochen?"

„Ja, ich habe es gekauft, und mein Bruder gönnt es mir nicht."

Durch Frau Menders Kopf schossen mancherlei Gedanken. Es war ein feines Autochen und ein so liebenswürdiger junger Herr! Weshalb sollte man ihm nicht helfen, diesen verständlichen Wunsch zu erfüllen! Flüchtig dachte sie an ihr eigenes, recht ansehnliches Bankkonto, schob den Gedanken aber energisch beiseite. Ach, wäre sie jünger! Sie wußte trotzdem, wie man Herrn Bruckner helfen konnte. „Ich habe eine Idee", sagte sie und lief eilig, Jochen im Gefolge, in die Küche zurück. Sie suchte nach der Samstagzeitung. „Hier", ihr rundlicher Finger wies auf eine Anzeige: „Billiges Geld ohne Formalitäten. In einer Stunde ist alles erledigt." Jochen verschlang die Worte mit den Augen. „Sie sind ein Engel, Frau Menders! Mir fällt ein Stein vom Herzen. Gleich morgen bringe ich die Angelegenheit in Ordnung. Und jetzt machen wir eine Fahrt miteinander." Während die Frau neben Jochen im Auto dahinflog, dachte sie flüchtig: einige Mark Zinsen wird der Spaß schon kosten; aber schließlich trifft es ja keinen Armen — beruhigte sie ihr Gewissen.

Johannes Bruckner steuerte sein Auto in die Wagenremise des Gutes, stellte den Motor ab und zog die Handbremse an. Sorgfältig verschloß er das Tor und steckte den Schlüssel in die Tasche. Er hatte es nicht eilig, ins Haus zu kommen. Ein kleiner Imbiß unterwegs hatte seinen Hunger gestillt. Langsam ging er auf die Stallungen zu. Dunkel hob sich der Wirtschaftstrakt vom Nachthimmel ab. Im Kuhstall machte er Licht und ging durch die Reihen der gemächlich wiederkäuenden Tiere. Ab und zu klirrte leise eine Kette, und ein Deckel klappte, wenn eine Kuh das Maul in die Selbsttränke steckte. Wieder einmal war der Gutsherr froh, daß der Kuhstall modernisiert worden war. Seit zwei Jahren besaß er die elektrische Melkmaschine, und sie hatte sich gut bewährt. Ein einziger Mensch konnte jetzt die Arbeit hier bewältigen, sogar noch die Schweinefütterung dazu, wenn er so tüchtig war wie Wilhelm Küppers.

Johannes setzte seinen Rundgang fort. Die Schweine schliefen. Nur aus einer Koje drang das Geräusch saugender Ferkel. Er trat näher hinzu. Die auf der Seite liegende Sau rührte sich nicht. Rosige Ferkel drängten sich eng an die Mutter. Johannes zählte zwölf Stück. Sie mußten in den Nachmittagsstunden angekommen sein. „Brave Alte", lobte er das Muttertier und schloß die Stalltür hinter sich zu. Zur Geflügelfarm hinter der Scheune wollte er nicht mehr gehen, es war zu dunkel, und er wußte, daß Küppers sie ordnungsmäßig verschlossen hatte. So wandte er sich dem Gesindehaus zu, das hell und freundlich im Schein der Hoflaterne lag.

In der Wohnstube brannte noch Licht. Er klopfte, und Wilhelm Küppers zerfurchtes Bauerngesicht tauchte hinter dem Fenster auf. „Ich komme", brüllte eine mächtige Stimme, und gleich darauf stand der schwere Mann in der Haustür.

„Guten Abend, Herr Küppers, alles in Ordnung?"

„Ja, Herr Bruckner, unsere Sau hat zwölf Ferkel." Aus Wilhelm Küppers Stimme klang Stolz, er berichtete die Einzelheiten der Geburt. „Wäre ich nicht zufällig vorbeigekommen, hätte die Alte zwei Ferkel kaputt gedrückt." Küppers kam immer zufällig zur rechten Zeit, er mußte einen sechsten Sinn haben. Es war ein Segen, Menschen wie dieses ostdeutsche Bauernehepaar auf dem Hof zu haben: zuverlässig, arbeitsam und immer gefällig. Wenn Johannes an die anderen, häufig wechselnden und mehr als fragwürdigen Hilfskräfte dachte, beschlich ihn die alte, nagende Sorge um die Zukunft des Hofes. Die Motorisierung seines Betriebes war einfach eine Notwendigkeit, um sich mehr und mehr von menschlichen Arbeitskräften unabhängig zu machen.

„Morgen geht's dann ans letzte Kartoffelstück", sagte der Gutsherr.

„Wird auch 'rumgehen", gab Küppers zurück.

„Also dann gute Nacht und grüßen Sie Ihre Frau."

Während sich Johannes dem Gutshaus zuwandte, dachte er über die beiden Küppers nach. Sie waren nun schon zehn Jahre auf dem Hof. Vom Beginn seiner Selbständigkeit an hatten sie ihm mit Rat und Tat zur Seite gestanden. Er fühlte sich ihnen beinahe freundschaftlich verbunden. Seiner Familie fehlte leider jedes

Verständnis für diese guten und treuen Menschen. Küppers hatten einen Hof in Ostdeutschland besessen, von dem sie noch oft mit viel Liebe, aber ohne Bitterkeit, sprachen. In Westdeutschland hätten sie leicht eine Neusiedlerstelle bekommen können, aber sie lehnten es ab. „Nein", hatte der ehemalige Bauer zu Johannes geäußert, als er einmal mit ihm darüber sprach, „wir bleiben hier. Gott hat uns diesen Platz angewiesen, wir haben das Gefühl, daß Sie uns brauchen, und wir haben erlebt, wie vergänglich irdischer Besitz ist. Wenn wir Kinder hätten, wäre es etwas anderes. Wir müssen schon hinhören auf das, was unser Herrgott mit uns vorhat, und unsere Pflicht tun auf dem Platz, auf den er uns stellt, dann wächst Segen daraus." An diese Worte mußte der junge Gutsherr jetzt denken. Sein morgendliches Erlebnis kam ihm in den Sinn, und er spürte einen inneren Zusammenhang zwischen den Menschen, die er im Finkenheim kennengelernt hatte, und seinen getreuen Küppers. War es in beiden Fällen ihr Glaube, der sie aus dem ihm bekannten Menschenkreis so erfreulich hervorhob? Er erinnerte sich an das dunkle Kreuz im Zimmer der Besitzerin des Finkenheims. Auch im Wohnstübchen der Familie Küppers hing sichtbar ein gleiches Kreuz an der Wand, und er wußte, daß seine beiden Getreuen allabendlich ihre Andacht darunter hielten.

Die Linden, die in Gruppen in der Nähe des Gutshauses standen, streckten ihre unbelaubten Zweige in den Nachthimmel. Ein frischer Wind geisterte um die Ecken und blies vom Park her. Wenn jetzt schlechtes Wetter kommt, wird die Rübenernte kein Genuß, dachte Johannes und sah in den Himmel. Im Westen ballten sich Wolken. Seufzend betrat er das Haus.

In der geräumigen Diele brannte die Stehlampe. Das Feuer im Kamin war angezündet und nagte an grauen Buchenscheiten. Susanne Bruckner hatte sich einen Hocker davor geschoben und stocherte mit einem schmiedeeisernen Haken in der Glut. Sie sah kaum auf, als der Bruder eintrat. „Guten Abend", grüßte Johannes. Nur die Eltern antworteten; mürrisch klang es und ohne Freude. Er zog sich einen der hochlehnigen, mit dunklen Schnitzereien verzierten Stühle heran und setzte sich neben seine Mutter. Eine Weile hörte man nichts als das Knistern des Feuers und den kurzen Atem des Vaters. Eduard Bruckner war zweiundsiebzig Jahre alt. Sein Interesse an der Welt schien erloschen zu sein. Er hatte sich mehr und mehr der Rotweinflasche zugewandt, die ihm seine gestrenge Frau aber nur bisweilen erlaubte. Eigentlich war der alte Bruckner noch kerngesund, er hatte sich aber in eine Art Alterskrankheit geflüchtet, die er so vorzüglich zu schauspielern verstand, daß ihn selbst die scharfen Augen seiner Frau nicht durchschauten. Die ewige Bevormundung Cläres, die er in den langen Ehejahren hatte erdulden müssen, war ihm so unerträglich geworden, daß er sich in diesen passiven Widerstand begab, und es bereitete ihm manchmal ein stilles Vergnügen, die stolze Cläre ein wenig an der Nase herumzuführen.

Die Hände der alten Frau Bruckner glitten unruhig über die Ausbesserungsarbeiten in ihrem Schoß. Sie wußte, daß der Sohn in der Stadt gewesen war. Weshalb sprach er nicht davon? Vorsichtig blickte sie ihn von der Seite an. Unbewegt starrte Johannes in die Glut, die starken Brauen eng zusammengezogen. Jochen würde doch nichts passiert sein? Immer hatte die Mutter Angst um dieses ihr Lieblingskind. Schließlich konnte sie die Stille nicht mehr ertragen. „Hast du Jochen gesehen?" fragte sie.

„Ja, Mutter, er läßt grüßen", entgegnete gleichmütig der ältere Sohn.

„Wie geht es ihm? Erzähle doch", drängte sie.

„Du hast ihn doch erst vor vierzehn Tagen gesehen — es geht ihm gut wie immer."

Frau Cläre senkte den Kopf wieder auf die Arbeit. Steif und gerade saß sie auf dem unbequemen Stuhl. Ihr Gesicht paßte gut zu dem wertvollen Schnitzwerk an der hohen Lehne. Es sah aus, als sei es von gleicher Meisterhand geschaffen, klar in der Linienführung, aber sehr scharfkantig.

Susanne stand auf und rückte ihren Hocker beiseite. „Ich gehe jetzt zu Bett. Gute Nacht!"

Erst jetzt drang der Schwester Gegenwart in Johannes' Bewußtsein. „Nanu?" fragte er, „wie kommt es, daß du am Sonntagabend zu Hause bist?"

„Stört dich meine Gegenwart?" fragte das Mädchen zurück.

„War Holger mal wieder nicht brav?" erkundigte sich der Bruder.

Susanne nahm ihre Strickjacke vom Stuhl und schleppte sie lässig hinter sich her. „Und wenn schon, was geht es dich an?"

Johannes fühlte, daß er die Schwester gekränkt hatte, und das hatte er nicht beabsichtigt. Er sah ihr bestürzt nach. Sie war ein sehr schönes Mädchen, prächtig gewachsen, mit leidenschaftlichen, dunklen Augen und einem vollen, roten Mund. Leider hatte sie ein unbeherrschtes Wesen, und das machte das Zusammenleben mit ihr nicht leicht. Als Kinder und auch später noch, in ihrer ersten Jugendzeit, hatten Johannes und sie sich gut verstanden. Erst als Susanne in einen Kreis leichtsinniger und sehr wohlhabender junger Leute hineinkam, hatte sie sich so verändert. Immer wirkte sie unzufrieden und mißlaunig. Es wäre wohl auch an der Zeit gewesen, daß Holger Peters sich endlich erklärte. Susanne war immerhin achtundzwanzig Jahre alt, und die Beziehungen zwischen den beiden zogen sich schon mehr als fünf Jahre hin. Vor allem darin lag wohl der tiefere Grund für Susannes Unzufriedenheit. Johannes nahm sich vor, in einer guten Stunde mit der Schwester darüber zu sprechen.

Frau Cläre Bruckner legte ihre Näharbeit zusammen. „Ich denke, wir machen auch Schluß. Komm, Eduard, wir gehen zu Bett.“ Der Vater fuhr auf, er war schon ein bißchen eingenickt. Gehorsam erhob er sich und griff nach seinem Stock. Ein sehnsüchtiger Blick traf die Rotweinflasche, die seine Frau im Eckschrank verschloß. Schwer auf seinen Stock gestützt, humpelte Eduard Bruckner der Treppe zu, die von der Diele zu der oberen Galerie emporführte. Von dort aus waren die einzelnen Schlafzimmer zu erreichen. Johannes, als gewissenhafter Hausherr, verweilte noch, bis die letzte Glut im Kamin erloschen war.

Auf dem Brucknerhof gab es in den nächsten Tagen und Wochen so viel Arbeit, daß alle persönlichen Gedanken in den Hintergrund gedrängt wurden. Wie der Gutsherr befürchtet hatte, war das Wetter umgeschlagen. Regen und Wind jagten über die Felder und vertrieben gleich zwei der Fremdarbeiter, mit denen er fest gerechnet hatte. Johannes Bruckner arbeitete zwar für zwei, und auch Wilhelm Küppers tat, was in seinen Kräften stand, aber der Gutsherr sehnte sich mehr denn je nach Maschinen, die ihm die Herbstarbeit erleichtern und sie produktiver gestalten würden. Susanne und Alma Küppers nahmen das letzte Obst von den Bäumen und brachten es in die Vorratsräume. Einmal begegnete ihnen der junge Gutsherr auf ihrem Weg. Die voll ausgereiften Früchte in den Körben erinnerten ihn an sein Frau Anna Fink gegebenes Versprechen, und er beschloß, so bald wie möglich Äpfel ins Finkenheim zu bringen; aber er mußte wegen der dringenden Arbeit die Fahrt immer wieder aufschieben.

Eines Vormittags suchte Johannes seine Mutter, um ihr eine telephonische Bestellung auszurichten. Er fand sie und Susanne in der Küche. Beide hatten rote Köpfe, und die Schwester wandte sich ab, als wollte sie Tränen verbergen. Er hatte nicht die Absicht, sich in die Angelegenheiten der Frauen zu drängen, und war schon im Begriff, die Küche wieder zu verlassen, als ihn ein harter Anruf der Mutter zurückhielt. „Weshalb soll dein Bruder nicht von unseren Sorgen wissen, an denen er doch die größte Schuld trägt?"

Johannes blieb verblüfft stehen. „Was für eine Schuld?" fragte er. „Ich kann mich nicht erinnern, einer von euch bewußt etwas zuleide getan zu haben. Wenn ich unbewußt jemanden gekränkt haben sollte, tut es mir leid. Ich bin gern bereit, es in Ordnung zu bringen, wenn es in meiner Macht steht."

„Du kannst es", sagte die Mutter und sah ihn durchdringend an. Ruhig erwiderte er den Blick und lehnte sich gegen den Küchentisch. Auf dem Herd siedete das Wasser. Einzelne Tropfen glitten unter dem Topfdeckel hervor, tanzten auf der Herdplatte und zerplatzten mit leisem Zischen. Der Wasserdampf beschlug die Fenster und verwandelte sie in Milchglasscheiben.

Johannes kam es vor, als befände er sich in einem weißen Gefängnis. Ein Gefühl beklemmender Einsamkeit überfiel ihn, obgleich er sich in unmittelbarer Nähe der Menschen aufhielt, die ihm die nächsten hätten sein sollen. Susannes Rücken zuckte leicht, ihre Stirn lehnte gegen die Fensterscheibe und zeichnete dort ein durchsichtiges, rundes Loch ab. „Wieviel Geld könntest du Susanne sofort geben, wenn sie heiraten würde?" unterbrach der Mutter Stimme das lange Schweigen.

Wieder geht es um Geld — immer um Geld, dachte der Gutsherr aufgestört und begann zu rechnen. „Wenn ich einige, nicht ganz so wichtige Neuanschaffungen zurückstellen würde, könnte ich 20 000 Mark aufbringen."

„50 000 Mark brauche ich mindestens", fuhr seine Schwester herum. „Siehst du, Mutter, ich wußte es ja! Neue Maschinen und Modernisierung des Betriebes! Das ist wichtig. Mein Glück kann dabei ruhig in die Brüche gehen." Sie machte eine Bewegung, als wolle sie mit den Fäusten nach des Bruders Brust schlagen.

Mit festem Griff fing Johannes Susannes Hände auf und zwang sie, ihm ins Gesicht zu blicken. „Ich sehe, daß du Kummer hast. Seine eigentliche Ursache willst du mir jedoch nicht anvertrauen. Du glaubst aber, daß ein Teil davon mit Geld in Ordnung zu bringen ist. Soweit ich kann, will ich dir helfen und noch einmal mein Soll und Haben überprüfen. Ich fürchte allerdings, daß ich dir vorläufig kein anderes Angebot machen kann." Er versuchte, einen Funken von Verstehen in der Schwester Augen zu entdecken, fand jedoch nur Mißtrauen und Ablehnung.

„Es wäre doch eine Kleinigkeit, das Gut zu belasten", stieß sie hervor.

„Ich könnte es tun, aber du vergißt, daß wir nicht schuldenfrei sind. Ich habe in den letzten Jahren große Umbauten vornehmen müssen und viele Maschinen angeschafft. Es ging nicht anders, wir wirtschafteten nicht mehr rationell. Ich sagte schon zu Jochen, daß eine Kuh, die man dauernd melkt, einigermaßen gut gefüttert sein muß, sonst versiegt eines Tages das kostbare Naß, und damit wäre keinem von uns gedient. Ihr aber denkt nur ans Melken."

Susanne brach erneut in Schluchzen aus. „Hilf du mir doch, Mutter."

Johannes versuchte seiner Schwester gut zuzureden. „Ich gebe dir nach der Heirat jedes Jahr fünftausend Mark, bis dein Erbe ausgezahlt ist. Das ist dann eine schöne Beisteuer für euch. Soweit mir bekannt ist, lebt Holger in weitaus besseren Verhältnissen als wir. Daran, daß du dein Erbe nicht auf einmal ausgezahlt bekommst, kann doch wohl Holger und deine Liebe nicht scheitern." Da traf ihn ein Blick aus Susannes Augen, der ihn verstummen ließ. Johannes ging zum Fenster, um es zu öffnen, die Atmosphäre in der Küche erschien ihm unerträglich.

„Wann willst du eigentlich heiraten, Johannes?" kam der Mutter harte Stimme vom Herd her. „Ich denke, du bist alt genug. Soviel ich weiß, hat dich Gisela Sanders noch nicht vergessen."

Susanne wandte sich interessiert dem Bruder zu und trocknete ihre Tränen. Ein neuer Hoffnungsschimmer glomm in ihren Augen auf. „Sie bringt ein beträchtliches Erbe mit in die Ehe, erst neulich hat sie mit mir darüber gesprochen."

Johannes trat dicht vor seine Schwester. „Und nun denkt ihr, ich könnte Gisela heiraten und mit ihrem Vermögen Susannes Ehe finanzieren, nicht wahr?"

Die Mutter nickte. „Gisela ist ein hübsches und nettes Mädchen. Früher hattest du sie sehr gern."

„Ja, ich erinnere mich, aber inzwischen hat sie sich sehr zu ihrem Nachteil verändert." In Gedanken fügte er hinzu: sie ist dir zu ähnlich geworden, Susanne. Laut sagte er: „Es tut mir leid, euch enttäuschen zu müssen, aber Gisela ist keine Frau für mich."

Nach diesen abschließenden Worten verließ er die Küche und begab sich in die Diele. Für einen Augenblick setzte er sich in einen der hochlehnigen Stühle, stützte die Ellenbogen auf die Knie und vergrub das Gesicht in beide Hände. „Schuld! Schuld!" Alle gaben sie ihm die Schuld, wenn sich eigene selbstsüchtige Wünsche zerschlugen. Wie aus nebelhafter Ferne tauchte vor seinem inneren Auge das Bild jenes kindlichen Mädchens auf, das in der nüchternen Polizeiwachstube gestanden hatte. Er hörte eine sanfte Stimme die Worte sprechen: „Ich trage die Schuld." — Ein Seufzer entrang sich seiner Brust. In seiner Familie drehte sich alles um Geld. Mutter, Bruder und Schwester waren von diesem Dämon vergiftet. Wie sollte er sie nur zufriedenstellen? Wenn er das Gut zu hoch belastete, würde er ihnen ebensogut den Boden unter den Füßen wegziehen wie sich selbst. Durch eine Heirat mit Gisela Sanders könnte er freilich seine Geschwister auszahlen. Aber würden damit die Probleme gelöst werden oder nur ein anderes Gesicht bekommen? Gisela war ein verwöhntes, einziges Kind, ebenso herrschsüchtig wie Susanne. Bald würde es zu Machtkämpfen zwischen Mutter, Schwester und Gisela kommen. Johannes schauderte es, wenn er daran dachte. Wieder seufzte er schwer.

Aus dem Winkel hinter dem Kamin kam die Stimme seines Vaters. „Was bekümmert dich so sehr, mein Sohn?"

„Sie wollen mich des Geldes wegen verheiraten."

„Tu's nicht, tu's nicht!"

Johannes hob den Kopf seinem Vater entgegen und fand Güte und Verstehen in dem alten Gesicht.

Von diesem Tage an wandelte sich das Verhältnis zwischen Johannes und den beiden Frauen. War es bisher wenig erfreulich gewesen, so wurde es jetzt fast feindlich. Johannes gab sich die größte Mühe, mit jeder der beiden in ein versöhnendes Gespräch zu kommen. Doch Susanne übersah ihn völlig, und wenn sie einige Worte an ihn richten mußte, waren sie mit beißendem Spott gemischt. Wenigstens schien sie sich mit Holger wieder versöhnt zu haben.

Auch bei der Mutter stieß Johannes auf eisige Ablehnung. Er verstand sie jetzt manchmal nicht mehr. Früher war sie immer diejenige gewesen, die den Besitz mit Willenskraft, Geschick und Tüchtigkeit zusammenhielt. Er hatte sich sogar oft des Eindrucks nicht erwehren können, daß ihr das Gut wichtiger sei als das Wohl der eigenen Kinder, Jochen natürlich ausgenommen. Früher war sie immer mit ihm, Johannes, einer Meinung gewesen, wenn es sich um Verbesserung der Wirtschaft handelte, deren Kopf sie viele Jahre lang gewesen war. Sie mußte es doch am besten wissen, was es hieß, einen Betrieb auf der Höhe zu halten, um den Anforderungen der Zeit zu genügen. Doch in den letzten Jahren hatte sich eine seltsame Veränderung mit ihr vollzogen. Wann hatte es begonnen? Johannes dachte darüber nach. War es zu der Zeit, als Jochens Studium anfing oder noch etwas später? Vielleicht erst, als sie spürte, daß ihr Jüngster nicht recht vorankam, und als sie zugleich merkte, daß auch Susannes Wünsche sich nicht so schnell erfüllten, wie sie gehofft hatte. Die Mutter wußte bestimmt seit langem, daß es nicht gut um ihre beiden jüngeren Kinder stand, und nahm jetzt deren Partei gegen den älteren Sohn, den sie anscheinend durch die Überschreibung des Gutes für bevorzugt hielt. Aber sie selbst hatte ihm ja die Verantwortung für die Wirtschaft übertragen, als sie sich ihr nicht mehr in vollem Umfange gewachsen fühlte. Seit er den Besitz übernommen hatte, fühlte er sich verantwortlich für das Gut und für die jüngeren Geschwister. Niemals kam ihm der Gedanke, sich diesen Pflichten zu entziehen. Sie beschwerten ihn mehr, als er je zugeben würde, zumal er sich nicht mit der Mutter darüber aussprechen konnte, und einen anderen Menschen, zu dem er mit seinen Sorgen kommen konnte, hatte er nicht. Ihn befiel eine nagende Sehnsucht nach diesem anderen Menschen, zu dem er mit allem kommen durfte, was ihn bewegte, mit Freude und Leid. Aber Gisela Sanders würde dieser Mensch nicht sein — das wußte er bestimmt.

An einem milden Tag anfangs Dezember gelang es Johannes Bruckner endlich, seine versprochene Fahrt in die Stadt anzutreten. Den Kofferraum des Autos belud er mit Apfelkörben. Unterwegs hielt er vor einer Buchhandlung und holte das bestellte Gesangbuch ab, auf dessen schwarzem Deckel er in Goldbuchstaben die Worte „Für Fridolin" hatte einprägen lassen. Das würde den schnurrigen kleinen Kerl gewiß erfreuen. Im

Gedenken an seine eigene Kinderzeit fügte Johannes noch eine Schachtel Schokoladenzigarren hinzu. So beladen fuhr er beim Finkenheim vor.

„Horch mal", sagte Fridolin zu Angelika, „vor dem Haus hält ein Auto."

„Es will sicher nicht zu uns. – Mach wieder ein Loch, in das ich die Tulpenzwiebel hineintun kann."

Fridolin steckte den Pflanzstock in den Boden des Hausgartens, Angelika legte die Zwiebel hinein und drückte die Erde fest. „Fridolin, vergiß das nächste Loch nicht", erinnerte sie. Eilig stieß der Junge den Stock wieder in die Erde, Kopf und Ohr dem Gartentor zugewandt. „Die Autotür klappt, es will doch jemand zu uns."

„Dann wird er sich schon melden", gab Angelika ruhig zurück. „Maricke", wandte sie sich an ein etwa dreijähriges blondes Mädchen, „gib mir wieder eine Zwiebel." Die Kleine griff in den Korb an ihrem Arm und reichte das Gewünschte zu. Inzwischen war Fridolin davongerannt. Man hörte die vergnügte Stimme des Jungen, die sich mit einer anderen, männlichen zu eifriger Begrüßung vermischte. Als sich Angelika umdrehte, kamen Johannes Bruckner und Fridolin, mit Körben beladen, auf sie zu. „Schau nur, Angelika, die vielen Äpfel, alle für uns!" Der Junge setzte seine Körbe auf den Rasen nieder und ergriff die darauf liegenden zwei Päckchen. Aufgeregt löste er die Hüllen und brachte Angelika seine Geschenke. „Ist das Gesangbuch wirklich für mich ganz allein?" fragte er den Mann an seiner Seite, der freundlich auf ihn niederblickte. „Es steht sogar dein Name darauf, damit es nicht verwechselt werden kann."

Erst jetzt kam Angelika dazu, den Gast zu begrüßen.

„Die Hand kann ich Ihnen nicht geben." Lächelnd wies sie auf ihre schmutzverkrusteten Finger. „Seien Sie uns trotzdem herzlich willkommen." An jeder Seite eines der Kinder, begleitete sie den Besucher ans Haus.

„Darf mir Fridolin tragen helfen? Mein Wagen ist noch nicht leer."

„Ich helfe auch", bot sie sich sofort an und spülte sich die Hände unter dem Wasserhahn nahe am Eingang ab. „Ich bin kräftiger, als Sie denken." Mehrmals gingen sie vom Auto bis zum Haus, leer und beladen. Der Reichtum schien schier unerschöpflich. Als sie mit der Arbeit fertig waren, wollte Johannes sehen, was Angelika im Garten getan hatte. Sie machten miteinander einen kleinen Rundgang. Maricke hatte Angelika angefaßt und Johannes vertrauensvoll ihr anderes Händchen hingestreckt. So gingen sie friedlich nebeneinander her, über Kinder, Wetter und Garten plaudernd, als Bindeglied ein kleines rundliches Mädchen zwischen sich. Wie ein Hündchen umsprang sie Fridolin, eine seiner Schokoladezigarren rauchend. Für jeden der Jungen eine", verkündete er, „dann bleiben für mich allein immer noch fünf! Mädchen rauchen ja nicht." Johannes Bruckner war es so wohl zumute wie seit langem nicht. Er wünschte, dieser Weg möchte vorerst kein Ende nehmen.

Säuberlich, in beachtlicher Reihe, standen die Äpfelkörbe vor der Haustür und warteten darauf, hineingeschafft zu werden. Angelika drückte auf den Klingelknopf. Kurz darauf öffnete Frau Anna Fink selbst die Tür. Sie schlug die Hände zusammen ob all dem Segen. Resolut ergriff sie die beiden größten Körbe und schritt voran in den Keller. Angelika, Johannes und Fridolin folgten, und so war der Reichtum bald geborgen. „Mit dem Auspacken lassen Sie sich Zeit", sagte Johannes Bruckner freundlich, „ich brauche die Körbe jetzt nicht, ich hole sie später mal ab." Die Hausmutter war zufrieden. „Einen Korb nehmen wir gleich nach oben", erklärte sie ihrem Besucher, „damit die Kinder einmal so viel Äpfel essen können, wie sie wollen. Heute abend nach dem Adventssingen werde ich sie verteilen. Und du, Angelika", wandte sie sich an das Mädchen, „geh bitte zu Frau Maurer und sage ihr, daß sie für Herrn Bruckner und uns einen guten Kaffee kocht."

„Gern, Mutter Anna — aber mich entschuldige, ich bin mit der Arbeit draußen noch nicht ganz fertig, und es wird so schnell dunkel. Nachher will ich mit den Kindern singen, ich habe es ihnen fest versprochen."

So lud Frau Fink ihren Gast allein zu sich in ihr Zimmer. Diesmal weigerte sich Johannes, in dem Ohrenstuhl Platz zu nehmen. Er setzte sich auf einen kleinen Sessel neben das Tischchen, das die Hausfrau mit feinem weißen Linnen bedeckte. Sie holte zwei altväterliche Tassen und die dazugehörenden Teller aus dem Eckschrank und stellte alles auf den Tisch. Einer Dose entnahm sie Weihnachtsgebäck und legte es in eine Schale. Vom Schreibtisch holte sie eine kleine Vase mit Tannenzweigen herbei. Etwas schwerfällig ließ sie sich ihrem Gast gegenüber in den Ohrenstuhl nieder.

Es klopfte. Frau Maurer, nicht minder rundlich als die Hausfrau, erschien mit einer Kaffeekanne, aus der es köstlich duftete. „Hier ist auch Schmant!" Die mollige Hand der Haushälterin deutete auf das Sahnekännchen. „Ich habe Paule gleich ins Milchgeschäft geschickt — ist Ihnen doch recht, Frau Fink?" Ein bißchen unsicher blickte Frau Maurer die Hausherrin an.

„Herrn Bruckner zu Ehren bin ich gern einverstanden."

„Na denn, guten Appetit!“

Frau Maurers breite Gestalt schob sich gemächlich aus der Tür, und Frau Anna Fink sah ihr lächelnd nach. „Die Sahne, oder in diesem Falle der Schmant, ist ein ewiger Stein des Anstoßes zwischen meinem guten Hausgeist und mir. Als echte Ostpreußin behauptet sie, daß die meisten Gerichte ohne diese kostbare Zutat ungenießbar seien, vor allen Dingen der Kaffee. Ich aber muß meinen Geldbeutel verteidigen.“ Behaglich lehnte sich Anna Fink in ihren Sessel zurück und bediente sich reichlich aus dem silbernen Sahnekännchen. „Manchmal habe ich sie schon dabei ertappt, daß sie aus ihrem eigenen Geldbeutel etwas in die Wirtschaftskasse tat, um ihre Gelüste auf diesem Gebiet zu befriedigen.“

„Wenn es ihr Freude macht“, wandte Johannes Bruckner ein.

„Natürlich haben Sie recht. Wir sind uns auch nie ernstlich böse deshalb. Ich glaube, wenn wir unseren Schmant-Krieg nicht hätten, würde uns etwas fehlen.“

„Ist Frau Maurer schon lange bei Ihnen?“ erkundigte sich Johannes.

„Seit 1948. Sie hat ein schweres Schicksal hinter sich, aber durch Gottes Gnade hat sie es überwunden. Jetzt gehört sie zu uns, und die Kinder hängen an ihr. Ich wüßte nicht, was wir ohne sie anfangen sollten.“

Johannes erzählte von seinen getreuen Küppers, die auch für ihn standen wie der Fels in der Brandung. „Es sind fromme Menschen, die einen geraden Weg gehen“, sagte er.

Anna Finks Stimme klang warm zu ihm hinüber: „Ich freue mich für Sie, daß Sie diese Helfer haben. Gott segne Sie und Ihre Küppers!“

Johannes störte es nicht, daß diese ihm eigentlich noch fremde Frau einen Segen über ihm aussprach. Im Gegenteil, ihm war wohl zumute, genauso wohl wie schon einmal an diesem Nachmittag, als er an der Seite des Mädchens Angelika ging, das warme Kinderhändchen in der seinen.

Im Zimmer war es fast dunkel geworden. Alle Gegenstände erschienen sanft verhüllt, nur das Silber und das Porzellan auf dem Tisch blinkten matt im Schein der Straßenlaterne vor dem Fenster. Aus einem weit abgelegenen Raum klang Klavierspiel und kindlicher Gesang. Gern wäre Johannes noch geblieben. Der Friede, der ihn umfing, tat ihm so wohl, aber er wagte nicht, dieser vielbeschäftigten Frau noch mehr von ihrer Zeit zu nehmen. Deshalb erhob er sich und bedankte sich für die schöne Stunde, die er hatte erleben dürfen. Anna Fink war ebenfalls aufgestanden. „Die Kinder feiern Advent, hören Sie?" Er nickte. „Lassen Sie uns noch zu ihnen gehen! Wollen Sie ihnen die Äpfel nicht selbst bringen?"

Im Flur ergriff Mutter Anna den Korb und gab ihn Johannes in die Hand. Leise öffnete sie eine Tür und winkte ihrem Gast, möglichst lautlos zu folgen. Niemand schien ihr Kommen bemerkt zu haben. Das Zimmer lag im Halbdunkel, zwei Kerzen auf dem Flügel erhellten das Notenblatt, vor dem Angelika saß, an ihren Schoß gelehnt die kleine Maricke, auf der anderen Seite Fridolin. Rund um das Instrument herum standen die anderen Kinder und sangen mit einer Andacht, die Johannes ergriff. Das Lied war ihm bekannt, an den Text konnte er sich nicht mehr erinnen, aber er verstand jedes Wort:

„Wie soll ich dich empfangen
und wie begegnen dir,
o aller Welt Verlangen,
o meiner Seele Zier?"

Johannes' Blicke glitten von einem Kindergesicht zum anderen. Er hatte plötzlich das Gefühl: hier wird wirklich ein Empfang vorbereitet. Die Kinder sangen mit Hingabe, und Angelikas Stimme schwebte süß über dem Chor:

„Mein Herze soll dir grünen
zu stetem Lob und Preis
und deinem Namen dienen,
so gut es kann und weiß."

Johannes Bruckner mußte an das Bild eines alten niederländischen Meisters denken: „Singende Engel." Sein Blick haftete auf dem Gesicht des Mädchens und sog sich an ihm fest, so als wolle er es sich einprägen, Zug um Zug. Ich habe ja nicht gewußt, daß es so etwas wirklich gibt, dachte er staunend.

„Ich lag in schweren Banden,
du kommst und machst mich los",

sangen die Kinder, und Johannes Bruckner fühlte eine Sehnsucht in sich aufsteigen, daß sich auch seine Bande lösen möchten, die ihn so schwer umfingen und die er allein nicht zu sprengen vermochte.

„Nichts, nichts hat dich getrieben
zu mir vom Himmelszelt
als das geliebte Lieben,
damit du alle Welt
in ihren tausend Plagen
und großen Jammerlast,
die kein Mund kann aussagen,
so fest umfangen hast."

Der Dichter sprach von einem, der Last trug und Bande zu lösen vermochte. Johannes hatte als Kind diese Worte ebenfalls gelernt und gesungen, aber was wußte er damals von wirklichen Banden und von der heißen Sehnsucht nach Lösung? Die Kinder konnten den Text nicht weiter, deshalb sang Angelika allein:

„Das schreib dir in dein Herze,
du hochbetrübtes Heer,
bei denen Gram und Schmerze
sich häuft je mehr und mehr."

Jetzt wurde die Stimme des Mädchens zu einem einzigen Jubel:

„Seid unverzagt, ihr habet
die Hilfe vor der Tür;
der eure Herzen labet
und tröstet, steht allhier."

Hilfe und Trost, dachte der Mann, und ihm kam die Ahnung, daß es sich nicht nur um Hilfe aus äußeren Nöten handelte, sondern um viel Tieferes und Umfassenderes. Und wieder zog ihn das Gesicht des Mädchens an. Es hatte die Hände von den Tasten gleiten lassen und saß ganz still da. Ein Friede ging von diesem Antlitz aus, der Johannes erschütterte. Ob diese Angelika Fink niemals berührt worden war von den unzähligen Versuchungen, mochten sie nun Geld, Eitelkeit oder Ichsucht heißen? Oder hatte sie den Helfer und Tröster so nahe bei sich, daß sie ganz geborgen war? Wie schön mußte es sein, in der Nähe eines solchen Menschenkindes zu leben! Fast hilfesuchend blickte er in das zarte Gesicht.

Die Kinder drängten, sie wollten noch mehr singen, aber Mutter Anna trat unter sie. „Seht, was euch Herr Bruckner mitgebracht hat." Sie griff nach dem Apfelkorb und stellte ihn mitten auf den Tisch. Jetzt begann ein munteres Raufen mit viel Geschrei. Die kleinen Finken waren genau wie andere Kinder. Jeder versuchte, die größten und schönsten Äpfel zu ergattern. Aber sie vergaßen nicht, sich herzlich zu bedanken.

Angelika saß noch immer vor dem Flügel, die kleine Maricke im Arm. Das Kind war fest eingeschlafen. — Tief verneigte sich Johannes Bruckner vor dem schweigenden Mädchen.

Anna Fink begleitete den Gast vor die Tür. „Ich komme noch einmal vor Weihnachten, um meine Körbe zu holen", sagte Johannes beim Abschied. Fridolin war mitgetrollt. Einer plötzlichen Eingebung folgend, fragte ihn Johannes: „Sag mir mal, wieviel Mädel sind im Heim und wieviel Buben?"

„Sechs Mädel und fünf Buben", antwortete der Junge. Er begleitete den Gast bis zur Torausfahrt.

Das Wetter war umgeschlagen. Dezemberstürme wühlten in den Bäumen des Finkenheims. Sie fegten um die Ecken des Hauses und wirbelten die letzten dürren Blätter von den Zweigen. Regenböen peitschten hernieder und durchnäßten das Mädchen, das sich schutzsuchend an den Stamm einer Buche preßte. Unentwegt spähte es nach den erleuchteten Fenstern des Hauses. Von fernher wurde der Klang einer Kirchturmglocke herübergetragen. Zehnmal tönte der Schlag durch die Nacht. Das Mädchen zitterte vor Kälte und wartete. Ein Licht nach dem anderen erlosch in dem Haus, nur in Mutter Annas Zimmer blieb es hell. Zögernd tastete sich das Mädchen vorwärts. So nahe am Ziel, schienen sich Gebirge zwischen ihm und dem Licht da drinnen aufzubauen. Heiße Wellen der Scham überfluteten das Herz, die Füße stockten und wandten sich rückwärts. Aber da war nichts als eine sturmdurchtobte Nacht und eine undurchdringliche Finsternis, und so schritt das Mädchen doch wieder dem einladenden Licht entgegen. Schnell trat es jetzt an die Tür und drückte auf den Klingelknopf, so als habe es Angst, aufs neue anderen Sinnes zu werden. Die Berührung löste einen so schwachen Ton aus, daß er draußen kaum vernehmbar war. Zum zweiten Mal läuten kann ich nicht, dachte das Mädchen.

Im Flur wurde Licht eingeschaltet, Schritte wurden hörbar, der Schlüssel drehte sich im Schloß. Anna Fink stand im erleuchteten Türrahmen und spähte in die Nacht. „Ist da jemand?" fragte sie. Ihre Stimme klang tief und warm. Das Mädchen war noch einmal zurückgewichen, sein Herz schlug bis in den Hals. Reglos verharrte es einen Augenblick, dann trat es aus der Dunkelheit hervor. Stumm stand es da, die kurzsichtigen Augen mit dem Ausdruck eines leidenden Tieres auf Anna Fink gerichtet. Mutter Anna umfaßte die plumpe Gestalt mit einem Blick, den starken Leib, das geschwollene Gesicht und die Angst in den Augen. „Rosel", sagte sie, „es ist gut, daß du gekommen bist." Sie legte den Arm um die Schultern der Zitternden und führte sie ins Haus. „Du bist ja ganz naß, Kind, zieh schnell deine Sachen aus." Die klammen Hände versagten den Dienst. Anna Fink nahm den durchweichten Mantel und trug ihn in die Flurgarderobe. Stumm, mit gesenktem Blick und hängenden Armen stand Rosel Steller mitten in der erleuchteten Diele. Wieder legte Mutter Anna den Arm um die Schultern des Mädchens und zog es in ihr Arbeitszimmer. „Setz dich dort in den Ohrenstuhl, du zitterst ja wie Espenlaub."

Steif wie eine Pagode saß Rosel Steller auf der äußersten Kante des Sessels. Mutter Anna holte ein großes weiches Kissen herbei und steckte es ihr in den Rücken. „Das Kissen", sagte das Mädchen mit erstickter Stimme.

„Ja, das Kissen! Ihr beide, du und Angelika, sticktet es mir zum Weihnachtsfest vor eurer Konfirmation. Ist das tatsächlich schon sieben Jahre her?"

„Sieben Jahre", schluchzte Rosel und verbarg das Gesicht in der weichen Fülle der Wollstickerei.

„Vor allen Dingen, zieh erst mal deine Schuhe aus", ordnete Anna Fink im Ton liebevoller Autorität an, von dem Rosel Steller wußte, daß man sich ihm unbedingt zu fügen hatte. Hilflos sah sie an sich nieder und wollte sich bücken. „Aber Kind, du hast ja ganz geschwollene Füße." Tief erschrocken sah Anna Fink das, und so schnell es ihre füllige Gestalt erlaubte, kniete sie vor dem Sessel nieder und zog die nassen Schuhe von den unnatürlich dicken Füßen. Ein wenig schnaufend stand sie auf. In ihrem Blick lag nichts als Liebe und Sorge. „Ich gehe dir Strümpfe und Pantoffeln holen, und dann werde ich dir gleich einen heißen Tee machen."

Während die Mutter geschäftig und leise im Hause hin und her eilte, fuhren ihr die Gedanken durch den Kopf wie aufgescheuchte Vögel. Rosel Steller, eines ihrer ältesten Finkenkinder! Trauer und Schmerz erfaßten ihr Herz, aber daneben stand etwas anderes, größeres. „Gott sei Dank, daß sie heimkam!" Das Teewasser siedete, Anna Fink goß es auf die Teeblätter und machte ein paar belegte Brote zurecht. Wer weiß, wie lange das Kind nichts gegessen hat, dachte sie. Sie betrat mit dem Tablett das Arbeitszimmer. Zusammengekauert hockte Rosel in dem Sessel, das Gesicht in den Kissen verborgen.

Mutter Anna schob ein kleines Tischchen heran. „Jetzt trink erst mal eine Tasse Tee, damit du warm wirst", sagte sie, liebevoll zuredend. Gehorsam nahm das Mädchen die Tasse und trank sie schnell aus. „So ist's recht — und jetzt ißt du."

„Ich mag nicht", klang es kläglich zurück.

„Rosel, du ißt!" Wieder diese sanfte und feste Autorität, der man nicht zu widersprechen wagte. Und Rosel aß — zuerst eine Schnitte, dann die zweite und schließlich auch noch eine dritte. „Siehst du wohl, es ging. Es geht vieles!" sagte die Mutter und trug das Geschirr in die Küche.

Vor dem Herd blieb sie einen Augenblick stehen. Es geht vieles — aber wie soll dieses gehen? Lieber himmlischer Vater, ich weiß es selbst nicht, aber du weißt es und wirst mir helfen, einen Weg zu finden. Ich bitte dich im Namen unseres Herrn und Heilandes Jesus Christus.

Drinnen im Zimmer tat sie schon den ersten Schritt. „Das kleine Stübchen oben neben Angelikas Zimmer ist frei", sagte sie zu dem ängstlich dasitzenden Mädchen. „Ich wollte es nach Weihnachten für Hedwig und Elsi einräumen, damit sie das letzte Vierteljahr vor der Konfirmation nicht unten mit den anderen zusammen schlafen sollten und ein bißchen für sich sein könnten."

„Angelika und ich haben auch dort oben gewohnt vor unserer Konfirmation", kam es leise vom Lehnstuhl her, „wir nannten das Zimmerchen Finkennest."

„So heißt es auch heute noch, und wie wäre es, wenn ich dich dort oben einquartierte? Du bist doch eins meiner ältesten Vögelchen und hast deshalb das erste

Recht darauf. Für Elsi und Hedwig findet sich ein anderer Weg."

„Ach, Mutter Anna, ich habe doch kein Recht mehr, ich habe mir alles verdorben." Scheu streiften ihre Augen das Kreuz an der Wand und den darunter hängenden Spruch: „Was würde Jesus dazu sagen?"

Anna Fink zog sie zu sich. „Was du auch immer getan hast, oder was dir angetan worden ist, du wirst es mir sagen, und wir werden es gemeinsam vor Gott bringen und seine Vergebung durch das Blut unseres Heilandes erflehen. In diesem Haus hast du Heimatrecht."

Langsam und leise stiegen die beiden Frauen die Treppe in das obere Stockwerk empor. Aus dem Leinenschrank nahm Anna Fink Bettzeug und Handtücher, aus dem eigenen Spind ein weiches, weites Nachthemd. Im Dachstübchen stellte sie die Zentralheizung an, und während sie noch das Bett herrichtete, begann sich der kleine Raum leicht zu erwärmen. Dann half sie dem Mädchen beim Entkleiden.

„Deine Sachen hast du wohl noch zurückgelassen?" fragte sie vorsichtig.

„Sie stehen in Koffern verpackt, in meinem Zimmer. Frau Meinradt hat mir gekündigt. Sie wollte mich nicht mehr behalten." Wieder flossen die Tränen.

„Ich schreibe morgen an deine Wirtin und bitte sie, die Koffer hierher zu schicken", beruhigte die Mutter und strich über das weiße Linnen der Bettdecke. „Und nun leg dich zu Bett, Kind, und schlaf!"

„Ach, schlafen", sagte Rosel mit sehnsüchtiger Stimme. Sie streckte die müden Glieder und schloß die Augen. Aber sie öffnete sie gleich wieder, faltete die Hände und sah die Mutter bittend an.

Auch Anna Fink faltete ihre Hände und dachte einen Augenblick nach, bevor sie sprach: „Hab ich Unrecht heut getan, sieh es, lieber Gott, nicht an! Deine Gnad und Christi Blut machen allen Schaden gut."

„Allen?" fragte Rosel Steller.

„Ja, allen", gab Mutter Anna zurück und schaltete das Licht aus.

Ganz so zuversichtlich, wie sie sich gegeben hatte, war ihr nicht zumute. Was sollte jetzt zunächst werden? Daß sie Rosel bei sich behalten würde, bis das Kind da war, erschien ihr selbstverständlich. Aber wie sollte sie ihren anderen Kindern die Sachlage erklären, vor allem den beiden großen Mädchen Elsi und Hedwig, denen sie auch noch die große Enttäuschung bereiten mußte, daß sie nicht in das Finkennest übersiedeln durften nach den Weihnachtsferien? Und was sollte später werden, wenn das Kleine da war? Auf so kleine Kinder war das Haus nicht eingerichtet. Mutter Anna setzte sich in den Ohrensessel, der noch aus ihrem Elternhause stammte, und den ihr Vater immer den „Sorgenstuhl" genannt hatte. Jetzt war er wirklich ihr Sorgenstuhl. Plötzlich richtete sie sich auf und schüttelte energisch den Kopf. Wie war es denn gewesen, damals vor siebzehn Jahren, als Rosel zu ihr kam? Angelika, die dreijährige Waise, ihres verstorbenen Schwagers einziges Kind, hatte eines Tages vor ihr gestanden, hilflos und verlassen. Es war ihr gar nichts anderes übriggeblieben, als sich des kleinen Mädchens anzunehmen. Sie hatte es nicht einmal sonderlich gern getan, zu tief war sie damals noch verfangen gewesen in der Trauer um Mann und Söhne. Und wie von selbst gesellte sich nach einem Vierteljahr die etwas ältere Rosel dazu. Nun gut, zwei Kinder erziehen sich leichter als eines, und Angelika hat eine Spielgefährtin, hatte sie gedacht. Und was war aus diesem Anfang geworden? Ihr Finkenheim, ihre Lebensaufgabe, ihr Trost- und ihr Freudenquell! Alles war gewachsen und geworden, oft fast ohne ihr Zutun. Gott schickte die Aufgaben, wie er sie für richtig hielt, so auch diese neue. Aber er gab auch die Kraft und die Weisheit, sie zu tragen und auszuführen. Anna Fink stand auf und ging in ihr Schlafzimmer. Morgen werden wir weitersehen, dachte sie zuversichtlich. Zunächst muß ich erst einmal wissen, was meiner armen Rosel geschehen ist, und was sie falsch gemacht hat.

Sie sollte es schnell genug erfahren. Am nächsten Morgen sagte sie Angelika flüchtig Bescheid. Die anderen Kinder brauchten vorerst noch nichts zu wissen. Mit Ausnahme der drei Kleinsten waren sie den Morgen über in der Schule. Auch die Aussprache mit der getreuen Frau Maurer konnte sie hinausschieben, weil die Wirtschafterin auf den Wochenmarkt ging. So stieg Anna Fink mit einem Frühstückstablett in der Hand zum Finkennest empor und trat nach leisem Anklopfen ein. Rosel Steller fuhr aus dem Schlaf auf und sah verwirrt um sich. In ihre kurzsichtigen Augen trat langsames Erkennen und Erschrecken. Mutter Anna setzte das Tablett ab und zog sich einen Stuhl ans Bett. Ernst, aber ohne jede Schärfe sah sie auf das Mädchen hernieder.

„Möchtest du lieber erst frühstücken, bevor wir sprechen, Rosel?“ Rosel schüttelte den Kopf und schwieg. „Früher, als du noch ein Kind warst, Rosel, bist du immer ganz offen zu mir gewesen. Ich konnte mich fest auf dein Wort verlassen. Wenn du etwas verbrochen hattest, fandest du keine Ruhe, bis du es mir gesagt hattest und wir gemeinsam den Herrn Jesus um Vergebung gebeten hatten. Weshalb hast du mir nicht geschrieben, oder doch nur so wenig und so kurz, daß ich nichts ahnen konnte?"

„Es war so schwer, ich habe mich so sehr geschämt."

„Aber als du der Versuchung anheimfielst, hast du dich nicht geschämt?" fragte die Mutter traurig.

„Damals glaubte ich fest an seine Beteuerungen. Er sagte mir, wenn ich mich ihm nicht hingeben würde, ginge er zu anderen Mädchen. Alle jungen Menschen lebten heute so miteinander, es sei das Natürlichste von der Welt, ich hätte nur zu altmodische Ansichten."

„Und dann gabst du nach?"

„Ja."

„War dir wohl dabei?"

„Nein."

„Also wußtest du, daß es ein Unrecht war?"

„Ja", kam es kaum hörbar zurück.

Gott sei Dank, sie hat noch ein ehrliches Herz! Mutter Annas Hand berührte leise die verkrampfte Rechte des Mädchens. „Gab dir der Mann ein festes Heiratsversprechen?"

„Ich glaubte es. Ich nahm seine vielen Beteuerungen dafür. Später behauptete er, nie von Heirat gesprochen zu haben."

„Wahrscheinlich, als du ihm sagtest, daß du ein Kind erwartetest. Wie stellte er sich dazu?"

„Ich sollte es entfernen lassen, schlug er vor, das täten so viele Frauen. Und ich — ich hatte gehofft, er würde mich sofort heiraten, nachdem er es wußte." Die letzten Worte waren kaum zu verstehen.

In heißem Mitleid blickte die Mutter in Rosels vom Weinen entstelltes, unschönes Gesicht. Ach, hätte ich sie doch niemals von mir gelassen, damals, als ein Teil ihrer Firma in den kleinen Gebirgsort ausgelagert wurde! Nur zwei weibliche Bürokräfte sollten mitgehen, eine davon war die tüchtige Rosel gewesen, die die Korrespondenz des Abteilungsleiters besorgte und unentbehrlich zu sein schien. Vielleicht hatte die Einsamkeit, das Fehlen anderer anziehenderer Weiblichkeit dazu geführt, der unscheinbaren Rosel diese scheinbare Chance zu geben. Ach, hätte ich sie doch nicht fortgelassen, sagte Anna Fink zu sich in bitterem Selbstvorwurf, auch hier hätten wir für unsere tüchtige Rosel wieder einen gut bezahlten Posten gefunden.

„Hast du jemals daran gedacht, dir das Kind fortnehmen zu lassen?" fragte Frau Anna.

„Nein, niemals — wie hätte ich ein so großes Unrecht tun können?"

„Gott sei Dank!" Mutter Annas eben noch vor Kummer und Selbstanklage gebeugter Körper richtete sich auf. „Hast du mir jetzt alles gesagt? Ich meine nicht all deinen Kummer und deine Schmerzen, die du in den letzten Monaten zu tragen hattest, nachdem du bemerktest, wie du getäuscht worden warst, sondern die Tatsachen. Sieh mich an, Rosel, hast du mir alles gesagt?"

Zum erstenmal an diesem Morgen hob Rosel Steller ohne Scheu ihre Augen: „Ja", antwortete sie mit leiser, aber fester Stimme.

Anna Fink schob das Tablett nahe an das Bett heran und stand auf. „Jetzt haben wir darüber gesprochen, Kind, und nun wollen wir die Not deines Lebens in die Hände legen, die alles zum Guten wenden, auch das, was in unseren Augen als fast unmöglich erscheint." Als sie sah, wie Rosel gehorsam die Hände faltete, schüttelte sie den Kopf. „Nein, Kind, so meinte ich es nicht. Wir wollen erst einmal jeder für sich allein beten, du hier oben in deinem Kämmerchen und ich unten in meinem Zimmer – und ich bin überzeugt, ja, ich weiß es bestimmt, daß Gott uns den richtigen Weg zeigen wird. – Und nun iß, mein Kind, denn du hast ja nicht nur eine Verantwortung für dich selbst, sondern auch für das Kind. Du möchtest doch, daß es gesund ist, nicht wahr? Du hast es ja auch schon lieb, sonst hättest du es nicht so verteidigt."

In Rosels Gesicht war ein anderer Ausdruck getreten bei den letzten Worten der Mutter. „Dank, vielen Dank", flüsterte sie. Ihre Hände griffen nach dem Tablett, auf das liebevolle Mutterhände allerlei gute Dinge gelegt hatten.

Anna Fink wappnete sich mit Tapferkeit. Zunächst galt es, die erste Festung zu erstürmen, und sie wußte, es war das festeste Kastell. Frau Maurer war mit zwei schweren Einkaufstaschen soeben vom Wochenmarkt heimgekommen. Sie saß vor dem Küchentisch und rechnete. „Die Butter hat aufgeschlagen", sagte sie erbost. „Was denken sich denn die Menschen? Soll ich unsere Kinder nur mit Margarine füttern? Kommt gar nicht in Frage. Mit Blumenkohl habe ich Glück gehabt, der ganze Posten für zwei Mark. Die kleinen Faulstellen schneide ich aus. – Hatten Sie noch besondere Wünsche für das Abendbrot, Frau Fink, oder wären Ihnen Pellkartoffeln mit Quark recht?"

Mutter Anna wehrte ab. „Wie Sie es machen, ist es recht, Sie verstehen viel mehr vom Kochen als ich."

Mit einem kleinen, geschmeichelten Lächeln steckte Frau Maurer das Lob ein. „Ist sonst noch was?" fragte sie und wandte sich wieder ihren Vorräten zu.

„Rosel Steller ist heute nacht heimgekommen. Ich habe sie im Finkennest einquartiert."

„Hat sie Urlaub?" erkundigte sich Frau Maurer.

„Nein, sie erwartet ein Kind."

„Ohne Mann?" fragte die Haushälterin. Mutter Anna nickte und schlug unwillkürlich die Augen nieder. Die Wirtschafterin stemmte die fleischigen Hände in die Seite, ihre Augen begannen zu funkeln. „Wie denken Sie sich das weiter?" fragte sie mit grollender Stimme. „Wir sind hier doch kein Heim für ledige Mütter!" Die moralische Frau Maurer schätzte es sehr, im Hause der angesehenen Professorenfrau Helferin und Freundin zu sein. Sie war stolz auf den guten Ruf des Heims.

„Ich bin gekommen, um Ihren Rat zu erbitten, Frau Maurer, wie oft haben Sie mir schon geholfen!"

„Vor die Tür setzen können wir sie natürlich nicht", kam es schon bedeutend sanfter zurück, „erst mal wird es für ein paar Wochen schon gehen."

Gott sei Dank, der Anfang war gemacht. Mutter Anna hörte einen Stein von ihrem Herzen fallen. „Aber wie wollen wir es den Kindern sagen? Die Kleinen merken ja wohl noch nichts, und unsere Angelika ist so gut. Aber Elsi und Hedwig? Und die großen Jungens?"

„Mit den großen Buben werde ich fertig — aber Elsi und Hedwig?"

Anna Fink ließ sich jetzt nicht mehr so leicht einschüchtern. „Wir werden sehen — ich will mit den beiden sprechen", beendete sie die Unterhaltung und verließ die Küche.

„Aber nein, leichtsinnige, gefallene Mädchen auch noch unterstützen, das will mir nicht in den Kopf, Frau Professor", murrte Frau Maurer, aber erst, als Frau Fink außer Hörweite war.

Die Unterredung mit Elsi und Hedwig fand am Spätnachmittag statt, und es wurde etwas ganz anderes daraus, als Anna Fink ursprünglich gedacht hatte. Es wurde ein richtiges, ernsthaftes Muttergespräch, eine behutsame Aufklärung, die Frau Anna schon lange beabsichtigt hatte, bevor sie die beiden jungen Menschenkinder nach der Konfirmation in das Leben hinausschicken würde. Mit ernsten Augen betrachtete die Mutter die vor ihr sitzenden Mädchen, die hübsche Elsi und die schon sehr entwickelte Hedwig. Wie groß war doch ihre Verantwortung! Würde sie diese beiden besser zu hüten vermögen als die arme Rosel? Schütze du sie, Gott, wo ich versage!

„Wann kommt denn das Kleine?" fragte Elsi.

„Ich denke Mitte Februar."

„Bleibt es bei uns?" wollte Hedwig wissen.

Anna Fink zögerte. „Ich weiß noch nicht, ob wir es schaffen werden mit einem so kleinen Kind. Wir haben zu wenig Hilfe im Haus."

„Ich will doch später Säuglingsschwester werden, vielleicht könnte ich —" Elsis Stimme klang eifrig.

„Glaubst du, bloß Säuglingsschwestern könnten Kinder pflegen?" fuhr Hedwig eifersüchtig dazwischen. „Wenn ich auch ins Büro komme, heiraten möchte ich später doch einmal, und dann kriegt man Kinder, und es ist gut, wenn man etwas von der Pflege versteht."

Ganz glücklich sah die Mutter die beiden Konfirmandinnen an. „Ach, Kinder, wie freue ich mich, daß ihr als erstes nicht daran denkt, daß ich euch nun nicht in das Finkennest umquartieren kann, wie ich es euch versprochen hatte."

„Gefreut hatten wir uns natürlich sehr auf das Finkennest", sagte Elsi zögernd. „Aber wir sind ja gar nicht so", fügte Hedwig hinzu, und damit verließen die beiden großen Mädchen das Arbeitszimmer und ließen eine sehr erleichterte Pflegemutter zurück.

Einen Augenblick gönnte sich Anna Fink noch in ihrem behaglichen Ohrenstuhl, bevor sie sich in den Trubel der Abendmahlzeit und des Zubettbringens stürzte. Sie hatte angeordnet, daß Rosel Steller diesen ersten Tag im Bett verbringen sollte, weil sie wußte, daß der erschöpfte Körper des Mädchens dringend der Ruhe bedurfte. Am nächsten Tag wollte sie ihr einen festen Arbeitsplatz zuweisen. Ihr Blick streifte den Schreibtisch, auf dem sich riesige Berge von Papieren häuften. Vielleicht hat mir Gott deshalb die Rosel geschickt, daß endlich einmal Ordnung in meinen Bürokram kommt, der mir doch ganz und gar nicht liegt, lächelte sie vor sich hin. Dann kam ihr ein anderer Gedanke. Oder soll ich vielleicht jetzt Großmutter werden? An der Zeit wäre es schon, ich werde bald sechzig. Wehmütig streiften ihre Augen über die Bilder der gefallenen Söhne. Ja, so wird es sein — und ich will das Kind nehmen, wie es mir geschickt wird, so als käme es von euch —, wenn ich es mir einmal auch ganz anders gedacht und gewünscht hatte.

Heiligabend im Finkenheim. Ja, das war schon etwas Besonderes. Das Haus duftete nach Tannengrün, nach ostpreußischem Gebäck und Frau Maurers Weihnachtsgänsen. Unruhige Kinderfüße liefen überall umher, und neugierige Nasen erschienen dort, wo sie niemand gebrauchen konnte. Schon mehrmals hatte Mutter Anna ihre tiefe Stimme erhoben und die Kinder ins Spielzimmer verwiesen. Aber immer wieder war das eine oder andere daraus entschlüpft, am meisten Fridolin, der wieder einmal der getreue Schatten Angelikas war. Er traktierte die Vielbeschäftigte mit Fragen und kleinen Hilfeleistungen, die mehr störend als förderlich waren, so daß sie schließlich streng sagen mußte: „Marsch, jetzt zu Rosel ins Kinderzimmer, bis wir zur Kirche gehen."

Die Wintersonne schien auf den großen Tisch im Spielzimmer, an dem Rosel Steller mit den kleineren Finkenkindern saß. Jedes hatte eine Beschäftigung vor sich, aber keines spielte mit rechter Lust. Rosel strickte an einem weißen Jäckchen. In einer Ecke des Raumes probten die größeren Kinder noch einmal das Krippenspiel. „Wer klopfet an?" sang Paul mit tiefer Stimme als Wirt. „Oh, zwei gar arme Leut'", antworteten Elsi und Karl, die Maria und Josef darzustellen hatten. Schöne Stimmen hatten sie alle drei, aber Angelika war doch noch eine ganz andere Maria gewesen als Elsi, vor sieben Jahren, erinnerte sich Rosel wehmütig. Einer der Besucher, ein vornehmer alter Herr und Förderer des Finkenheims, hatte damals zu Mutter Anna gesagt: „Wenn man das Kind ansieht, möchte man fromm werden."

„Was wollt ihr han?" unterbrach die laute Stimme des Wirtes Rosels abschweifende Gedanken. „Oh, gebt uns Herberg heut! Ach, durch Gottes Lieb wir bitten, öffnet uns doch eure Hütten", baten Maria und Josef. „Nein, nein, nein!" wies sie der Wirt zurück.

„War es wirklich so", hörte Rosel Fridolins leise Stimme neben sich, „daß niemand das Jesuskind annehmen wollte?"

Rosel nickte: „Niemand. Du weißt doch, daß der Heiland in einem Stall geboren wurde." Plötzlich mußte sie an einen anderen denken, der auch ein Kind nicht hatte annehmen wollen, ihr Kind, das auch das seine war. Dieser Gedanke machte ihr die Brust eng und trieb ihr Tränen in die Augen.

„Und dann hat der Herr Jesus, den keiner haben wollte, soviel Gutes getan. Ich hab es im Kindergottesdienst gelernt", flüsterte Fridolin.

„Ja", nickte Rosel, „er ist auch jetzt noch immer da und hilft uns jeden Tag, besonders dann, wenn wir in Not sind."

„Weshalb weinst du dann?" tadelte Fridolin, „dir hilft er doch auch."

„Hör mal, ich glaube, da klappt eine Autotür", lenkte Rosel den Jungen ab.

Die Kinder hatten es auch vernommen und stürzten ans Fenster. „Der Herr Bruckner kommt! Der Herr Bruckner kommt!" jubelten sie. Da stand er vor dem Haus, neben sich zwei große Kartons. Er winkte zum Fenster herauf. „Wir müssen ihm tragen helfen!" riefen die Kinder und nahmen begeistert die Gelegenheit wahr, durch die Tür zu entwischen.

Rosel blieb allein zurück und ließ ihre Hände ruhen. Aufs neue überfiel sie Traurigkeit. Sie stellte sich vor, wie es gewesen wäre, wenn sie als Frau des Mannes, den sie so heiß zu lieben geglaubt, dieses schönste aller Feste hätte begehen dürfen. Eine kleine saubere Wohnung hatte ihr einst vorgeschwebt, eingerichtet mit selbstverdienten Möbeln, ein Bäumchen würde darin gestanden haben, das sie beide gemeinsam geschmückt hätten in der Freude auf das Kind, ihr gemeinsames Kind. Sie starrte in die leere Ecke des Zimmers, in der vorhin das Krippenspiel geprobt worden war, als erblicke sie dort das liebliche Bild ihrer Phantasie. Denn eine Phantasie war es gewesen, nicht Wirklichkeit. Jetzt, rückblickend, erkannte sie es in voller Klarheit. Hatte sie dem Mann wirklich ganz vertraut? Waren da nicht immer im tiefsten Innern ihres Herzens Stimmen gewesen, die gewarnt hatten? Einmal die Stimme der Vernunft: „Du bist nicht schön genug, bist nicht die rechte Frau für diesen flotten, oberflächlichen Menschen, der dich nur haben will, weil es in der Einöde am bequemsten ist. Und dann die andere, viel ernstere Stimme: „Was würde Jesus dazu sagen?“ Und daß sie dieses Mahnen überhört hatte, ganz bewußt, einfach, weil sie es nicht hören wollte, das war ihre große Sünde. Sie hatte in jener Zeit in einer Gottesferne gelebt und war, trotz einzelner gestohlener Freudenstunden, todunglücklich gewesen. O ja, gebetet hatte sie auch, aber es waren traurige Zweckgebete gewesen: „Himmlischer Vater, hilf mir, daß er mich heiratet“, und als sie einzusehen begann, daß er sie im Stich lassen würde, das trotzige Aufbegehren: „Weshalb läßt du es zu, der du der allmächtige Gott bist?“ bis zu dem kläglichen Winseln: „Rette mich aus der Not!“ Und doch — bei der tiefen Not hatte schon das noch tiefere Erbarmen gelegen: der Weg zu Mutter Anna und an ihrer Hand der Heimweg zu Gott. Und seltsam: obwohl diese ihre Not noch immer nicht von ihr genommen war, denn sie wußte doch gar nicht, was aus ihr und ihrem Kind werden würde, war sie nicht mehr unglücklich. Nein, sie vertraute, sie fühlte, daß er sie aufgenommen hatte, daß er ihre blutrote Sünde abgewaschen hatte mit seinem heiligen und teuren Blut, und daß er, der dieses große Wunder an ihr getan hatte, auch das viel kleinere vollbringen würde, äußerlich für sie beide zu sorgen.

Rosel Steller wußte nicht, wie lange sie so in dem

stillen Spielzimmer gesessen hatte. Es mußte wohl eine geraume Zeit gewesen sein, denn vor den Fenstern dunkelte es stark. Im Flur wurden viele Stimmen laut. Sie glaubte, ihren Namen gehört zu haben, und ging hinaus.

Die Kinder standen warm angezogen, mit den Gesangbüchern in den Händen zum Kirchgang bereit. Mutter Anna, in Pelzmütze und Muff, bat Rosel, das Haus zu hüten. „Sieh ab und zu nach dem Gänsebraten für morgen", rief Frau Maurer noch von der Tür aus. Johannes Bruckner, der etwas unschlüssig zwischen den Kindern stand, folgte der Einladung der Hausmutter, am Kirchgang teilzunehmen. So wanderte er zwischen Frau Anna und Frau Maurer, hinter der Kinderschar mit Angelika als Führerin, dem immer lauter werdenden Glockenruf entgegen. Eigentlich hatte er zu Angelika an die Spitze des Zuges gestrebt. Dort ging sie, auf dem Kopf ein rotes Wollmützchen, unter dem die lockigen braunen Haare hervorquollen, mit Maricke an der Hand und Fridolin an ihrer anderen Seite, und er hatte, genau wie damals, Marickes anderes Fäustchen ergreifen wollen, als ihn Mutter Annas freundlicher Zuruf an ihre Seite beorderte. Soviel wußte er nun schon von den Gepflogenheiten des Kinderheims, daß man sich der Hausmutter nicht zu widersetzen hatte. So schritt er denn zwischen den beiden rundlichen Frauen dahin.

Was wohl sein Bruder Jochen sagen würde, wenn er ihm hier in diesem Aufzug begegnen würde?! Er lächelte bei der Vorstellung, wurde aber schnell wieder ernst. Ja, was hatte ihn eigentlich dazu getrieben, heute, am Heiligen Abend, von zu Hause fortzulaufen? War es die Furcht vor diesem Abend daheim, dessen Verlauf er sich nur zu genau vorstellen konnte, weil er ihn zur Genüge kannte aus den vergangenen Jahren? Jetzt würden sie daheim bei dem gewohnten Weihnachtskarpfen sein und ihren Rotwein dazu trinken, Vater ein Gläschen mehr als sonst, dann freute sich wenigstens einer. Kalt und fremd würden sie beieinander sitzen um den großen Tisch im Eßzimmer und später vor dem Kamin in der Diele, jeder für sich allein, beschäftigt mit den eigenen Gedanken und Problemen, oder, wie der Vater, stumpf vor sich hinblickend, ohne Probleme und Interessen und ohne Liebe. Hatte er dem allem entfliehen wollen? Hatte er sich gesehnt nach dem Geist der Liebe, des Friedens und der Fröhlichkeit, der, wie er wußte, im Finkenheim herrschte?

In diesem Augenblick waren sie vor einem hell erleuchteten Spielwarengeschäft angekommen. Die Kinder blieben stehen und betrachteten hingerissen die ausgestellte Herrlichkeit. Angelika Finks Gesicht wurde für einen Augenblick von strahlendem Licht übergossen. Wie gebannt hingen die Augen des Mannes an diesem hellen Gesicht, und eine plötzliche Erkenntnis durchfuhr ihn: ich habe mich ja die ganze Zeit danach gesehnt, nach diesem lieben Gesicht! Wie magnetisch angezogen schlug Angelika ihre Augen auf, um sie gleich wieder zu senken unter dem zwingenden Blick des Mannes. Ein zartes Rot stieg in ihre Wangen. „Kommt, Kinder, nicht so lange stehenbleiben!" mahnte sie, und ebenso schnell, wie es erschienen war, verschwand das Gesicht wieder aus dem Lichtkreis und tauchte zurück ins Dunkel.

Auch Mutter Anna war einen Augenblick stehengeblieben. Leise schnaufend lehnte sie sich gegen das erleuchtete Fenster. Auch ihr Gesicht lag plötzlich im hellen Licht, und Johannes Bruckner erkannte in ihm einen neuen Zug, den er noch niemals darin gesehen hatte. War es Schmerz? Sehnsucht? Einsamkeit? Oder von allem etwas? Was Einsamkeit bedeutete, wußte Johannes. Man konnte so einsam sein inmitten der Menschen, die zu einem gehörten, wie seine Eltern und Geschwister zu Hause zu ihm, und vielleicht auch wie die Kinder um Anna Fink, die sie, wie er wußte, so sehr liebte. Aber liebte er nicht die Seinen auch, trotzdem und obwohl sie es oft nicht wahrhaben wollten?

Mit einem Seufzer wandte sich Frau Anna von dem erleuchteten Fenster ab. Eine Bewegung mit der Hand schien anzudeuten, daß sie leise etwas beiseite schob, was sich ihr wider Willen aufgedrängt hatte.

„Man denkt eben doch manchmal an die Weihnachtsfeste von früher", sagte sie zu Frau Maurer.

„So ist es, Frau Professor", gab die Getreue zurück.

„Aber wir wollen doch lieber daran denken, was Gott uns jetzt geschenkt und anvertraut hat."

„So ist es, Frau Professor", bestätigte Frau Maurer zum zweiten Mal.

Die Glockentöne waren zu einem mächtigen Geläut angeschwollen. Die Kinder mit ihren Führerinnen kamen vor dem Portal der alten Kirche an. Durch die weit geöffneten Tore strahlte ihnen das Weihnachtslicht entgegen. Johannes Bruckner hatte in diesem Augenblick nur den einen Wunsch, mit diesen Menschen, denen er auf so seltsame Weise begegnet war, durch die offene Tür zu gehen und sich beschenken zu lassen.

Im Finkenheim empfing die Heimkehrenden ein von Rosel festlich gedeckter Tisch. Große Schüsseln mit Heringssalat standen bereit, daneben lagen knusprige

Brötchen. Frau Maurer brachte duftenden Punsch aus Holunderbeersaft. Johannes wurde zu dem Festmahl eingeladen. Fröhlich und gelöst saß er inmitten der Kinder. „Prosit, Fridolin", rief er und stieß mit dem Jungen an. „Ich wäre heute nicht hier, wenn du dich nicht unter mein Auto gelegt hättest." Fridolin erglühte bis über die abstehenden Ohren und sah ein wenig unsicher zu Mutter Anna hinüber. Im Gesicht der Mutter entdeckte er nur Wohlwollen. So wurde er ein bißchen übermütig und begann sich als eine Art Mittelpunkt des Abends zu fühlen.

Trotz der ungewohnten Genüsse, die auf dem Abendbrottisch standen, drängte die kleine Gesellschaft auf schnelle Beendigung der Mahlzeit. Endlich war es soweit. Teller und Schüsseln waren abgetragen und in der Küche geborgen. Mutter Anna verschwand in ihrem Wohnzimmer, das die Kinder nur bei besonderen Gelegenheiten betreten durften und — endlich — endlich ertönte die Klingel! Die breite Flügeltür tat sich auf, und vor dem Baum mit den brennenden Kerzen stand die Mutter neben der langen Gabentafel. Begehrliche, flinke Kinderaugen huschten darüber hin. Wo ist mein Platz? Was werde ich bekommen? Diese Fragen standen darin geschrieben. Aber keines der Kinder rührte sich. Es zeigte sich die feste Disziplin, die Frau Anna in ihrer kleinen Schar aufrecht erhielt bei aller Liebe. Selbst das vor Begierde zuckende Händchen der kleinen Maricke umklammerte fest Angelikas Hand, so als wolle es sich daran halten zum Schutz gegen die eigene Begehrlichkeit. „Zuerst das Weihnachtslied", bestimmte die Mutter mit ihrer etwas rauhen Stimme. „O du fröhliche, o du selige, gnadenbringende Weihnachtszeit!"

Nachdem das Lied verklungen war, wurde das Weihnachtsevangelium gesprochen. Satz für Satz, jedes der Kinder kam an die Reihe, selbst Maricke. Sie hatte nur ein paar Worte zu sagen: „Siehe, ich verkündige euch große Freude, die allem Volk widerfahren wird." Wie die personifizierte Weihnachtsfreude sah das Kind aus, fand Johannes Bruckner. Ein bißchen verloren stand der große Mann im Hintergrund des Zimmers. Wieder suchten seine Blicke das Mädchen Angelika, und wieder ruhten ihre Augen ineinander, um sich schnell und scheu zu lösen. Wie verwurzelt sie hier ist, dachte der Mann, und dieser Gedanke war wie ein leiser Schmerz. Er hat so traurige Augen, ging es Angelika durch das Herz, soviel Einsamkeit ist darin. Ohne daß es ihr ins Bewußtsein kam, schloß sie ihn mit ein in die Liebesfülle dieses Abends und ihres reinen Herzens. Es blieb aber keinem der beiden Menschen Zeit für Grübeleien, denn jetzt brach der Jubel los. Jedes Kind stürzte mit großer Sicherheit auf seinen Platz los, den es schon längst erspäht hatte. Was kam da alles zutage!

Mutter Anna trat zu Johannes. „Sie wundern sich vielleicht über diese oft etwas merkwürdigen Geschenke", sagte sie lächelnd. „Es sind alles Liebesgaben, von den verschiedensten Menschen gespendet. Vor dem Fest sammelt sich bei uns ein ganzes Warenlager an. Es ist nicht einfach, Ordnung und Vernunft hineinzubringen."

„Aber die Kinder freuen sich doch sehr", entgegnete Johannes und beobachtete, wie Fridolin sich eifrig bemühte, einen Helm über seine riesigen Ohren zu stülpen. Da erst fielen ihm seine eigenen Geschenke ein. „Ich habe ja auch noch etwas mitgebracht", sagte er zögernd, „aber es ist noch nicht ausgepackt. Ich fürchte, wenn ich jetzt damit anfange, mache ich Ihre schöne Stube schmutzig. Es könnte Holzwolle dabei sein."

„Nur immer herein damit!" ermunterte Mutter Anna fröhlich. „Heute kommt's nicht so darauf an bei uns."

„Also los, Freund Fridolin, faß mit an!"

Johannes Bruckner und der sehr geehrte Fridolin schleppten zwei umfangreiche Kartons herbei und entfernten die Bindfäden. Ein erwartungsvoller Kreis hatte sich um sie gebildet. „Die Damen zuerst!" bestimmte Johannes und scheuchte die Buben zur Seite. Der Deckel wurde gehoben. Da kamen Handtäschchen zum Vorschein, alle ganz gleich, eines wie das andere, nur in der Farbe verschieden, genau so viele, wie es weibliche Insassen im Kinderheim gab.

„Woher wußten sie denn?" staunte Mutter Anna, während die Mädchen strahlend ihren Besitz in Empfang nahmen.

„Das ist unser Geheimnis!" blinzelte Johannes Fridolin vertraulich zu.

„Ich glaube, Sie haben mit Ihrem Geschenk den Vogel abgeschossen", lobte die Hausmutter, „besonders nett finde ich, daß Sie allen das gleiche zugedacht haben."

Die Buben hatten sich des zweiten Kartons bemächtigt. „Wenn Sie nur mit dem Geschenk für die Jungen einverstanden sind!" meinte Johannes etwas unsicher. „Ich habe beim Einkauf an meines Bruders und meine Kinderzeit gedacht, es war unser liebstes Spielzeug." Er hatte noch nicht ganz ausgesprochen, als sich ein markerschütternder Lärm erhob.

„Wasserpistolen! Für jeden von uns eine."

Einigermaßen erschüttert stand Mutter Anna inmitten der tobenden Buben. Ihr schwante Schlimmes, aber sie hatte nicht das Herz, die Freude zu zerstören.

„Dürfen wir in die Badestube? Nur mal ein bißchen probieren!" bat, bettelte und flehte es von allen Seiten.

„Heute nicht, jetzt nicht, später im Sommer, im Garten!"wehrte sie ab und hatte Mühe, wieder Ordnung in die aufgeregte Schar zu bringen. „Sie haben wieder den Vogel abgeschossen", sagte sie zu ihrem Gast, diesmal aber nicht ganz so glücklich.

Die Buben bewaffneten sich mit ihren Pistolen und schossen fürs erste einmal trocken. Aber so recht zufrieden waren sie mit dieser Lösung nicht.

Ganz unten in dem ersten Karton lag ein in Weihnachtspapier eingeschlagenes Päckchen. Zögernd nahm es Johannes in die Hand und trat zu Angelika, die verträumt hinter dem Tannenbaum stand. „Dürfte ich mir erlauben? Ich dachte, weil Sie doch auch zu den weiblichen Heiminsassen gehören . . ." Er löste die Umhüllung, und Angelika stieß einen hellen Freudenschrei aus. Eine herrliche Tasche aus Krokodilleder kam zum Vorschein. „So etwas Schönes habe ich noch nie gesehen! Wie konnten Sie nur! Tausend, tausend Dank!" Strahlend und unbefangen nahm das Mädchen das kostbare Geschenk entgegen.

Wie sie sich freut, dachte Johannes Bruckner, sie kann sich wirklich freuen! Angelika lief zu Mutter Anna, um ihr das Geschenk zu zeigen, und ließ Johannes hinter dem Christbaum zurück. Ein bißchen verloren stand er da. Niemand bemerkte es, jeder der großen fröhlichen Schar war zu sehr mit seinen Gaben beschäftigt. Und wieder wanderten seine Gedanken heim ins Elternhaus. Sicher würden auch dort jetzt die Kerzen brennen. Der Baum stand in der Diele, das gehörte zur Tradition. Auch dort würde es eine Bescherung geben, die Dienstleute hatten ja ein Recht darauf.

Man machte es sich einfach: jeder bekam einen Monatslohn in bar in einem Briefumschlag, dazu ein paar Flaschen Wein und einen Christstollen. Das war alles. Danach ein frostiges Zusammensein der Familie. Vielleicht betrachtete Susanne eben ihren Brillantring und taxierte kühl seinen Wert, wobei ihr am Ende Zweifel kamen, ob der Stein auch lupenrein sei. Und Jochen? Er würde den Briefumschlag öffnen und das Geld zählen, das ihm sein Bruder zugedacht hatte, wahrscheinlich enttäuscht, daß es nicht mehr war. Aber freuen, nein, freuen würde sich niemand. Johannes Bruckner seufzte. Das Gefühl der Einsamkeit überfiel ihn stärker als zuvor. Ich gehöre ja doch nicht hierher, dachte er traurig. Aber auch meinen Eltern und Geschwistern bin ich so fremd. Zu wem gehöre ich eigentlich?

Sein Alleinsein war nicht unbemerkt geblieben. Eine schmale Gestalt schob sich neben ihn, eine feine Mädchenhand streckte sich aus. „Ich glaube, ich habe Ihnen noch gar nicht richtig gedankt", hörte er eine Stimme neben sich. Wie aus einem Traum aufwachend, fuhr er herum, ergriff diese junge Hand und hielt sie fest. In diesem Augenblick begannen Ströme zu fließen von ihm zu ihr oder von ihr zu ihm. Johannes Bruckner wußte es sich nicht zu erklären, aber er gab sich diesem neuen Gefühl beglückend hin. Auch das Mädchen spürte etwas davon, es war das erstemal in seinem jungen Leben. Schnell wollte es sich zurückziehen, aber die Hand des Mannes hielt fest.

Anna Fink sah sich im Zimmer um. Ihr Blick fiel auf die kleine Maricke, die, ihre Puppe in einem Arm, das Handtäschchen im anderen, in einer Ecke neben dem Ohrenstuhl fest schlief. Es war für die drei Kleinen höchste Zeit, zu Bett zu gehen. Wo wohl Angelika sein mochte? Da entdeckte sie die beiden Menschenkinder hinter dem Weihnachtsbaum. In diesem Augenblick blickte Angelika auf und errötete bis unter die Haarwurzeln. Rasch löste sie ihre Hand und trat zu Mutter Anna. „Möchtest du etwas, Mutter?" fragte sie.

„Die Kleinen müssen zu Bett. Maricke schläft schon." Gehorsam wandte sich Angelika den Kindern zu und führte sie aus dem Zimmer. Johannes Bruckner noch einmal anzusehen, wagte sie nicht.

Der festliche Trubel war verklungen. Das Krippenspiel hatte großartig geklappt. Es war am Heiligen Abend nur eine Art Generalprobe gewesen, die Hauptaufführung sollte erst am zweiten Festtag vor einem kleinen Kreis von Freunden und Gönnern des Hauses stattfinden. Johannes Bruckner hatte sich verabschiedet. Angelika war nicht noch einmal erschienen, deshalb hatte er durch Fridolin herzliche Grüße bestellen lassen. Auch Rosel und die großen Kinder waren zur Ruhe gegangen, selbst Frau Maurer hatte schon gute Nacht gesagt. Ihr Angebot, noch aufzuräumen, lehnte Anna Fink ab. „Morgen früh, meine Liebe, ich bin todmüde, und Ihnen wird's ebenso gehen. Lieber stehen wir beide eine Stunde früher auf."

Mutter Anna wollte sich gerade in ihr Schlafzimmer zurückziehen, als ihr Fuß im Korridor an einen riesigen Korb voller rotbackiger Weihnachtsäpfel stieß, die Johannes Bruckner im Eifer der Festfreude zu verteilen vergessen hatte. Nachdenklich sah die Mutter den Korb an. „Er wird also wiederkommen", sagte sie vor sich hin, „es ist doch eine seltsame Geschichte."

Johannes Bruckner saß in seinem kleinen Kontor und rechnete. Vor den Fenstern tobte der Februarsturm und schlug winzige Eiskristalle an die Scheiben. Der Gutsherr machte den Jahresabschluß und konnte zu seiner Erleichterung feststellen, daß es kein schlechtes Jahr gewesen war. Jochen hatte ihn mit neuerlichen Mehrausgaben verschont. Er kam jetzt selten nach Hause. Sollte er zur Vernunft gekommen sein? Vielleicht dachte er an sein Examen. Aber Susanne! Was war mit ihr los? Das Mädchen ging mit bleichem, verschlossenem Gesicht im Haus umher, und oftmals, wenn er die Wohndiele unversehens betrat, fuhren Mutter und Tochter auseinander, als habe er sie in einem wichtigen Gespräch unterbrochen. Auch der Mutter Haltung ihm gegenüber war feindlicher denn je. Einmal fing er Bruchstücke eines Gesprächs zwischen Mutter und Tochter auf. „Es ist nichts zu machen, Susanne, Dr. Nordländer hat mir erklärt, der Einspruch käme jetzt nach fünf Jahren zu spät", hörte er die Mutter sagen und dagegen die leidenschaftlich erregte Stimme der Schwester: „Aber es sind doch jetzt ganz andere Zeiten als damals. Was soll ich denn mit dem Lumpengeld anfangen, wo all die anderen ..."

Dr. Nordländer war der Rechtsanwalt der Familie. Sollte die Mutter versucht haben, mehr Geld für Susanne herauszuschlagen? Johannes sann und sann. Sein früherer Jugendfreund, Holger Peters, ging ihm in letzter Zeit aus dem Weg. Erst neulich hatte Johannes ihn von fern in der Landwirtschaftlichen Genossenschaft gesehen, aber als er mit ihm sprechen wollte, war Peters verschwunden gewesen. Er sah ihn nur noch in seinem neuen Mercedes 220 davonbrausen. Was sich diese jungen Landwirte jetzt alles leisteten! Freilich, für Extravaganzen würde Susannes Mitgift nicht ausreichen.

Johannes rechnete. Wenn er den Kauf des Mähdreschers noch einmal verschob, könnte er der Schwester vielleicht doch gleich 30 000 Mark auszahlen. Er wollte ja ihr Glück nicht zerstören, nein, er wollte es wirklich nicht. Vielleicht hatte die Mutter doch nicht so unrecht: die Zeiten waren anders geworden. Grund und Boden hatten an Wert gewonnen, während das Geld an Wert verlor. Aber eins bedachten Mutter und Schwester nicht: Grund und Boden bedeuten wenig, wenn die Arbeitskräfte fehlen, sie zu bestellen. Deshalb brauchte er Maschinen, die auch bedeutend teurer geworden waren. Trotzdem, wenn es um Susannes Glück ging, mußten Opfer gebracht werden. Aber war es wirklich ein Glück, wenn es so sehr von äußeren Dingen abhing, wenn man es gleichsam erkaufen mußte? Er hatte in letzter Zeit oft darüber nachgedacht. Sein Glück stellte er sich anders vor. Es sollte einmal nicht vom Geld abhängen, das wußte er schon jetzt. Die Beispiele, die er täglich sah, schreckten ihn ab. Endlich kam er zu einem Entschluß. „Ich gebe ihr das Geld", sagte er vor sich hin, „und kaufe mir trotzdem den Mähdrescher." Damit klappte er seine Rechnungsbücher zu. „Ich muß eben meinen Kredit mehr anspannen, wie es andere Landwirte ebenfalls tun. Unser Besitz kann es tragen. Persönliche Ansprüche habe ich nie gemacht und werde sie auch in Zukunft nicht machen."

Die Eltern saßen in der Diele. Es begann schon zu dunkeln, obgleich es noch nicht spät war. Die Mutter beschäftigte sich wie immer mit einer Handarbeit. Susanne stand vor dem Kamin und hatte die Hände hinter dem Rücken verschränkt. Niemand sprach, als Johannes eintrat, aber er hatte das Gefühl, daß soeben eine heftige Auseinandersetzung beendet worden war. „Ich habe es mir anders überlegt", ging Johannes sofort auf sein Ziel los, „ich will dir sofort, wenn du heiratest, 30 000 Mark auszahlen und deine Mitgift auf 60 000 Mark erhöhen", sagte er zu seiner Schwester.

Drei Augenpaare starrten ihn an, die unergründlichen der Mutter, die glühenden, haßerfüllten der Schwester und die blauen Greisenaugen des Vaters. „Du kommst zu spät mit deinem hochherzigen Angebot, mein lieber Bruder", kam es in eisigem Spott von Susannes Lippen. Ein Zeitungsblatt lag auf dem Tisch. Sie reichte es ihm mit zitternder Hand, und er las die Verlobungsanzeige seines ehemaligen Freundes Peters mit der einzigen Tochter eines Fabrikanten.

In der folgenden Nacht fand Johannes Bruckner keinen Schlaf. Hätte er anders handeln können? War nicht auch er immer nur dem einen Gedanken nachgegangen: Wie erhalte und verbessere ich den Besitz? Hatte er sich zu wenig um seine jüngeren Geschwister gekümmert? Hatte er ihnen nicht ihren vollen Anteil gegönnt? Er dachte an den Bruder. Nein, seinetwegen brauchte er sich keine Vorwürfe zu machen. Bis zum Abitur hatten die Eltern überreichlich für den jüngeren Sohn gesorgt. Damals gehörte ihnen ja noch das Gut. Jochen mehr als den großen Monatswechsel zu bewilligen, hätte bedeutet, seinen Leichtsinn zu unterstützen. Aber Susanne? Sie war jetzt achtundzwanzig Jahre alt und hatte nach ihrer Ausbildung auf der Landwirtschaftlichen Frauenschule immer, wenn auch nicht schwer, zuerst im elterlichen und später in seinem Betrieb gearbeitet. Ich habe es falsch gemacht, klagte er sich an, ich hätte sie in einem Beruf selbständig machen sollen, anstatt sie in diesem Kreis anspruchsvoller junger Menschen verkehren zu lassen. Früher war sie doch anders, ein vernünftiges Mädchen, ein guter Kamerad. – Ruhelos warf sich Johannes von einer Seite auf die andere. Sie würde ja doch nicht auf mich gehört haben, weder sie noch die Mutter, und wenn ich es noch so oft und eindringlich vorgeschlagen hätte, dachte er traurig und mutlos. Aber was sollte jetzt werden? Wie würde sich das gemeinsame Leben im Hause weitergestalten nach dieser Enttäuschung? Es war ja schon so unfroh gewesen in der letzten Zeit, so ohne Liebe und gegenseitiges Verstehen füreinander.

Gegen Morgen mußte er eingeschlafen sein. Ein Traum huschte über ihn hin. Er sah ein Mädchengesicht, von braunen Locken umgeben, mit sanften, grauen Augen, die ihn anlächelten. Ich fahre heute in die Stadt ins Finkenheim und hole meine Körbe ab, dachte er im Wachwerden. Dann legte er sich noch einmal auf die Seite und schloß die Augen zu einem kurzen Schlaf.

Auch im Finkenheim schlugen Eiskörnchen gegen die Fensterscheiben. Es war in der frühen Nachmittagsstunde. Unruhig saß Mutter Anna vor ihrem Schreibtisch und machte die Wochenabrechnung. Sonst hatte es Rosel Steller besorgt, aber heute ging es dem Mädchen nicht gut. Ob sie vielleicht doch schon lieber mit Rosel in die Klinik fahren sollte? Bedrückt schlichen die Kinder im Haus herum. Kein Spiel wollte so recht gelingen. Unwillkürlich fühlten sie, daß etwas nicht so war wie sonst.

Die Mutter rief nach Angelika. „Wie geht es Rosel? Schau doch mal nach ihr."

Ängstlich kam Angelika zurück. „Ich glaube, nicht gut."

„Ruf mir Frau Maurer!"

Schwer kam die Wirtschafterin herangestapft, der Unwille war ihr deutlich anzumerken.

„Rufen Sie, bitte, ein Taxi, Frau Maurer, ich möchte doch lieber mit Rosel in die Klinik fahren."

„Auch noch ein Taxi", entrüstete sich die Getreue, „Straßenbahn genügte doch auch."

„Bitte, rufen Sie das Taxi", beharrte die Hausmutter.

„Wie Sie wünschen, Frau Professor", entgegnete Frau Maurer kühl und ging widerwillig ans Telefon.

Trotz ihrer Sorge mußte Mutter Anna ein bißchen lächeln. Mit „Frau Professor" redete die Gute sie nur an, wenn sie sehr unzufrieden mit ihr war oder in besonders ernsten, feierlichen Augenblicken.

In der Klinik war Frau Fink bedeutet worden, daß sie wieder nach Hause fahren solle, da die Geburt in den nächsten Stunden noch nicht zu erwarten sei. Schweren Herzens hatte sie den Rückweg angetreten. Und nun saß sie tatenlos vor ihrem Schreibtisch und wartete auf einen Anruf, der vorerst noch gar nicht kommen konnte. Sie wußte das, aber sie wartete.

Die Dämmerung senkte sich schon langsam hernieder, als eine Klingel schrillte. Mutter Anna sprang auf. Nein, es war nicht das Telefon, es war die Hausglocke. Eine Minute später stand Johannes Bruckner im Zimmer. Er spürte sofort, daß er nicht zu guter Stunde kam. Trotzdem folgte er der Aufforderung, Platz zu nehmen. So ernst hatte er das Gesicht der Hausmutter noch nie gesehen. Sollte er sprechen oder sich lieber mit seinen Körben davonmachen? Aber da kam schon die teilnehmende Frage nach seinem Ergehen, und er entschloß sich zu bleiben. In diesem Augenblick trat Angelika ins Zimmer. Mit liebem Lächeln ging sie auf den Besucher zu und begrüßte ihn. Danach fragte sie die Mutter nach irgendeiner Kleinigkeit und verschwand wieder. „Stelle Herrn Bruckners Körbe in den Hausflur!" rief ihr die Mutter nach.

Alles Blut war Johannes zu Herzen geschossen. War es nicht ein gutes Zeichen, daß Angelika kam, gerade in diesem Moment? Entgegen seiner sonstigen Bedachtsamkeit, aus dem einen großen Verlangen nach Liebe und Frieden, entschloß er sich zum sofortigen Sprechen. Er stand auf und verneigte sich vor Anna Fink: „Ich bin in einer ganz bestimmten Absicht heute zu Ihnen gekommen. Ich möchte mir erlauben, Sie, sehr verehrte Frau Professor, um die Hand Ihrer Nichte zu bitten."

Mutter Annas frisches Gesicht wurde blaß, und sie brauchte einige Augenblicke, um sich zu fassen. Dann stellte sie eine Frage, auf die Johannes Bruckner nicht vorbereitet war: „Sind Sie ein gläubiger Christ?"

„Ich bin getauft und konfirmiert, und in meiner Familie ist es üblich, in die Kirche zu gehen", erwiderte er knapp.

„Vielen Menschen, ja den meisten, genügt das. Sie leben von einem Tag zum anderen. Das Christentum ist für sie eine Zugabe, gut für besondere Gelegenheiten wie Geburt, Heirat und Tod. Sie richten sich sogar nach den Gesetzen der christlichen Sittenlehre, die ja unser Erziehungssystem maßgeblich beeinflußt hat. Aber das Christentum ändert sie nicht, weil sie Christum nicht als ihren Heiland und Erlöser in sich aufgenommen haben. Wenn nun wirkliche Nöte, Anfechtungen oder Schwierigkeiten an sie herantreten, stehen sie da ohne Trost, ohne Hilfe und ohne inneren Halt."

Ja, so ist es, genau so, spürte Johannes und dachte an sein Elternhaus. Er setzte zu einer Erwiderung an, aber Anna Fink ließ sich nicht unterbrechen.

„Ich weiß es aus eigener Erfahrung, ich war nämlich einmal genau so."

„Sie, die Frau eines Theologieprofessors? Unmöglich!"

„Doch, es war so! Sie haben recht, Herr Bruckner, daß Sie darüber enttäuscht und entsetzt sind. Ich hätte es besser wissen sollen. Mein Mann war nicht nur ein Theologieprofessor, er war ein gläubiger Christ. Hundertmal habe ich unter seiner Kanzel gesessen in der Universitätskirche. Und wenn er mich nach dem Gottesdienst fragte, so habe ich ihn gelobt und gesagt: ‚Es war eine gute Predigt, fein durchdacht und ausgefeilt, ein glänzendes Beispiel für deine Studenten.' Manchmal hat er mich dann so merkwürdig angesehen und den Kopf geschüttelt. Ich habe ihm ein tadelloses Haus geführt und unsere beiden Söhne erzogen. Er war ja im Grunde so weltfremd und froh, wenn ich ihn mit den Äußerlichkeiten des Lebens nicht behelligte. Ich hielt mich damals für eine besonders glückliche Frau, reich und wohl angesehen unter den Menschen. Dann zerbrach mir alles unter den Händen. Mit dem Soldatentod unseres Ältesten 1942 fing es an. Darauf folgte das lange Siechtum meines Mannes und sein schweres Ende. Ich habe diese Schläge nicht heldenmütig getragen, Herr Bruckner, wie ich mir den Anschein gab und wie es meine Bekannten meinten. Das war nur äußerer Schein, Fassade, hinter der sich ein verzweifeltes Herz verbarg. Weshalb mußte das alles mir — uns, zustoßen, die wir ein so vorzügliches, ehrenwertes, christliches Leben geführt hatten? Nach diesen Schicksalsschlägen klammerte ich mich leidenschaftlich an meinen Jüngsten, den letzten, der das Ebenbild des Vaters war, innerlich und äußerlich."

Johannes Bruckner war froh, daß das Dunkel des frühen Winterabends die Gestalt der im Sessel sitzenden Frau verhüllte. Er hätte ihr jetzt nicht in die Augen zu sehen vermocht. „Und dann verloren Sie auch diesen Jüngsten?" fragte er.

„Ja, auch diesen. Aber es war anders. Als ich es erfuhr, hatte ich Angelika schon aufgenommen. Ihre Eltern waren bei einem Bombenangriff auf eine westdeutsche Großstadt umgekommen. Meine Geschwister hatten das Kind in ein Kinderheim außerhalb der Stadt gebracht. Eines Tages wurde es mir übergeben. Nicht, daß ich es gern übernommen hätte, damals. Mein Herz war zu tief verstrickt in die eigene Trauer und den eigenen Groll — aber das Kind stand einfach vor mir, klein, schwach und hilfsbedürftig und so verloren, genau so verloren wie ich selbst. Es blieb mir gar nichts anderes übrig, als es bei mir zu behalten. Die Bibel mahnt, gastfrei zu sein, denn dadurch haben manche ohne ihr Wissen Engel beherbergt."

Angelika — Engel! dachte Johannes.

„Noch etwas anderes fiel fast genau mit Angelikas Kommen zusammen und hat sich für mich seitdem fast unlöslich damit verbunden. Mein jüngster Sohn war nämlich nicht gefallen, sondern bei dem ungeordneten Rückzug aus Rußland vermißt, und zwar in Deutschland. So blieb mir immer noch ein Hoffnungsschimmer, an den ich mich krampfhaft klammerte. Die letzte Nachricht von ihm hatte ich durch einen Kameraden erhalten, der ihm unweit Küstrins begegnet war und mir Grüße überbrachte. Wie habe ich damals gewartet und gehofft! Ich habe dann nochmal einen Gruß von meinem Jungen bekommen, zugleich mit der Gewißheit seines Todes."

Anna Fink stand auf und schaltete die Schreibtischlampe an. „Sehen Sie, Herr Bruckner, das habe ich bekommen." Es war ein abgegriffenes Neues Testament, verwittert, mit vielen sauber nachgeklebten Seiten. Anna Fink schlug das Buch auf und wies auf dick unterstrichene Stellen. „Eine Frau schickte mir das Buch. Sie hatte meines Sohnes Heimatadresse darin gefunden und vermutete, daß zu Hause eine Mutter wartete. Sie nahm dieses Neue Testament an sich nach dem Begräbnis meines Sohnes."

Frau Fink schwieg, und Johannes Bruckner wagte kaum zu atmen. Niemals wird sie Angelika fortgeben, dieses Kind, das sie als Ersatz für ihren Sohn betrachtet, dachte er, und dieser Gedanke legte sich wie eine Zentnerlast auf seine Seele.

Wieder begann Anna Fink zu sprechen, leise, verhalten: „Wir hatten viele Bibeln im Haus, Lutherbibeln und alle neuen Übersetzungen, auch ein seltenes Exemplar aus dem 16. Jahrhundert – aber das Bibellesen habe ich aus dem alten, schmutzigen Neuen Testament meines Sohnes gelernt. Die Randbemerkungen und Unterstreichungen las ich gleichsam mit seinen Augen. Ich habe nicht nur gelesen, ich habe verstanden, und es ist alles neu geworden in mir, ich wurde ein neuer Mensch, wie unser Heiland es in seinem Nachtgespräch mit Nikodemus verlangt. Dort steht wörtlich: ‚Es sei denn, daß jemand von neuem geboren werde, so kann er das Reich Gottes nicht sehen.' Das meinte ich, als ich Sie vorhin fragte, ob Sie ein gläubiger Christ sind."

„Nein, Frau Fink", sagte er ehrlich, „das bin ich nicht."

„Aber Angelika ist es." Nachdenklich, wie zu sich selbst sprechend, fügte Anna Fink hinzu: „Vielleicht kommt es daher, daß sie gleich in dieser Atmosphäre aufwuchs; denn als sie anfing, selbständig zu denken, hatte ich ja diese große Wandlung schon hinter mir. Aber ich glaube, es ist doch anders. Alles, was Angelika denkt und tut, wird von einer unsichtbaren Macht geleitet. Wo andere grübeln und kämpfen, geht Angelika im kindlichen Vertrauen auf Gottes Führung ihren Weg. — Noch etwas muß ich Ihnen sagen. Als Sie bei mir eintraten, haben Sie vielleicht bemerkt, daß ich in großer Unruhe war. Ich bin es noch jetzt um ein anderes meiner Kinder, um meine Rosel. Sie kam ein Vierteljahr später als Angelika zu mir, eine Vollwaise aus sehr schlechten Verhältnissen. Ich habe die beiden fast gleichaltrigen Mädchen zusammen erzogen und mich bemüht, ihnen die gleiche Liebe zu geben. Vor drei Stunden habe ich diese Rosel in eine Klinik gebracht, wo sie ein uneheliches Kind bekommen wird."

Hätte ich doch nicht gesprochen, hätte ich doch nur geschwiegen in dieser Unglücksstunde! dachte Johannes erschrocken.

„Ich habe dieses älteste meiner Kinder nicht behüten können, trotz all meiner Liebe und all meinen Gebeten. Sie sehen daraus, wie schwer die Verantwortung ist, die ich zu tragen habe. Oft übersteigt sie meine Kraft." Trübe blickte die Mutter auf die in ihrem Schoß gefalteten Hände. „Und nun kommen Sie zu mir, gerade heute, und stellen mich durch ihren Antrag vor eine Entscheidung und damit vor eine neue Verantwortung. Darf ich einen Menschen wie Angelika einem Manne anvertrauen, der, wie Sie mir ehrlich sagten, kein gläubiger Christ ist? Nach den Worten der Bibel darf ich es nicht."

Johannes überlegte lange, bevor er antwortete: „Seitdem ich in Ihr Haus komme, und seitdem ich Angelika kenne, ist in mir eine Sehnsucht erwacht, in dem Geist zu leben, den ich bei Ihnen fand."

„Verwechseln Sie nicht Ihr Verlangen nach Angelika mit dieser anderen Sehnsucht?"

„Ich weiß es nicht", gab Johannes zu.

Wie ehrlich er ist, dachte Frau Fink anerkennend. Trotzdem fuhr sie fort: „Wenn wir lieben, müssen wir immer zuerst an den anderen denken."

Johannes stand auf. „Dann möchte ich gehen", kam es langsam und schwer von seinen Lippen.

Anna Fink hatte sich ebenfalls erhoben und streckte ihrem Besucher die Hand hin. „Wäre es Ihnen recht, wenn ich Angelika nichts von unserer Unterredung sagte? Es könnte sie beunruhigen, es könnte sie aufschrecken — zu früh aufschrecken. Trotz ihrer zwanzig Jahre ist sie ein Kind."

Zögernd legte der große Mann seine Rechte in die dargebotene Hand. „Wie Sie wünschen, Frau Professor", sagte er und bediente sich der gleichen Worte wie Frau Maurer, wenn sie mit ihrer Herrin nicht ganz einverstanden war. Er wandte sich zur Tür. Plötzlich, aus einem inneren Mitgefühl heraus, streckte Anna Fink noch einmal die Hand nach dem Fortgehenden aus. „Wenn es Ihnen ernst ist mit dem Verlangen nach dem lebendigen Glauben, so wagen Sie doch den Versuch."

„Wie sollte ich das anfangen — so ohne Helfer und Führer?" kam es bedrückt und ablehnend zurück.

„Es gibt einen Weg. Jesus Christus spricht: Ich bin der Weg und die Wahrheit und das Leben; niemand kommt zum Vater denn durch mich. Und es gibt auch eine Verheißung: Suchet, so werdet ihr finden, klopfet an, so wird euch aufgetan!" Das Letzte hörte Johannes Bruckner nicht mehr. So wußte er auch nicht, daß die Tür hinter ihm nicht ganz geschlossen worden war.

Sein Mannesstolz bäumte sich auf. Schweren Schrittes ging er durch den matt erleuchteten Korridor. Im Vorflur stand Angelika und überreichte ihm unbefangen die großen Körbe. Sie gibt mir einen Korb, dachte Johannes bitter, ohne daß sie es weiß. Rasch nahm er die Körbe in Empfang und verließ mit kurzem Gruß das Haus. Bestürzt und traurig blickte ihm Angelika nach. Sie hatte sich so auf eine kurze Unterhaltung mit Johannes Bruckner gefreut und klopfenden Herzens auf ihn gewartet. Mit hängenden Schultern schlich sie ins Kinderzimmer zurück.

Unruhig bezog Mutter Anna wieder ihren Warteposten. Habe ich recht gehandelt oder habe ich doch auch an mich gedacht, als ich diesen ernsthaften und ehrlichen Bewerber abwies? Wollte ich nicht auch meine Angelika gar zu gern für mich behalten? prüfte sie sich gewissenhaft, und ihre Augen suchten den Spruch unter dem Kreuz: „Was würde Jesus dazu sagen?" Diesen Spruch hatte Hans für sie geschrieben, einer ihrer schwierigsten Buben. Oft hatte sie geglaubt, ihn einem Erziehungsheim anvertrauen zu müssen, weil sie nicht fertig wurde mit ihm. Wie manchesmal hatte er in diesem Zimmer vor ihr gesessen, verstockt und unzugänglich für Liebe und für Strenge, bis dann endlich dieser Spruch sein kleines verhärtetes Herz anrührte. Zur Erinnerung daran hatte ihn Hans aufgeschrieben und ihr geschenkt. Seitdem hing er unter dem Kreuz und hatte ihr schon des öfteren geholfen, liebend und mahnend, ohne daß es vieler Worte bedurfte. Jetzt fragte er sie selbst. Sie faltete ihre Hände. „Ich konnte nicht anders handeln. Nimm du das Schicksal dieses Mannes in deine Hand, himmlischer Vater! Wenn es dein guter und gnädiger Wille ist, ziehe du ihn zu dir! Ich bitte dich im Namen unseres Herrn und Heilandes Jesus Christus."

Im Flur schrillte das Telefon. Fast gleichzeitig kamen Mutter Anna und Angelika vor dem Apparat an. Hastig hob das Mädchen den Hörer ab. „Mutter Anna, Rosel hat einen kleinen Jungen — es geht ihr verhältnismäßig gut." Lachend und weinend zugleich fielen sich Mutter und Tochter in die Arme.

Die eisigen Frosttage des Februar glitten in naßkaltes Vorfrühlingswetter über. Die Arbeit an den Kartoffel- und Rübenmieten stockte. Johannes Bruckner konnte seine Leute nicht in Schlamm und Regen im Freien beschäftigen. Es gab wenig zu tun in der Wirtschaft. Ruhelos trieb es ihn durch Ställe und Scheunen. Bei seiner Familie zu sitzen, hatte wenig Verlockendes für ihn. Susanne war zum Wintersport ins Allgäu gefahren. Wortlos und ohne Dank hatte sie den ansehnlichen Geldbetrag aus den Händen des Bruders entgegengenommen, der ehrlich erleichtert war, das verbitterte Gesicht der Schwester für eine Weile nicht sehen zu müssen. Die Mutter hüllte sich in Schweigen, und da Vater Eduard sowieso nicht viel sprach, konnte es vorkommen, daß bei den Mahlzeiten, die die Familie gemeinsam einnahm, kein Wort gewechselt wurde.

Ich halt's nicht aus, dachte Johannes manchmal und

lief in den vor Nässe triefenden Wald, angeblich um nach dem Holzeinschlag zu sehen, der sowieso ruhte, in Wirklichkeit aber, um seinen treibenden Gedanken zu entfliehen. Wie anders sähe sein Leben jetzt aus, wenn jene alte, strenge Professorenfrau ihm nicht die Hoffnung genommen hätte auf die Zukunft an der Seite eines jungen, warmen Menschenkindes, das ihm Liebe und Frieden in sein Haus hatte bringen sollen. War das echtes Christentum, wenn einem dürstenden Menschen der Trunk frischen Wassers, einem Hungernden das Brot vorenthalten wurde? Egoismus war es, ganz bestimmt. Für sich behalten wollte Frau Fink dieses junge Mädchen als Hilfe und Stütze für ihr Alter! Ja, so war es. Diese gläubigen Christen, die von sich selbst sagten, sie seien wiedergeboren, waren auch nicht anders als andere Menschen, erbitterte sich Johannes. Aber dann kamen ihm doch Bedenken. Wenn sie so egoistisch war, wie er eben gemeint hatte, dann hätte sich diese Frau Fink oder diese Mutter Anna, wie die Kinder sie nannten, nicht die Last und Verantwortung mit den vielen fremden Kindern aufzuladen brauchen. Sie hätte ein bequemes, sorgenfreies Leben führen können, betreut von ihrer Nichte Angelika in dem schönen eigenen Haus. Und als sie da mit ihm über den Tod ihrer Lieben gesprochen hatte, ganz besonders über den Tod ihres jüngsten Sohnes und die innere Wandlung, die sich danach in ihr vollzog, da war etwas gewesen, was ihn anrührte, an das er immer wieder denken mußte, wenn er mit dem zornigen Grübeln über das eigene Schicksal nicht fertig werden konnte.

Mit solchen Gedanken beschäftigt, war Johannes Bruckner in der Dämmerung eines naßkalten Vorfrühlingstages nahe an seinem Gesindehaus vorbeigekommen. Er sah Wilhelm Küppers im Regenumhang vom Wirtschaftshof herüberstapfen und beobachtete, wie sich die Tür des Küpperschen Hauses auftat. Im hellen Spalt erschien Alma Küppers. „Komm schnell an den Ofen, Vater, du bist ja pitschenaß", hörte er sie sagen. Auch dort ist Liebe, Wärme und Frieden, dachte der Gutsherr, auch dort kein Aufbegehren gegen ein Schicksal, das diesen beiden Menschen unbarmherzig Heimat und Besitz geraubt hatte, einen Hof, wenig kleiner als sein eigener, wie er wußte. Wilhelm und Alma Küppers schöpften aus der gleichen Quelle wie die Bewohner des Finkenheims. Wie groß mußte doch die Kraft dieses Glaubens sein! Die Bitterkeit war aus Johannes Bruckners Herzen gewichen. Was blieb, war Traurigsein und Sehnsucht nach etwas, was jene Menschen besaßen und was sie stark und fest machte in Zeiten des Kampfes und der Not und ihr Schicksal überwinden ließ, ja, nicht nur überwinden ließ, sondern umwandeln in Segen für sich und andere.

In diesen Gedanken vertieft, betrat der Gutsherr die Diele, in der, wie jeden Abend, die Eltern saßen, die sich schon seit Jahren nichts mehr zu sagen wußten. Ein mißbilligender Blick der Mutter fiel auf seine nassen Stiefel. „Du verdirbst mir das Parkett. Bring bitte deine Sachen zum Trocknen in die Küche", ordnete sie an. In seinem Zimmer war es kalt. Niemand hatte daran gedacht, die Heizung anzustellen. Hastig kleidete sich Johannes um. Nach dem Abendessen wollte er zu Küppers gehen. Wie es dann kam, daß er an diesem Abend sein ganzes Herz vor den beiden einfachen Menschen ausschüttete, wußte er später selbst nicht zu sagen, aber er tat es und verspürte eine wohltuende

Erleichterung, als er in sein dunkles Haus zurückkehrte.

„Mutter", sagte der alte Bauer, nachdem sich die Tür hinter Johannes Bruckner geschlossen hatte, „da kann nichts weiter helfen als das Gebet." Er setzte die Brille auf und las den abendlichen Bibelabschnitt. Danach legte er in einfachen, eindringlichen Worten das Leben und Geschick seines Gutsherrn in die Hände des einen, der allein zu helfen vermochte. „Führe ihn zu dir, himmlischer Vater, ich bitte dich im Namen unseres Herrn und Heilandes Jesus Christus", schloß er sein Gebet.

„Ich glaube, er ist schon auf dem Weg", sagte Alma Küppers zuversichtlich, „weshalb wäre er sonst heute abend mit seinem Anliegen zu uns gekommen? Und du sollst es erleben, Vater, er kriegt seine Angelika doch noch!"

Wilhelm Küppers setzte die Brille ab und sah seine Frau an. „Daß ihr Frauensleute doch immer an Heirats- und Liebesgeschichten denken müßt!" brummte er gutmütig und begab sich zur Ruhe.

Im Finkenheim hatte sich das Leben sehr verändert, seitdem der kleine Hans-Joachim eingezogen war. Ja, man konnte sagen, es drehte sich alles um diesen winzigen Mittelpunkt. Nachdem Rosel begriffen hatte, daß sie sich nicht von ihrem Kind zu trennen brauchte, blühte sie zu einer demütigen Mutterwürde auf, die sie verschönte. Sie wohnte mit ihrem kleinen Sohn im Finkennest. Frau Maurer rückte, leise widerstrebend, einen Waschkorb für den Kleinen heraus. Elsi und Hedwig waren kaum aus dem Zimmer zu vertreiben. Mit eifersüchtiger Strenge wachten sie darüber, daß keine der anderen zuvorkam bei der Pflege des Kindes.

Elsi konnte den Kleinen schon wickeln wie eine gelernte Säuglingsschwester, und Hedwig sorgte für die Fläschchen. Sie geriet dabei mit Frau Maurer aneinander, die keine Übergriffe in ihrer Küche dulden wollte. „Dann mache ich die Pulle selbst", erklärte die Wirtschafterin, aber Angelika kam bald dahinter, daß die Gute jede Möglichkeit wahrnahm, um den neuen, kleinen Hausbewohner zu betrachten, und als Rosel sie schüchtern bat, doch neben Mutter Anna und Angelika Patenstelle bei ihrem Sohn zu übernehmen, willigte sie, wenn auch zögernd, ein. „Das arme Wurm kann ja nichts für die Sünden seiner Eltern", entschuldigte sie sich gegenüber der Hausmutter und bereitete ein delikates Taufessen. Selbst Mutter Anna ertappte sich dabei, daß sie jede Gelegenheit benutzte, um sich von dem Gedeihen des Kleinen zu überzeugen. Es ist merkwürdig, grübelte sie manchmal, daß sich Kinder ihre Liebe mitbringen, und es ist noch merkwürdiger, daß dieser kleine Mensch uns eigentlich gar nicht belastet, sondern nur beglückt.

Rosel hatte zur Erleichterung für die Pflegemutter wieder die gesamte Büroarbeit übernommen, und auch sonst betätigte sie sich mit neu erwachter Kraft und weit größerem Interesse als früher im Haushalt. Ganz besonders war sie eine gute Hilfe bei den Schularbeiten der Kinder. Sie selbst hatte einmal sehr gut gelernt. So lief der Heimbetrieb in guten, geregelten Bahnen, und als im Garten die ersten Frühlingsblumen zu blühen begannen, konnte Mutter Anna dankbaren Herzens feststellen, daß Gott wieder einmal wunderbar schützend seine Hand über das Finkenheim gebreitet hatte — über alles Bitten und Verstehen hinaus.

Angelika und Fridolin harkten das Laub von den Beeten. Ein stürmischer Frühlingswind trieb es ihnen immer wieder ins Gesicht, wenn sie es in Haufen zusammengebracht hatten. „Sieh mal, wie doll die Tulpen treiben", sagte der Junge. Als wir im Dezember die Zwiebeln einlegten, kam Herr Bruckner, dachte Angelika, während sie mit Fridolin das Laub auf den Komposthaufen brachte. Als könne er Gedanken raten, fragte Fridolin in diesem Augenblick: „Warum kommt Herr Bruckner denn gar nicht mehr zu uns?"

„Es gibt ja keine Äpfel mehr", entgegnete das Mädchen und beugte sich über die nach Frühling und Fruchtbarkeit duftende Erde.

„Er könnte ja trotzdem kommen. Er kennt unseren Hans-Joachim noch gar nicht", beharrte der Junge. Auch er war der Meinung, daß der neue, kleine Zuwachs der wichtigste und wertvollste Besitz des Hauses war. Angelika antwortete nicht und beschäftigte sich angelegentlich mit den Krokussen, die noch tief im Erdreich steckten und trotzdem schon begannen, ihre gelben, lila und blauen Blüten zu entfalten.

Hartnäckig blieb Fridolin bei seinem Thema. „Wo wohnt Herr Bruckner eigentlich?" erkundigte er sich.

Angelika nannte ihm den Ortsnamen. „Weshalb fragst du?"

„Och, man so", antwortete der Junge. „Wir könnten ihm ja mal schreiben. Was meinst du, Angelika? Ob wir ihn vielleicht zu Ostern einladen? Auf so einem Gut gibt es mächtig viele Hühner. Ostereier könnten wir gebrauchen. Unsre Hühner legen noch gar nicht."

„Fridolin", sagte Angelika streng, „daß du dich nicht unterstehst!" Dann dachte sie an Fridolins Krakelfüße und seine allgemeine Abneigung gegen alles Schriftliche und mußte ein bißchen lachen. „Du kannst ja gar nicht ordentlich schreiben. Gib dir mal ein bißchen mehr Mühe und mache Rosel nicht so viel Ärger bei den Schularbeiten."

Diese Wendung des Gespräches paßte dem Jungen nicht, und er trollte sich ins Haus.

Ja, warum kommt Herr Bruckner nicht, sann das Mädchen. Wir sind für ihn eben nichts mehr gewesen als eine flüchtige Begegnung, die er schnell vergessen hat. Weshalb muß ich nur so oft an ihn denken?

Die abendlichen Besuche bei Wilhelm und Alma Küppers wurden Johannes Bruckner zu einer lieben Gewohnheit. Einmal, als er sich verspätet hatte, traf er das Ehepaar bei der Abendandacht. Küppers wollte die Bibel aus der Hand legen, aber Johannes bat ihn, weiterzulesen. Ein Bibelwort fiel an diesem Abend in seine Seele: „Nicht daß ich's schon ergriffen habe oder schon vollkommen sei; ich jage ihm aber nach, ob ich's wohl ergreifen möchte, nachdem ich von Christus Jesus ergriffen bin." Wie ein Samenkorn war dieses Wort, es ließ ihn nicht mehr los. Also war die Sehnsucht doch schon etwas? Das Verlangen nach dem, was der Verfasser mit diesem „es" bezeichnete? Und hatte er nicht dieses Verlangen? Und wurde es nicht von Tag zu Tag stärker? Es war ein „Nachjagen", denn es ließ ihm keine Ruhe. Er prüfte sich ernstlich, ob er nicht vielleicht doch seine Sehnsucht nach dem Mädchen, das ihm Frau Fink meinte verwehren zu müssen, weil er nicht den rechten Glauben hatte, mit dieser anderen Sehnsucht verwechselte oder beide miteinander vermischte. Ach nein, doch nicht. Ihn verlangte nach Halt, Trost und innerem Frieden, ganz besonders deshalb, weil er nicht mehr auf Angelika hoffen durfte. Dazu traten zwei neue Begriffe in sein Blickfeld, je öfter und ernsthafter er das Wort Gottes las und hörte. Begriffe, die er früher übersehen oder zum mindesten nicht auf sich bezogen hatte: Schuld und Vergebung. Seltsame Gedanken bewegten ihn jetzt öfter. Bisher hatte er meistens seiner Familie die Schuld gegeben, wenn es zu Reibereien und Meinungsverschiedenheiten kam. Jetzt begann er mehr und mehr den Ursachen nachzuspüren, und er fragte sich: Was habe ich selber versäumt? Was hätte ich anders machen können? Wo liegt mein Versagen?

Eines Abends sprach er mit seinen getreuen Küppers darüber. Die scharfen Brillengläser verbargen die Augen des Bauern, so konnte Johannes Bruckner nicht sehen, wie sie von einem inneren Licht erfüllt wurden.

„So fängt es an", sagte Wilhelm Küppers.

„Was fängt so an? Ich verstehe Sie nicht."

„Der Weg zu ihm führt durch Reue und Buße."

Und Johannes ging den Weg, zaghaft zuerst und nicht sehr sicher. Man kam ihm auch in keiner Weise entgegen. Die Mutter mißverstand ihn gründlich. Sie nahm sein freundliches Entgegenkommen als Zeichen dafür, daß er sich wieder wie früher unter ihr Regiment beugen wollte und zog die Zügel an. Ein völliger Fehlschlag wurde sein Versuch mit Susanne. Die Schwester kehrte aus dem Allgäu genau so verstimmt und mißlaunig heim, wie sie abgefahren war.

Einmal traf er sie allein in der Diele, es war Abendstunde. „Susanne, ich möchte gern einmal ernsthaft mit dir sprechen", begann Johannes freundlich. „Bitte", kam es kühl zurück. Das Mädchen setzte sich in einen Sessel und schlug die schlanken Beine übereinander. Herausfordernd sah es den Bruder an. Ihm wurde unbehaglich. „Ich bot dir schon einmal an, daß ich dir

Geld zur Verfügung stellen wolle", fing er behutsam an. „Du hast eine gute Ausbildung in der Landwirtschaftlichen Frauenschule genossen. Hättest du nicht Lust, dich selbständig zu machen? Jede Hilfe, die in meiner Macht steht, würde ich dir stellen."

Sprachlos blickte Susanne den Bruder an. Plötzlich schien ihr ein Licht aufzugehen. Sie brach in schallendes Gelächter aus: „Ach so, ich verstehe, du möchtest mich los sein! Nein, mein Bruderherz, so schnell geht das nicht. Ehe ich nicht etwas gefunden habe, was mir paßt, gehe ich nicht einen Schritt aus meinem Elternhaus, an dem ich genau das gleiche Anrecht habe wie du, obgleich dir die Eltern in ihrer unglaublichen — wie soll ich sagen — Unüberlegtheit das Erstgeburtsrecht allzufrüh abgetreten haben. Mutter konnte ja wohl nicht anders handeln bei Vaters Unfähigkeit." Mit diesen schneidenden Worten ging Susanne hocherhobenen Hauptes aus der Tür.

Der einzige, der des Sohnes ehrliches Bemühen zu bemerken schien, war der Vater. Ab und zu fing Johannes einen dankbaren Blick aus den hellen Greisenaugen auf. Wie schwer hat es sicher der Vater oft gehabt an der Seite unserer harten Mutter, und wie wenig habe ich mich um ihn gekümmert! dachte der Sohn in später Reue.

Frühlingsstürme fuhren über das Land und fegten es trocken. In der Woche vor Ostern traf eine etwas schmuddelige Karte im Hause Bruckner ein. Susanne, die die Post sortierte, überreichte sie dem Bruder. „Mit komischen Leuten korrespondierst du", sagte sie spöttisch. „Lieber Herr Bruckner, warum kommen Sie nich? Legen Ihre Hühner schon? Unsere nich. Angelika wartet auch auf Ihnen. Wir haben ein Hans-Joachim. Kommen Sie doch Ostern. Fridolin." Johannes steckte die Karte ein. Den ganzen Tag über, während er auf dem Felde war, brannte sie ihm in der Tasche. Angelika wartet! Ob das auf Wahrheit beruhte oder nur auf Fridolins Verlangen nach Ostereiern?

Sofort nach dem Abendessen stand Johannes auf. „Wohin gehst du?" erkundigte sich die Mutter gleichgültig. „Zu Küppers?" Susanne hob den spöttischen Blick. „Du betest wohl mit den Frommen?" Einen Augenblick blieb Johannes stumm und kämpfte einen schweren Kampf. Er wußte, das Bekennen gehörte auch zu seinem neuen Weg. Vor diesen Menschen wurde es ihm nicht leicht. Dann sagte er laut und deutlich: „Ja."

Nach der Abendandacht und dem Gebet, das Wilhelm Küppers jetzt auch immer sprach, wenn der junge Gutsherr dabei war, zeigte Johannes Fridolins Karte.

„Sie fahren doch?" interessierte sich Frau Küppers lebhaft.

Fragend sah Johannes seinen väterlichen Freund und Helfer an. „Glauben Sie, daß ich es wagen kann, so unvollkommen, wie ich noch bin?"

„Unvollkommen sind wir alle. Wichtig ist, daß Sie Ihr Leben dem Herrn Jesus Christus übergeben haben. Und das ist doch Ihr aufrichtiger Wille?"

„Ja", antwortete Johannes.

Wilhelm Küppers legte die schwielige Arbeitshand in die ausgestreckte Rechte des Gutsherrn. „Seitdem Sie uns damals Ihr Vertrauen schenkten, haben meine Frau und ich jeden Tag für Sie gebetet. Der Herr hat unser Gebet erhört. Er segne Sie und Ihr Vorhaben."

Schon an der Tür, wandte Johannes sich noch einmal um. „Eine Bitte, Frau Küppers: sammeln Sie alle Eier bis auf die, die im Hause verbraucht werden — keines wird verkauft — und färben Sie sie schön bunt. Ich brauche viele Ostereier, wenn ich in die Stadt fahre."

Die gelben Osterglocken läuteten, und die blauen Szillen nickten. Angelika versteckte Ostereier im Garten, nicht sehr viele, denn die Hühner waren sparsam in diesem Frühjahr mit dem Eierlegen, und Mutter Anna war ebenfalls sparsam. Für Schokoladen- und Zuckereier gab sie kein Geld aus. Vor dem Haus hupte ein Auto. Fridolin hatte es wieder einmal als erster gehört. Er stürzte vor die Haustür und rief triumphierend in den Garten: „Herr Bruckner kommt, Herr Bruckner kommt, Angelika! Ich wußte es ja."

Angelika hatte in diesem Moment keinen Blick für ihren kleinen Freund, sie eilte an die Gartentür. Ihre Wangen waren gerötet und die Locken vom Wind zerzaust. „Ich bin gerade dabei, Ostereier zu verstecken", sagte sie befangen.

„Ich bringe Ihnen auch noch welche. Darf ich gleich zu Ihnen in den Garten kommen und Ihnen helfen?"

Stumm nickte das Mädchen und ging voraus. Fridolin ergriff den Eierkorb und marschierte hinterher. „Ich packe gleich aus", erbot er sich eifrig.

„Eigentlich dürfte ich es ja nicht leiden. Du weißt, Mutter Anna sieht es nicht gern, daß eins von euch Kindern beim Verstecken dabei ist."

„Ach, das ist ja bloß wegen der Kleinen. Laß mich doch, Angelika, bitte, bitte!" bettelte der Junge.

„Machen Sie eine Ausnahme", überredete Johannes. Er ließ kein Auge von dem Mädchen. Sie ist ja noch viel reizender, als ich sie in Erinnerung hatte, dachte er in herzklopfender Freude. Aber er hielt an sich. Erst als Fridolin in der Tiefe des Gartens verschwunden war, um gute Verstecke ausfindig zu machen, begann er zögernd zu sprechen. „Wissen Sie, Fräulein Angelika, was mich in Ihr Haus getrieben hat, immer wieder — und was mich dann doch veranlaßte, fortzubleiben?"

Angelika sah ihn fragend an. Sie hatte gerade ein Moosnest geformt und legte Eier hinein, ein rotes, ein grünes und ein blaues. „Oh, doch, ich weiß es. Zuerst kamen Sie wegen Fridolins Unfall. Später brachten Sie uns Äpfel. Vielleicht hat es Ihnen an Weihnachten bei uns gefallen?"

Johannes nickte. Seine beredten Blicke umfaßten das Gesicht und die Gestalt des Mädchens, so daß Angelika in Verwirrung die Augen abwenden mußte.

„Und als es nach Weihnachten keine Äpfel mehr gab, blieben Sie fort", sagte sie leise.

„Nein, so war es nicht. Ich kam nicht nur, weil es mir bei Ihnen gefiel, und weil der gute Geist, den ich hier im Hause fand, mir wohltat. In erster Linie kam ich Ihretwegen. Aber zwischen Ihnen und mir stand eine trennende Wand. Sie besaßen etwas, was ich nicht hatte, Sie besaßen den lebendigen Glauben, ich aber nicht. Ich sprach einmal mit Ihrer Pflegemutter darüber. Nach dieser Aussprache wurde mir klar, daß ich nicht die Augen zu Ihnen erheben dürfte. Deshalb bin ich nicht wieder in Ihr Haus gekommen."

Angelika war aufgestanden. Immer größer und immer erstaunter wurde ihr Blick. „Und jetzt? Sie sind wiedergekommen? Ist das Trennende nicht mehr da? Haben Sie den Weg gefunden zu unserem Herrn und Heiland Jesus Christus?"

„Ja", sagte Johannes Bruckner, und es klang wie ein Gelöbnis.

Da verklärte ein solches Licht das Gesicht des Mädchens, daß diesmal der Mann den Blick abwenden mußte. „Wie schön", sagte Angelika Fink, „wie freue ich mich für Sie!"

Unter den zartgrünen, wehenden Zweigen einer Birke standen die beiden Menschen einander gegenüber. „Ich hab es nicht länger aushalten können", sagte der Mann, „ich mußte heute zu Ihnen kommen. Ich liebe Sie so sehr."

Fridolin war mit dem Eierverstecken fertig. Er wollte es Angelika mitteilen. Mit vor Erstaunen weit aufgerissenen Augen sah er die beiden Versunkenen unter dem Birkenbaum stehen. Kurz machte er kehrt und lief ins Haus.

Im Flur begegnete er Rosel. „Ist Angelika fertig mit dem Eierverstecken? Kann ich mit den Kindern in den Garten kommen? Sie sind nicht mehr zu halten."

Fridolin nickte nur und wollte an Rosel vorbei ins Spielzimmer laufen.

„Was ist dir, Fridolin, du siehst so komisch aus?"

„Er küßt sie", stotterte der Junge und brach in lautes Heulen aus.

Rosel Steller öffnete die Tür des Kinderzimmers. „Ihr dürft jetzt in den Garten, Ostereier suchen", rief sie, „aber hört gut zu: jedes Kind kann suchen, wo es will und nehmen, so viel es will, aber alle Eier werden in einem Korb gesammelt und später gerecht verteilt. Verstanden? Ihr Großen haftet mir dafür, daß alles ordentlich zugeht, und daß es nicht etwa einem von euch einfällt, aus Versehen vorher eins zu essen. Jedes bekommt sein Teil."

Die Kinder stürmten davon, und Rosel und Fridolin setzten sich in eine Ecke des Spielzimmers. Liebevoll sprach sie auf den verstörten Jungen ein, aber sie bekam nichts Positives heraus. „Er holt sie mir weg, Rosel, du sollst sehen, er nimmt sie mir fort“, schluchzte das Kind in großer Angst. Rosel sah durch das große Fenster des Zimmers in den Garten. Dort standen noch immer Johannes und Angelika dicht beieinander. Plötzlich verstand Rosel Steller, und sie wurde sehr still. Auch aus ihrem Auge löste sich langsam eine Träne, aber dann richtete sie sich auf. Mütterlich legte sie den Arm um den weinenden Jungen und trocknete ihm das Gesicht mit ihrem Taschentuch. Dann gab sie ihm einen kleinen Klaps und fragte: „Willst du, daß die anderen alle Ostereier finden?“ Nein, das wollte er nicht, und schnell lief er davon.

In Mutter Annas Zimmer fand die Aussprache statt. „Ich erlaube mir in aller Form, Sie um die Hand Ihrer Nichte zu bitten“, sagte Johannes Bruckner mit einer tiefen Verbeugung.

„Sie kennen meine Bedenken, Herr Bruckner, und ich glaubte, daß Sie sie respektieren würden“, entgegnete Anna Fink kühl. Mit einer knappen Bewegung forderte sie den Besucher auf, ihr gegenüber Platz zu nehmen.

„Ich habe Ihre Bedenken respektiert. Während der letzten Monate bin ich ernstlich mit mir zu Rate gegangen. Es war eine harte Zeit, die ich nicht durchgestanden hätte, wenn mir nicht geholfen worden wäre.“

„Wer hat Ihnen geholfen?“

„Wilhelm und Alma Küppers.“

„Ich erinnere mich, Sie erzählten mir von dem Bauernehepaar, das auf Ihrem Hof arbeitet. Sagten Sie mir nicht, daß beide gläubige Christen sind?“

„Ja, das sind sie. Sie haben mir den Weg gezeigt und mit mir und für mich gebetet. Die Begründung Ihrer ersten Absage besteht jetzt nicht mehr, Frau Professor."

„Sind Sie sich dessen ganz sicher? Ich meine, gingen Sie nicht mit den Gedanken zu Ihren Küppers: ich werde mir ihre Art einmal ansehen, und wenn's nicht ganz so schwer ist, könnte ich es ja versuchen mit dem Glauben, um meinen Hoffnungen dadurch näherzukommen?"

Johannes Bruckner machte eine Bewegung, als wolle er aufspringen. Eine beschwichtigende Geste der Hausherrin zwang ihn auf seinen Sitz zurück, um weiter zuzuhören.

„Ich verstehe, daß Sie jetzt denken, es sei häßlich von mir, Ihnen solche Motive zuzutrauen, die Ihnen, wie ich hoffen möchte, völlig fern gelegen haben. Den Glauben als Mittel zum Zweck zu benutzen, hielte ich nämlich für schwere Sünde, und ich weiß, Angelika wird genau so denken wie ich." Anna Fink saß steif in ihrem Sessel und sah ihren Besucher durchdringend an.

Ein dunkles Rot verbreitete sich langsam über Johannes Bruckners leicht gebräuntes Gesicht, aber er hielt dem prüfenden Blick stand. „Es war eigentlich umgekehrt", sagte er langsam, „ich ging zu Küppers, als ich ganz verzagt war. Ich glaubte damals, Angelika endgültig aufgeben zu müssen. Außerdem hatte ich mit meiner Familie eine Auseinandersetzung, die mich sehr mitgenommen hatte. So vertraute ich mich diesen guten Menschen an, und mir wurde geholfen. Ich meine nicht äußerlich — rein innerlich —, es war Gnade. Bevor ich heute zu Ihnen kam, sprach ich noch einmal mit Wilhelm Küppers, und er meinte, ich dürfte es jetzt wagen,

Sie zum zweiten Mal zu bitten: Geben Sie mir Angelika zur Frau."

Anna Finks steife Haltung lockerte sich, ihre Augen bekamen wieder den alten, warmen Glanz. „Angelika wird im Sommer einundzwanzig Jahre alt. Nach dem Gesetz habe ich sowieso kein Recht mehr, über sie zu bestimmen. Aber ich weiß, mein Kind würde nie etwas tun, von dem sie annehmen müßte, daß ich es nicht billige." Nach kurzem Schweigen fuhr Mutter Anna fort: „Ich weiß so wenig von Ihrem Lebenskreis. Würden Sie mich, bitte, informieren. Ich trage die Verantwortung für meine Nichte auch meinen verstorbenen Geschwistern gegenüber."

In knappen Worten umriß Johannes seine äußeren Verhältnisse. Anna Fink winkte ab: „Daran dachte ich weniger. Gern hätte ich etwas über Ihre Familie gewußt. In Landwirtschaftskreisen ist es ja üblich, daß alt und jung miteinander in einem Haus leben. Ich stamme selbst aus einem Gutshaus und weiß es deshalb aus eigener Erfahrung. Würde Angelika in Ihre Familie passen, würde sie in Ihrem Haus willkommen sein?"

„Ich bin der Besitzer unseres Gutes und kann meine Entschlüsse nach eigenem Ermessen fassen. Meinen Eltern und Geschwistern gegenüber habe ich geldliche Verpflichtungen, die der Hof tragen kann", wich Johannes Bruckner einer direkten Antwort aus.

Anna Finks kluge, wachsame Augen blickten den Mann vor ihr an, als wollte sie ihn bis in die Tiefe seiner Seele durchforschen. „Sie sind also der Überzeugung, daß Angelika Ihrer Familie nicht willkommen sein würde?"

Wieder schoß das dunkle Rot in Johannes Bruckners Gesicht. Er öffnete schon den Mund zu einer Erwiderung. Ich würde meine Frau zu schützen wissen, wollte er sagen — aber er schwieg. „Ich weiß, daß wir es nicht leicht haben werden mit meiner Familie", sagte er endlich.

Er ist ein ehrlicher Mensch, dachte Anna Fink, wie schon früher einmal. „Ich glaube nicht, daß sich Angelika durch Schwierigkeiten abschrecken lassen würde. Ich habe mich oft mit ihr besprochen, wenn ich bei meinen Kindern nicht weiter wußte. Fast immer fand sie mit der ihr unbewußten Sicherheit einen einfachen Weg, wo ich ihn mit all meinen Überlegungen nicht entdekken konnte. Nein, äußere Schwierigkeiten werden Angelika nicht schrecken." Ein wehmütiges Lächeln glitt über das mütterliche Gesicht. „Es wird mir sehr schwer werden, mich von meinem Kind zu trennen, dem ich einmal meine ganze Arbeit hinterlassen wollte. Auch äußerlich gesehen, weiß ich noch nicht, wie ich Angelikas Platz ausfüllen könnte. Aber das soll nicht ausschlaggebend sein. Wenn es Gottes Wille ist und mein Kind sie liebhat, will ich mich nicht als Hindernis in den Weg stellen. Aber ich habe eine Bitte an Sie, Herr Bruckner. Es ist ein Wunsch, kein Befehl. Lassen Sie mir Angelika noch eine Zeit, eine begrenzte Zeit, sagen wir ein Jahr. Für Angelika würde der Übergang zu plötzlich sein, und auch für Sie ist es besser, glauben Sie es mir. Auch Sie sollten noch einmal Zeit und Gelegenheit haben, Ihre Entschlüsse in voller Ruhe zu überprüfen."

„Ich habe mich geprüft und bin entschlossen", entgegnete Johannes Bruckner. Dann kam ihm ein anderer Gedanke. „Oder mißtrauen Sie meiner Sinnesänderung?" fragte er, aufs neue besorgt.

„Ich mißtraue weder Ihnen noch Ihrem mir gegenüber abgelegten Bekenntnis. Ich weiß aus eigener Erfahrung und aus mancherlei Miterleben, daß die Stunde der Umkehr oftmals plötzlich kommt, weil sie eben Gnade ist. Aber —"

„Sie meinen, es fehlt mir noch die Bewährung?" fiel ihr der Besucher ins Wort.

Frau Anna nickte. „Ja, das meine ich."

„Dann müßte ich wohl jetzt wieder gehen?" fragte Johannes zögernd und unglücklich. Das ganze Glück dieses Ostermorgens schien wieder in nebelhafte Ferne zu rücken.

„Aber ganz und gar nicht, Sie haben mich falsch verstanden. Bleiben Sie heute bei uns, und kommen Sie, so oft Sie wollen. Sie werden uns immer willkommen sein. Ich bat Sie nur, mit der Heirat zu warten, nicht mit der Verlobung."

„So gestatten Sie mir, daß ich mich mit Angelika verlobe?" Alle Bedrückung war verschwunden.

„Ich wünsche es sogar. Verlobungszeit ist Prüfungszeit. Aber sie ist auch noch etwas anderes. Für meinen Mann und mich waren die zwei Jahre unserer Verlobung wohl die schönsten unseres ganzen Lebens, unbeschwert von manchen Sorgen, wie sie ja später keinem Menschen erspart bleiben." Ein kleines verträumtes Lächeln glitt über ihre Züge und ließ sie jünger erscheinen. „Und das wünsche ich meiner kleinen Angelika auch: so eine richtige altmodische Verlobungszeit, an der auch ich mich mitfreuen kann." Ein bißchen schalkhaft fügte sie hinzu: „Vielleicht erinnern Sie sich noch aus Ihrer Kinderzeit an die alte Geschichte von Jakob und Rahel? Er mußte sieben Jahre um sie dienen, und als die Zeit um war, erschien sie ihm wie sieben Tage — so lieb hatte er sie, steht in der Schrift. Wäre da ein Jahr nicht recht und billig?" — Herzlich und fast bittend sah Mutter Anna ihren Gast an.

Offen erwiderte er diesen Blick. „Das Jahr wird mir nicht lang werden mit der Hoffnung im Herzen."

„Nutzen Sie die Zeit zum Wachstum am inneren Menschen, wie es in der Schrift heißt. Und jetzt, meine ich, wollen wir Angelika rufen." Mutter Anna stand auf. „Ich will auch gleich Frau Maurer und den Kindern mitteilen, was sich heute hier ereignet hat. Wir wollen miteinander ein rechtes Ostern feiern und Verlobung zugleich."

II.

Leicht glitt der Wagen auf der Uferstraße am Bodensee entlang. Die Maiensonne beschien die liebliche Landschaft. Johannes Bruckner hielt an und stieg aus, Angelika folgte. Mit einem Seufzer blickte er um sich und legte den Arm um die schmalen Schultern seiner Frau. „Sieh dir alles noch einmal an, kleine Angelika, heute gilt es Abschied zu nehmen." Es war wie ein Traum, dachte Johannes. Wehmut schlich sich in sein Herz, und ein ungewisses Bangen vor dem Kommenden. „Es war wie ein Traum", sagte Angelika und schmiegte sich an ihren Mann. Fast betroffen sah er sie an: „Genau das hatte ich soeben gedacht." Wortlos stiegen sie wieder in den Wagen. Johannes hatte es nicht eben eilig auf der Heimfahrt.

So war es oftmals in diesen vierzehn Tagen gewesen. Manchmal saßen sie stundenlang nebeneinander, ohne ein Wort zu sagen. Aber es war ein gutes Schweigen, und wenn sie dann wieder sprachen, stellte es sich heraus, daß ihre Gedanken auf den gleichen Wegen gewandelt waren. — Wie ein Traum war das ganze letzte Jahr, sann Angelika weiter, während die Sonne ihre zarten Hände umspielte und sie erwärmte. Zuerst der Jubel und Trubel bei der österlichen Verlobung im Kinderheim. Zwar hatte Mutter Anna nicht viel gesprochen an jenem ersten Osterfeiertag vor einem Jahr, aber wenn Angelikas Blick ängstlich die Augen der Mutter suchte, hatte sie ihr freundlich und ermunternd zugenickt. Auch in Rosels Augen schimmerten Tränen, als sie der Schulkameradin und Pflegeschwester gratulierte. Arme Rosel! Wie gut, daß sie ihren Hans-Joachim hatte, der nun schon auf festen Beinen herummarschierte.

Der einzige, der sich seltsam benahm, war Fridolin gewesen, gerade dieser Junge, der anfangs ein besonders gutes Verhältnis zu Johannes gehabt hatte. Lächelnd hatte sich Johannes damals zu ihm niedergebeugt: „Alter Junge, kriegen Angelika und ich keinen Glückwunsch von dir?“

„Ich gratulier'“, war die hölzerne Antwort gewesen. Selbst die Ostereier schienen dem Jungen nicht zu schmecken.

Ja, das waren kleine, huschende Schatten an jenem sonnigen Verlobungstag, der nun schon länger als ein Jahr zurücklag, aber zu klein und zu gering, um Angelikas großes Glück ernstlich trüben zu können.

Ein Mensch hatte damals in Seligkeit geschwommen: Frau Maurer. „Auf ein Gut heiratet unsere Angelika,

Frau Professor. Haben Sie schon an die Aussteuer gedacht? Wir wollen uns nicht lumpen lassen vor der reichen Verwandtschaft, in die unser Kind kommt", hatte sie ausgerufen. Angelikas Glück war es gewesen, daß die gute Frau Maurer von Anfang an die Sorge um die Ausstattung tatkräftig in die Hand nahm, sonst wäre gewiß nicht allzu viel daraus geworden. So konnte sie einen feinen, kleinen Leinenschatz in das große, kalte Haus mitbringen, vor dem sie sich immer ein bißchen fürchtete.

Ja, auch vor der neuen Verwandtschaft bangte ihr. Angelika kannte sie bis jetzt noch wenig. Man war nicht unfreundlich zu ihr gewesen, als sie mit der Pflegemutter zum erstenmal zu einem kurzen Besuch auf das Gut kam. Johannes' Vater hatte sie sogar herzlich angesehen und ihre Hand festgehalten, so als wolle er ihr etwas sagen, hatte dann aber doch geschwiegen, vielleicht weil seine Frau dazu kam. Ich will lieb zu dem Vater sein, beschloß Angelika damals, ich glaube, er kann es gebrauchen. An die Schwiegermutter dachte die junge Frau immer mit einem Gefühl der Unsicherheit. Sie spürte noch den prüfenden Blick, mit dem sie bei der Vorstellung gemustert worden war. Gewiß hatte sich Johannes' Mutter ihre Schwiegertochter ganz anders vorgestellt, dachte Angelika. Wie klein und unbedeutend war sie sich neben der stattlichen Frau vorgekommen. Ich muß noch viel von ihr lernen, und ich will mir große Mühe geben, nahm sie sich damals vor. Weshalb wohl Johannes' Schwester unsichtbar geblieben war? Beim ersten Besuch schon hatte die alte Frau Bruckner der Tochter Abwesenheit damit entschuldigt, daß eine Freundin sie unerwartet abgerufen hätte. Auch als Angelika einige Wochen vor der Hochzeit mit Frau

Maurer auf dem Gut erschien, um ihre Wäsche und die wenigen Möbel, die sie mitbrachte, einzuräumen, ließ sich die zukünftige Schwägerin nicht blicken. Wie sie wohl sein mochte, überlegte Angelika. Johannes sprach so wenig von seiner Schwester. Auf die Vermutung, daß ihr die Schwägerin bewußt aus dem Weg gegangen war, kam Angelikas unschuldige Seele nicht.

Wie schon oft, begegneten sich auch diesmal die Gedanken der jungen Eheleute. Welche Ungezogenheit war es doch von Susanne, meine Angelika einfach zu schneiden, dachte Johannes und legte in einer unbewußt schützenden Gebärde den Arm um die Schultern seiner Frau. Angelika hob mit unschuldigem Ausdruck ihr Gesicht und lächelte ihm zu. Aber seine umwölkte Miene erhellte sich nicht. Wie soll es nur zu Hause werden, setzte er seinen Gedankengang fort. Ein Vers des Hochzeitsliedes kam ihm in den Sinn: „Soll's uns hart ergehn, laß uns feste stehn und auch in den schwersten Tagen niemals über Lasten klagen, denn durch Trübsal hier führt der Weg zu dir." Er hatte seinen Weg gewählt, und er wußte, daß dieser Weg durch manches dunkle Tal führen würde.

Das vergangene Jahr war nicht ungenützt vorübergegangen. Johannes hatte, Mutter Annas Weisung folgend, das Wort Gottes eifrig gelesen, allein und in Gemeinschaft mit seinen getreuen Küppers, und so war es zu jenem Wachstum am inneren Menschen gekommen, das Anna Fink als unabdingbare Voraussetzung für eine Ehe mit Angelika ansah. Ja, fest stehen wollen wir, und Gott wird uns helfen und uns stärken, dachte er zuversichtlich und zog Angelika fester an sich.

In einem der hübschen Konstanzer Hotels fanden sie schnell Quartier. Da sie in der Vorsaison kamen, war es noch nicht sehr besetzt. Am Abend schlenderten Johannes und Angelika am Ufer des Sees entlang. Vor dem „Konzil" blieben sie stehen. „Dort hielten sie Hus gefangen", sagte Johannes, „bis sie ihn verbrannten."

„Um seines Glaubens willen", ergänzte Angelika und zog den Mantel enger um ihre Schultern.

Ich muß mit ihr sprechen, dachte Johannes sehr bedrückt. So unvorbereitet, wie sie jetzt ist, darf sie nicht zu meiner Familie kommen. Es fällt mir so schwer, mir ist, als müßte ich sie mit harter Hand aus ihrem Kindheitstraum reißen.

Und wieder war es Angelika, die ihrem Mann entgegenkam. „Weißt du, Johannes", sagte sie nachdenklich, „ich glaube, deine Eltern hatten sich ihre Schwiegertochter einmal ganz anders vorgestellt und sind nun sehr enttäuscht."

„Vater nicht", widersprach Johannes. Nach einer kleinen Pause fuhr er fort: „Bei allem, was kommen mag, vergiß eines nicht, Angelika! Ich bin dreiunddreißig Jahre alt, und das Gut gehört mir. Ich habe gegen meine Angehörigen feste geldliche Verpflichtungen, die ich gewissenhaft einhalten werde. Ja, ich bin gewillt, über das Festgelegte hinauszugehen, wenn es nötig werden sollte. Daß wir beide, du und ich, jederzeit bereit sind, unseren Eltern mit aller Liebe und allem Respekt entgegenzukommen, ist eine Selbstverständlichkeit. Aber mein persönliches Leben kann ich mir einrichten, wie ich es für richtig halte. Ich würde niemandem eine unbefugte Einmischung gestatten."

Angelika rückte ein Stückchen von ihrem Mann ab, so daß ein kleiner Zwischenraum entstand. „Du meinst doch nicht im Ernst, daß zwischen deinen Angehörigen und uns ein Zwiespalt entstehen könnte durch unsere

Heirat? Wir müssen alles tun, um das zu verhindern, und ich glaube bestimmt, daß es uns gelingen wird."

Angelika, dachte Johannes traurig, du kennst Susanne nicht. Er wollte zum Sprechen ansetzen, als sie fortfuhr: „Dein Bruder ist doch wirklich nett. Wie freundlich kam er mir bei der Hochzeit entgegen, und wie fröhlich und harmlos spielte er mit den Kindern! Selbst Mutter Anna war ganz angetan von ihm."

Jochen, der alte Charmeur, dachte Johannes und mußte unwillkürlich ein bißchen lachen, während er sich daran erinnerte, wie großartig es der hübsche Junge verstanden hatte, mit den Insassen des Kinderheims umzugehen bei seiner und Angelikas Hochzeit, die nur im kleinen Kreis dort gefeiert worden war, wobei der junge Bruder der einzige Abgesandte der Familie Bruckner gewesen war. Selbst die verschüchterte Rosel war aufgetaut, als sich Jochen für seinen kleinen Namensbruder Hans-Joachim begeisterte. Nur einer war unbeeindruckt geblieben: Fridolin. Still hatte er am Tisch gesessen, den tränenschweren Blick auf Angelika gerichtet, und auf die Frage, was ihm fehle, herausgewürgt: „Jetzt geht sie fort, alles ist aus!" Armer, kleiner Mann, dachte Johannes mitleidig bei seiner Erinnerung daran.

Der duftende Maienabend ging zu Ende. Viele kleine Lichter tanzten auf der leichtbewegten Oberfläche des Bodensees. Angelika und Johannes konnten sich gar nicht von dem Anblick losreißen. Langsam, Arm in Arm, machten sie sich auf den Rückweg ins Hotel.

„Ist es nicht wunderbar, wie sich alles im Kinderheim geordnet hat?" fragte Angelika mehr sich selbst als ihren Mann.

„Vielleicht mußte Rosel nach Hause kommen, um Mutter Anna die Büroarbeiten abzunehmen, die sie nicht mehr bewältigen konnte. Ich hätte ihr zwar gewünscht, sie wäre anders heimgekehrt, aber vielleicht hat sie gerade deshalb, weil sie selbst Mutter ist, so guten Kontakt zu den anderen Kindern. Elsi will später Säuglingsschwester werden und macht jetzt erst einmal zwei praktische Haushaltsjahre im Kinderheim. So hat sich die Lücke, die mein Fortgehen gerissen hat, schon fast geschlossen. Nur einer macht mir Sorgen: Fridolin."

„Er wird sich allmählich daran gewöhnen, ohne dich fertig zu werden", tröstete Johannes.

„So leicht nicht", erwiderte Angelika traurig, „das hängt mit seinem Schicksal zusammen. Wenn du wüßtest, in welchem Zustand er uns gebracht wurde! Ein Häufchen Elend, das mit drei Jahren weder sprechen noch gehen konnte! Er wirkte wie ein Schwachsinniger."

„Und dann hast du dich seiner angenommen?" fragte der junge Ehemann zärtlich.

Angelika nickte: „Daher unsere Freundschaft."

„Ja, dann hat er es jetzt schwer, der arme Junge", gab Johannes zu.

Nach der Rückkehr ins Hotel wurde es noch ein schöner Abend, vielleicht der schönste der ganzen Reise, weil er schon die leise Wehmut und die Vorahnung in sich trug, daß es nicht so bleiben würde, ja nicht so bleiben konnte in einer Welt, in der es so mancherlei Nöte gab, von denen sie beide wußten und die sie, wenn auch auf sehr verschiedene Weise, schon vielfach miterlebt hatten bei sich selbst oder bei anderen Menschen. In dem großen Glück dieser Stunden sagte Johannes zu seiner jungen Frau: „Ich möchte dir eine Freude machen, Angelika, eine Freude, ganz speziell für dich. Denke darüber nach und sage, was du dir wünschst."

Einen Augenblick blieb es still zwischen ihnen, dann fragte Angelika zaghaft: „Du sagtest mir, daß dir das Gut gehört. Bedeutet dies, daß du im Haus aufnehmen kannst, wen du willst?"

„Natürlich kann ich das", gab Johannes etwas verständnislos zu.

„Nun dann, so wünsche ich mir Fridolin."

Unaufhaltsam rollte der Wagen der Heimat zu. In einer westdeutschen Großstadt machten sie noch einmal eine kurze Pause. Nach dem Essen führte Johannes seine Frau in ein großes Modehaus. „Bitte, suche dir zwei nette Kleider aus, eins für den Alltag, das andere für festliche Stunden", bestimmte er.

Verwirrt stand Angelika vor den Glasschränken, die eine für sie nie gesehene Pracht und Vielfalt an Kleidern enthielten. „Ich brauche doch gar keine Kleider", flüsterte sie ihrem Mann zu, als sich die Verkäuferin einen Augenblick entfernt hatte. „Alles Nötige habe ich, aber wenn du mir gern etwas schenken willst, so kaufe mir Stoff. Ich kann ganz gut nähen. Das alles hier ist viel zu kostbar und zu teuer für mich."

Aber Johannes ließ sich nicht beirren, schließlich wählte er selbst aus. Er hatte keinerlei Übung auf diesem Gebiet und paßte sich, ohne daß es ihm zum Bewußtsein kam, dem Geschmack seiner Schwester an. Susanne soll meine Angelika nicht belächeln, weil sie in einem bescheidenen Dirndlkleid in meinem Haus Einzug hält, dachte er und ließ eins der neuen Kleider einpacken. „Das andere ziehe gleich an", bat er.

Etwas steif saß Angelika kurze Zeit darauf neben

ihrem Mann im Wagen. Sie fühlte sich in der neuen Garderobe gar nicht recht wohl, und das machte sie unsicher. Immer langsamer fuhr der alte Mercedes, je näher er der Heimat kam. Bald waren es nur noch 100 km, dann noch 50. Ein liebliches Dorf lag am Wegrand, etwas abseits auf einem Hügel stand das Kirchlein. „Halt an", bat Angelika, „ich möchte gern in die Kirche gehen." Die Tür stand offen, es war ein katholisches Gotteshaus. „Weshalb wohl unsere Kirchen meistens geschlossen sind?" hatte Angelika einmal ihren Mann gefragt, aber er konnte ihr nicht darauf antworten. Während der Hochzeitsreise hatten sie viele Kirchen miteinander besucht, herrliches Barock bewundert und sich an feierlicher Gotik erbaut. Oftmals hatte Johannes Bruckner neben seiner Frau in schlichten Bauernkapellen gesessen, während sie an seiner Seite kniete. Auch an diesem, ihrem letzten Ferientag, kniete Angelika. Johannes sah sie von der Seite an. Die tiefe Versunkenheit ihres Gesichts ergriff ihn wie immer.

Als sie endlich aufstand, fragte er: „Du betetest heute so lange, Liebste. Sag mir, für wen und für was, ich möchte doch an allem teilhaben, was dich bewegt."

Sie traten nebeneinander aus dem leichten Dämmer der Kirche hinaus in den hellen Sonnenschein. „Zuerst habe ich mich noch einmal für alles bedankt", antwortete Angelika und sog die klare Frühlingsluft in sich hinein. „Ich habe so viel zu danken, ich kann gar kein Ende finden. Danach kam die Fürbitte, es werden immer mehr Menschen, die ich einschließen muß: Mutter Anna und das ganze Kinderheim. In letzter Zeit lag mir Fridolin besonders am Herzen. Vor allen anderen aber stehst du. Jetzt kommen deine Angehörigen hinzu."

„Meine Angehörigen?“ Fast erschrocken sah Johannes seine Frau an. Dann nickte er zustimmend: „Du hast recht, Angelika, ich glaube, sie haben es am allernötigsten, auch ich selbst muß viel mehr für sie beten als bisher.“

In der Stadt lenkte Johannes den Wagen zum Kinderheim. „Es ist noch Zeit genug bis zum Abend“, sagte er zu seiner Frau, „wir wollen Mutter Anna besuchen, und wenn es ihr recht ist, nehmen wir Fridolin gleich mit.“ Jubelnd fiel ihm Angelika um den Hals.

Die Stunden im altvertrauten Heim verflogen in Windeseile. Es gab so viel zu erzählen und zu fragen. War es doch die gleiche Reiseroute gewesen, die Mutter Anna und ihr Mann vor mehr als dreißig Jahren auf ihrer Hochzeitsreise genommen hatten, damals allerdings mit der Eisenbahn. Die Mutter konnte nicht genug hören und bekam junge Augen bei all den persönlichen Erinnerungen. Schließlich war die Abschiedsstunde gekommen. Gegen den Plan, Fridolin mit auf das Gut zu nehmen, hatte Mutter Anna nichts einzuwenden. Sie hatte sich in der letzten Zeit oft um den kleinen Kerl gesorgt.

In einer Art grimmiger Entschlossenheit verstaute Johannes Bruckner des Jungen wenige Habseligkeiten im Kofferraum des Autos. Wie ein Prinz nahm Fridolin im Fond des Wagens Platz und winkte seinen Pflegegeschwistern zu, die ein wenig neidisch am Gartentor standen und wiederwinkten. Wohlan denn, dachte Johannes und gab kräftig Gas, packen wir den Stier bei den Hörnern! Böse sind meine Leute zu Hause sowieso, da kommt es auf ein bißchen mehr oder weniger nicht an.

Von den letzten Strahlen der Abendsonne beschienen, lag das Gutshaus da, im Hintergrund die hohen, alten Bäume des Parks, umgeben vom frischen Grün des Buschwerks, aus dem das helle Gelb des Goldregens und das zarte Lila und Weiß des eben erblühten Flieders hervorleuchteten. „Wie schön!" rief Angelika und tat einen tiefen Atemzug. Vor dem Einfahrtstor standen Wilhelm und Alma Küppers. „Gott segne Ihren Einzug!" sagte der Bauer mit vor Bewegung rauher Stimme. Alma Küppers hatte Tränen in den Augen und überreichte Angelika einen Tulpenstrauß. Die Haustür wurde von dem Hausmädchen Erna geöffnet: „Frau Bruckner läßt bitten, daß die Herrschaften, wenn sie sich etwas erfrischt haben, gleich ins Eßzimmer kommen. Sie erwartet Sie zum Abendbrot in einer halben Stunde."

Johannes biß sich auf die Lippen. Die Mutter hätte uns doch an der Tür begrüßen können. Zum mindesten hätte Susanne kommen müssen, dachte er traurig und enttäuscht, während er hinter Erna mit den schweren Koffern in der Hand die Treppe emporstieg. Angelika mit Fridolin folgte unsicher.

Eine halbe Stunde später stand sich die Familie im Eßzimmer gegenüber. Jetzt sah Angelika ihre Schwägerin zum erstenmal. Ein großes, schönes Mädchen war sie, das mit einem undeutbaren Ausdruck auf sie herniederblickte.

„Was will denn dieser Junge hier?" fragte die alte Frau Bruckner.

„Es ist Fridolin", begann Angelika eine schüchterne Erklärung, aber da legte sich Johannes schon ins Mittel: „Meine Frau hat ihn aufgezogen, sie wollte sich nicht gern von ihm trennen."

Die kleine, peinliche Stille, die nach diesen Worten

entstand, wurde durch das Eintreten der Hausangestellten unterbrochen. Sie brachte das Essen.

„Nehmen Sie den Jungen mit in die Küche, Erna", bestimmte die alte Gutsherrin ungnädig, „und versorgen Sie ihn mit Abendbrot."

„Mutter, ich wünsche –", fuhr Johannes auf.

„Deine Mutter hat ganz recht", beschwichtigend legte Angelika die Hand auf den Arm ihres Mannes, „sie möchte sicher gern, daß wir die erste gemeinsame Mahlzeit im engsten Familienkreis einnehmen. Kannst du das nicht verstehen?" Zu dem Mädchen gewandt, fügte sie hinzu: „Fräulein Erna ist bestimmt so freundlich und versorgt unseren Fridolin an diesem ersten Abend."

Die „freundliche" Erna setzte verdutzt das Tablett auf der Anrichte ab und verschwand in Richtung Küche. Fridolin trottete hinter ihr her.

Das Essen verlief ziemlich schweigsam. Über kurze Fragen nach der Hochzeitsreise und ebenso kurze, aber sehr höfliche Antworten kam es nicht hinaus. Wie so ganz anders war doch der Empfang im Finkenheim gewesen, dachte Johannes wehmütig. Unauffällig beobachtete er das Gesicht seiner jungen Frau, es trug den Ausdruck eines aufmerksamen, demütigen Kindes.

Nach dem Essen begab man sich in die Diele. Wie ein Kind, das man in ein etwas zu großes Damenkleid gesteckt hat, sieht diese Angelika aus, dachte Susanne Bruckner abschätzig und zugleich etwas erleichtert. Sie ließ sich sogar zu einigen herablassenden Fragen herbei, die die junge Schwägerin schüchtern beantwortete. Vater Eduard humpelte auf seinen Ohrenstuhl zu und setzte sich ächzend nieder. Verstohlen hielt er nach seiner Zeitung Ausschau. Angelika, die es bemerkte, brachte sie ihm, und ein dankbarer Blick belohnte sie. Es war der erste freundliche Blick, der sie im Haus Bruckner traf.

Das Hausmädchen erschien in der Tür: „Was soll ich jetzt mit dem Jungen machen? Wo wird er schlafen?“

Nach kurzem Zögern bestimmte die alte Frau Bruckner: „Richten Sie ihm die blaue Kammer!“

Wieder fuhr Johannes hoch: „Aber Mutter, das ist doch unsere Kofferkammer und kein Schlafzimmer.“

„Nun gut“, räumte die Gutsherrin ein, „beziehen Sie ein Bett im Logierzimmer! Für die kurze Zeit seines Besuches will ich es gestatten.“

Angelika sah ihren Mann an und stand auf. „Vielleicht ist es das beste, ich kümmere mich um Fridolin. Er wird sich in dem fremden Haus fürchten. Ich bringe ihn zu Bett, wie er es gewohnt ist.“

Nachdem Angelika gegangen war, wandte sich Cläre Bruckner an ihren Sohn: „Bitte, Johannes, erkläre mir die Anwesenheit des Jungen.“

Zwischen Johannes' Brauen hatte sich eine steile Falte gebildet. „Fridolin ist nicht zu Besuch hier, er bleibt“, sagte er hastig. Etwas ruhiger fuhr er dann fort: „Bitte, verstehe es doch, Mutter! Fridolin ist Vollwaise. Auch Angelika ist Vollwaise.“

„Ich denke, sie lebte bei ihrer Tante, dieser Frau Professor Fink, und war deren Adoptivtochter.“

„Sie war ihre Pflegetochter und ihr ganz besonders lieb“, verbesserte Johannes, „blutsverwandt ist sie nicht mit ihr.“

Scharf blickte die Mutter ihren Sohn an. „Dann ist Angelika also nicht die Erbin dieser Professorenfrau?“

Ein dunkles Rot schoß Johannes ins Gesicht. „Darüber habe ich nicht nachgedacht, und es hätte auch nicht die geringste Rolle bei meinen Entschlüssen gespielt", sagte er fest.

Die Mutter schwieg und preßte die Lippen zusammen.

„Zu deiner Beruhigung möchte ich dir aber mitteilen, daß für Fridolin die Vollwaisen-Rente gezahlt wird. Ein Almosenempfänger ist er also nicht."

Die Atmosphäre im Zimmer begann unerträglich zu werden. Johannes stand auf und trat ans Fenster. Eine milde Frühlingsnacht stand dort draußen. Der Mond goß sein silbriges Licht über Bäume und Sträucher. Langsam beruhigte sich der Mann. Ich habe es ja gewußt, was kommen würde, sprach er zu sich selbst. O Herr, gib mir Geduld und Kraft zu tragen, vor allem, gib sie ihr, die ich liebe und deren Fuß ich bewahren möchte vor allen Steinen des Anstoßes!

Es war ein anderes Gesicht, das sich den drei Menschen vor dem Kamin zuwandte. „Mutter", sagte Johannes in ungewöhnlich herzlichem Ton, „was diese beiden Waisen brauchen, die ich heute ins Haus gebracht habe, ist nichts Materielles. In allen äußeren Dingen sind sie weit weniger verwöhnt als wir. Aber etwas brauchen sie, denn sie sind bis zum heutigen Tag damit umgeben gewesen: Liebe und Freundlichkeit, und vielleicht auch ein bißchen Geduld. Glaub es mir, was Angelika betrifft, kann ich schon heute versprechen: sie wird es dir reichlich lohnen."

Die Mutter erwiderte nichts und sah mit jenem Blick, den Johannes seit seinen Kindertagen kannte und der jede Diskussion ausschloß, geradeaus. Eduard Bruckner räusperte sich in seiner Ecke, als sei ihm etwas in die falsche Kehle gekommen. Es schien so, als wolle er etwas sagen, aber er schwieg dann doch wie immer und griff mit zittriger Hand nach dem neben ihm stehenden Weinglas, das aber leer war. Susanne stand auf. „Ihr erlaubt, daß ich gute Nacht sage. Sentimentalitäten liegen mir nun einmal nicht."

Nach kurzer Zeit kam Angelika zurück. Sie hatte das neue Kleid mit dem gewohnten Dirndl vertauscht. Jung und lieblich und sehr viel sicherer stand sie vor ihrer Schwiegermutter. „Fridolin liegt wie ein König in seinen weißen Kissen. Er hat noch niemals in einem so schönen Bett geschlafen. Es ist wirklich sehr lieb von dir, daß du ihm erlaubt hast, im Logierzimmer zu wohnen", sagte sie herzlich und wünschte den Schwiegereltern eine gute Nacht. Frau Cläre Bruckner legte die Handarbeit, an der sie den ganzen Abend über gestichelt hatte, fort. Verblüfft sah sie ihrer jungen Schwiegertochter nach.

Das Leben auf dem Gut hatte sich Angelika anders vorgestellt. Johannes nahm sich die Zeit, sie am ersten Morgen auf dem Hof und in den Ställen herumzuführen. Angelika verstand zu wenig von der Landwirtschaft, um einen wirklichen Nutzen von diesem Rundgang zu haben. In ihrer ehrlichen Art sagte sie das ihrem Mann. Johannes machte eine kleine, abwehrende Handbewegung: „Es ist auch nicht das Gebiet der Gutsfrau."

„Und welches ist ihr Gebiet?" wollte die junge Frau wissen.

„Oh, ein sehr weites: zunächst der Haushalt und das Kochen mit dem Einkochen, Backen und der Schlachterei im Winter. Dann untersteht der Gutsfrau der Gemüsegarten und das Federvieh."

Mutlos senkte Angelika den braunen Kopf. „Ein bißchen viel auf einmal. Glaubst du, daß ich das alles lerne?"

„Bestimmt", antwortete Johannes und drückte ermunternd den Arm seiner Frau.

Schön war es, so neben dem großen, stattlichen Mann durch die Wirtschaft zu gehen, empfand Angelika, im innersten Herzen glücklich und immer noch erstaunt, daß dieser Johannes Bruckner wirklich ihr Mann war. Im Hausgarten trafen sie Alma Küppers damit beschäftigt, Sämlinge zu pikieren. Mit gekrümmtem Rükken kniete die nicht mehr junge Frau auf der Erde und hob sorgsam Pflänzchen für Pflänzchen aus dem Mistbeet, um sie dann in das vorbereitete Freiland zu setzen.

Voll Interesse sah Angelika zu. „Hier könnte ich ja gleich anfangen zu helfen", erbot sie sich freundlich, „von Gartenarbeit verstehe ich einiges."

Die Augen der Bäuerin umfaßten liebevoll die Gestalt der jungen Gutsherrin. „Ich schaffe es schon allein, Frau Bruckner", wehrte sie leise ab.

„Wenn wir Küppers nicht hätten!" sagte Johannes, als sie außer Hörweite waren.

„Mir gefielen sie auch vom ersten Augenblick an", erwiderte Angelika lebhaft, „könnte ich sie nicht bald einmal besuchen?"

„Wir gehen heute abend zur Abendandacht zu ihnen."

„Wie schön, Johannes! Halten sie immer abends ihre Andacht und dürfen wir teilnehmen? Das wird ja sein wie zu Hause."

Wie zu Hause, dachte Johannes und fühlte einen kleinen Stich im Herzen. Jetzt sollst du hier zu Hause sein, ich habe dich in mein Heim verpflanzt, so wie Alma Küppers ihre kleinen Sämlinge. Wirst du gedeihen in meinem Acker? – Während er neben seiner Frau durch den Wirtschaftsgarten weiterschritt, erklärte er ihr die Einteilung der Beete. Auf diesem Gebiet hatte Angelika sehr viel mehr Erfahrung, das bewiesen ihre sachkundigen Fragen.

Vom Geflügelhof tönte lebhaftes Gegacker herüber. Die Miene des Gutsherrn umwölkte sich. „Unsere Geflügelhaltung liegt im argen. Früher, zu Mutters Zeiten, hatten wir einen viel größeren Bestand. Mit dem Eierverkauf hat meine Mutter in schweren Zeiten, die wir ja auch erlebten, oft den ganzen Haushalt bestritten. Den Markt in der Stadt versorgte sie mit Hunderten von Junghähnchen, unsere Mastgänse und -enten hatten eine gewisse Berühmtheit. Das niedrige Gebäude dort ist das Bruthaus. In ihm standen die Brutmaschinen, das heißt sie stehen noch da, aber sie werden nicht mehr benutzt."

„Du sagtest: zu Mutters Zeiten. Untersteht deiner Mutter das Geflügel nicht mehr?"

„Nein", entgegnete Johannes kurz, „meine Schwester besorgt jetzt die Kleintierzucht."

Susanne trat aus der niederen Tür des großen Gebäudes. „Oh, hoher Besuch", sagte sie spöttisch, „bitte einzutreten. Aber ich habe leider keine Zeit für nähere Erläuterungen. Die zweite Brut Küken schlüpft gerade aus, und die brütende Pute ist widerspenstig, sie läßt sich nicht anfassen. Das störrische Biest hat schon zwei Kücken totgetreten."

„Oh", bedauerte Angelika mit einem Blick auf die kleinen toten Küken, die auf dem Boden lagen. Dann trat sie in ihrer leisen Art an die große auf dem Nest sitzende Pute heran. „Ich werde sie hochhalten, während du die Kleinen wegnimmst."

Mit vorsichtigem, aber festem Griff faßte Angelika das schwere Tier und hob es hoch. Die Pute kollerte und zischte und versuchte, sie zu beißen, aber Angelika setzte sie schnell nieder und sprang zur Seite. Zwölf goldgelbe Küchlein lagen im Nest. Susanne nahm sie heraus und setzte sie in den vorbereiteten Korb. Mit unsanftem Griff beförderte sie das Bruttier auf die letzten, noch im Nest liegenden Eier zurück. Die schnelle und tatkräftige Hilfe der neuen Schwägerin schien sie nicht bemerkt zu haben.

„Verstehst du denn etwas von Federvieh?" fragte Johannes, der verwundert der kleinen Szene zugesehen hatte.

Angelika mußte lachen. „Weißt du, ich glaube, alle kleinen Geschöpfe, ob Mensch oder Tier, sind sich ein bißchen ähnlich. Ich habe ja in meinem Leben bisher immer mit ihnen zu tun gehabt. Außerdem hielt Mutter Anna auch Hühner, und in jedem Frühling saßen bei uns Glucken, allerdings keine Puten, aber oft bitterböse Glucken, die Nest und Brut verteidigten."

Dieses Gespräch fand schon wieder im Freien statt. Susanne hatte die Eheleute nicht zu längerem Bleiben aufgefordert, und so wandten sie sich jetzt dem Gutshaus zu.

In der weiträumigen Küche waren sie nicht sehr willkommen, Angelika spürte es sofort. Die alte Frau Bruckner im sauberen, grauen Hauskleid mit einer riesigen altmodischen weißen Schürze angetan, stand vor dem Küchentisch und panierte Schnitzel. Interessiert sah Angelika der Schwiegermutter zu. „Ich verstehe noch so wenig vom Kochen", bekannte sie ehrlich.

Die alte Frau sah kaum auf. „Es ist ja nicht nötig", sagte sie abweisend, so daß die junge Frau kein weiteres Wort wagte.

Das Hausmädchen Erna stand vor dem Spültisch und erledigte den Abwasch. Man konnte es ihr ansehen, wie gespannt sie auf jedes Wort der alten Gnädigen lauschte. Aber sie kam nicht auf ihre Rechnung. „Hier nebenan ist die Vorratskammer", erklärte Johannes und öffnete vor seiner Frau die Tür. Die steile Falte hatte sich wieder zwischen seinen buschigen Brauen eingenistet. Ehrfurchtsvoll stand die junge Frau vor den riesigen Regalen. „Ich wünschte, Mutter Anna könnte das alles sehen", sagte sie, „und ich wünschte, wir hätten die Hälfte dieser Vorräte im Kinderheim."

Eine andere Tür führte von der Küche aus in die ehemalige Gesindestube. Der Gutsherr ließ seine Frau in einen großen Raum eintreten, in dem sich nichts weiter befand als ein riesiger alter Schrank, grobe Holzbänke, Stühle und ein klobiger Tisch. „Der Raum ist jetzt unbenutzt", erklärte er, „seitdem wir kein Hauspersonal mehr haben. Erna bewohnt ein nettes Giebelzimmer. Vor zwei Jahren aßen die Gastarbeiter hier, im letzten Jahr hatte ich kein Glück mit ihnen. Ich schaffe mir jetzt eine neue Erntemaschine an und hoffe, mit Küppers Hilfe und einigen Aushilfskräften aus dem Dorf fertig zu werden." Das letztere sagte Johannes zu seiner Frau, während sie die Küche zum zweitenmal durchschritten. „Du schaffst dir also die Maschine an?" fragte die scharfe Stimme der Mutter. „Ja", entgegnete Johannes und schloß die Küchentür mit einem Ruck.

Der Rundgang war beendet. „Ich gehe jetzt ins Büro, es ist vieles liegengeblieben während meiner Abwesenheit. Kannst du eigentlich Maschine schreiben, Angelika?"

„Nein", bekannte sie beschämt.

Etwas hilflos stand die junge Frau im Haus herum. Ich könnte den Tisch decken, überlegte sie, wagte aber nicht, dem Hausmädchen, das eilig mit einem Tablett erschien und wieder verschwand, ihre Hilfe anzubieten. Zögernden Schrittes ging sie schließlich in die Diele und setzte sich. Vater Eduard saß wie immer in seinem Sessel, die Zeitung auf den Knien. Er war ein wenig eingenickt. Er sieht so einsam aus, ging es der jungen Frau durch das Herz, und er sitzt so nutzlos herum, genau so nutzlos wie ich im Augenblick. Eine kleine Traurigkeit wollte sich ihrer bemächtigen, aber sie schüttelte sie energisch ab. Nein, nein, sie war jung und gesund, voll guten Willens und Gottvertrauens, mit ihr war es etwas ganz anderes. Ein Erbarmen stieg in ihr auf mit dem alten Mann, von dessen Leiden sie nichts wußte, deren Vorhandensein sie aber fühlte.

Eduard Bruckner schlug die Augen auf. „Ach so, du bist da", sagte er und richtete sich ein wenig hoch. „Haben sie auch keine Verwendung für dich?"

„Ich bin noch so fremd hier und weiß nicht Bescheid", erwiderte Angelika, „später kommt es bestimmt nicht mehr vor, daß ich müßig herumsitze, denn daß es hier viel Arbeit gibt, habe ich heute schon gesehen."

„So, hast du das?" Die Stimme des alten Herrn klang brüchig. „Ich habe es niemals so recht gesehen. Weißt du, ich kam aus einer ganz anderen Welt damals. Im ersten Weltkrieg war ich Berufsoffizier, und nachher, als man uns Soldaten nicht mehr brauchte und ich nicht wußte, wohin, da bin ich eben hier gelandet." Der scheue Blick des Alten streifte die Tür, die in die Küche führte, er dämpfte die Stimme: „Sie war nicht mehr ganz jung damals, weißt du, durch den Krieg waren viele Mädchen überständig geworden, und ich, nun ich war das, was man einen stattlichen Kerl nennt, so ähnlich wie Johannes, vielleicht noch mehr wie Jochen. Du kannst es dir nicht vorstellen, wie? Aber es war so. Und wenn man keine Heimat hat und nicht weiß wohin, dann ist man dankbar, wenn sich eine Tür auftut. Man geht durch die Tür und weiß nicht, wohin sie führt und was dahinter ist. Nein, das weiß man nicht."

Heimatlosigkeit? Angelika wußte, was das bedeutete. Fast alle Insassen des Kinderheims waren Heimatlose gewesen. Ihnen allen und ganz besonders ihr hatte sich eine Tür aufgetan. Ein Zuhause war ihnen bei Mutter Anna geworden, und was für ein schönes Zuhause!

„Aber durch deine Heirat hattest du doch dann eine Heimat gefunden?" wagte Angelika einen schüchternen Einspruch, „und du hattest doch ein so großes und schönes Arbeitsfeld hier auf dem Gut?"

„So, meinst du?" kam es bitter zurück. „Zuerst war noch der Schwiegervater da, der sich keinen Deut aus der Hand nehmen ließ und sich auch nicht die Mühe machte, mich anzulernen, wie ich es gern wollte. Und später nahm sie alles in die Hand, die Innen- und die Außenwirtschaft. Ich verstünde ja doch nichts davon, da nähme sie sich lieber einen Verwalter, gab sie mir zu verstehen."

„Aber womit beschäftigtest du dich, was tatest du?" fragte Angelika ängstlich.

„Das Büro überließ sie mir gern, selbstverständlich unter ihrer Aufsicht. So sparte sie einen Buchhalter, denn ich hatte natürlich keinen Anspruch auf Entgelt. Nun, alles und jedes konnte sie mir nicht nachrechnen, glücklicherweise."

Was meinte der alte Mann? Er würde doch nicht etwa? Angelika schob jeden mißtrauischen Gedanken zurück wie eine Einflüsterung des Bösen.

„Ausgangs der zwanziger Jahre ging es knapp zu in der Landwirtschaft", fuhr Vater Eduard fort, „so mancher mußte damals ins Gras beißen, wir nicht! Sie paßte auf!"

„Vielleicht war es nötig in jener Zeit", sagte Angelika.

„Ja, das Gut erhielt sie — ob ein Mensch darüber zugrunde ging, das war Nebensache." Es klang unendlich bitter.

„Hast du denn keine persönliche Freude gehabt?" fragte die mitleidige Stimme.

Das Gesicht des alten Bruckner veränderte sich. „Eine Freude und ein Interesse habe ich gehabt und mir nicht nehmen lassen: Pferde. Ich war Herrenreiter und habe Preise nach Hause gebracht. Das Reitpferd konnte ich mir durch eine kleine Aufwertung nach der Inflation kaufen. Meine Frau war stolz, wenn ich bei landwirtschaftlichen Turnieren als Sieger heimkam. Leider brachte es kein Geld ein, nur Pokale."

„Aber ihr hattet doch Kinder, die ja auch die deinen waren", sagte Angelika sanft, „sie mußten doch Freuden und Interessen in dein Leben bringen."

„Anfangs wohl, aber später wurde es so wie mit allem übrigen: Sie riß die Erziehung der Kinder an sich, sie bestimmte über Berufsausbildung und Umgang der drei, ich wurde beiseite geschoben, ja manchmal sogar belächelt."

Das letzte hatte der alte Mann sehr leise gesagt. Er machte eine hilflose Bewegung mit der Hand. Angelika sah auf diese Hand. Ob sie nicht die Kraft gehabt hatte, zuzupacken und festzuhalten und notfalls zu verteidigen? Jeder kritische Gedanke lag ihr meilenweit fern. Sie empfand nur Mitleid und suchte nach Erklärungen und nach einem Trost.

„Jetzt bin ich da", kam es ihr unwillkürlich über die Lippen. Gleich, nachdem sie es ausgesprochen hatte, schämte sie sich ihrer Vermessenheit. Wie konnte sie dem alten Mann helfen mit ihrer schwachen Kraft? Sie, die doch selbst so vieler Hilfe bedurfte?

Die Uhr in der Diele holte zum Schlag aus: Mittagsstunde. Gleich mußte Fridolin aus der Schule kommen. Würde er am Tisch essen dürfen oder bei der nicht sehr freundlichen Erna in der Küche? Jedenfalls wollte sie ihm entgegengehen und dafür sorgen, daß er manierlich und mit sauberen Händen zum Essen erschien, ganz gleich, ob draußen oder drinnen. Angelika nickte dem Schwiegervater zu und verließ die Diele.

Vater Eduard sah ihr wehmütig nach. Mit ihr wird sie es genau so machen wie mit mir. Sie kommt ja auch mit leeren Händen wie ich damals, und das ist das größte Verbrechen in diesem Haus. Aber ich kann dem armen Kind nicht helfen, sann er vor sich hin. Mit einer mutlosen Gebärde lehnte er sich in seinen Sessel zurück. Er hatte es aufgegeben, sich selbst oder einen anderen Menschen zu verteidigen — und jetzt hätte er es, zum erstenmal seit langer Zeit, gern getan. Doch sie hat ja Johannes, tröstete er sich. Er war immer das beste meiner Kinder, nur hatte er nie viel Zeit für mich, weil die Mutter ihn zu früh und zu schwer mit Sorgen belastet hat.

Pünktlich 12 Uhr 15 ertönte der Gong, und die Familie versammelte sich im Eßzimmer. Fünf Gedecke lagen auf dem Tisch.

„Wo ißt der Junge?" erkundigte sich Johannes Bruckner.

„In der Küche selbstverständlich", entgegnete seine Mutter und nahm an dem großen Eßtisch Platz.

„Ich wünsche, daß er mit uns ißt", bestimmte der Sohn. „Erna, bitte, bringen Sie noch ein Gedeck!" Das Mädchen zögerte und sah die alte Gnädige fragend an, aber Frau Bruckner blickte angelegentlich auf ihren Teller, so brachte sie das Gedeck und den verlegenen Fridolin. Angelika und der Junge falteten ihre Hände zu einem stummen Tischgebet. Johannes Bruckner schloß sich an.

Die alte Frau Bruckner überging dieses kurze Zwischenspiel, aber Susanne war es anzusehen, daß sie mit einem jener krampfhaften Ausbrüche von Heiterkeit kämpfte, die ganz und gar nichts Fröhliches an sich hatten. Erna brachte das Essen. Sie servierte rasch und lautlos. Es gab den ersten frischen Spinat aus dem Garten, aber niemand aß mit Appetit. So war die Mahlzeit schnell beendet.

Nach dem Mittagsbrot wollte Angelika mit Fridolin Schularbeiten machen — aber wo? Die leere Gesindestube fiel ihr ein. „Bring deine Mappe und komm mit", sagte sie zu dem Jungen. In der Küche stand Erna vor dem Abwaschtisch. „Ich gehe mit Fridolin in die Leutestube und mache dort mit ihm Schularbeiten. Ich hoffe, es wird niemand etwas dagegen haben", bemerkte Angelika im Vorübergehen.

Das Mädchen zuckte mit den Schultern. „Von mir aus", sagte es schnippisch. Angelika betrachtete den riesigen Abwasch. „Geh schon voran, Fridolin, und packe deine Bücher aus, und wenn du etwas auf die Tafel zu schreiben hast, so tue das zuerst. Aber ich bitte mir aus, sauber, du weißt, sonst wische ich es wieder fort", bestimmte sie und trat zu Erna. „Ich trockne Ihnen ab, damit Sie schneller fertig werden." Ohne eine Antwort abzuwarten, ergriff die junge Frau ein Trockentuch und machte sich schnell und geschickt an die Arbeit. Erna zuckte wieder mit den Achseln. „Von mir aus", sagte sie zum zweitenmal, aber es klang schon freundlicher.

Fridolin maulte. „Die machen hier alles ganz anders als bei uns", sagte er weinerlich. „Die Kinder kann ich überhaupt nicht verstehen, sie sprechen so komisch."

Angelika sah auf ihren kleinen Freund hernieder. „Fridolin", begann sie ernsthaft, „auch mir ist hier alles fremd, vieles ist anders als bei uns zu Hause. Aber ich bin hierhergekommen, weil ich Onkel Johannes liebhabe. Und weshalb bist du hergekommen?"

Der Junge dachte einen Augenblick nach. „Weil ich dich liebhabe", antwortete er überzeugt.

„Dann geht es uns beiden also gleich — mit einem Unterschied: Ich habe Onkel Johannes geheiratet und kann deshalb niemals mehr fort, ich will es auch nicht, ich habe es ihm fest versprochen, und unser himmlischer Vater hat mein Versprechen gehört. Aber du kannst wieder nach Hause zurück, wenn du nicht hierbleiben möchtest. Daran mußt du immer denken. Du brauchst es mir nur zu sagen, dann bringt dich Onkel Johannes nach Hause."

Der Junge dachte angestrengt nach, dann schüttelte er den Kopf. „Nee, Angelika, wo du bist, bleibe ich auch. Ich muß ja auch auf dich aufpassen."

Angelika drückte ihren kleinen Freund und Pflegebruder fest an sich. „Also dann hätten wir uns wohl verstanden, und wir wollen nicht gleich maulen, wenn mal etwas schiefgeht, nicht wahr?"

Nach einer Weile emsigen Arbeitens hob der Junge den Kopf. „Du, Angelika, hier auf dem Hof ist ein Mann, der sagt, ich soll Onkel Küppers zu ihm sagen. Er hat mir erlaubt, heute nach dem Vesper zu ihm in die Ställe zu kommen, um beim Füttern zu helfen. Darf ich?"

„Ja, Fridolin, du darfst. Zu Onkel Küppers und seiner Frau kannst du immer gehen, wenn du willst und sie dich haben wollen. Aber du mußt mir Bescheid sagen, wenn du gehst, damit ich weiß, wo du bist, und mich nicht ängstige."

Der Junge nickte eifrig und erledigte den Rest seiner Schularbeiten, um so schnell wie möglich zu seinem neuen Bekannten laufen zu können.

Auch wir gehen heute abend zu Küppers, dachte Angelika erleichtert und konnte die Zeit kaum erwarten. Sie holte sich ihre Schreibmappe und schrieb einen langen Brief an Mutter Anna. Ausführlich beschrieb sie ihren Rundgang durch die Wirtschaft und erkundigte sich nach jedem einzelnen Insassen des Kinderheims. Ihre Unterredung mit Vater Eduard streifte sie kurz, und von ihrem Gespräch mit Fridolin erwähnte sie nichts. Sie wollte ja das Herz der Mutter nicht beschweren.

Wir werden es mit Gottes Hilfe schon schaffen, dachte sie zuversichtlich, während sie sich aufmachte, ihren Mann vom Wirtschaftshof zum Abendessen abzuholen.

Das Pfingstfest stand dicht vor der Tür, und das Haus duftete nach Kuchen. Angelika bot ihre Hilfe in der Küche an, aber sie wurde abgewiesen, obgleich die alte Frau Bruckner und Erna alle Hände voll zu tun hatten. Nur das tägliche Abtrocknen des Geschirrs blieb eine stumme Übereinkunft zwischen Angelika und Erna.

Einmal hatte Angelika versucht, im Gemüsegarten zu helfen, weil sie bemerkte, daß Alma Küppers der Arbeit nicht mehr Herr wurde. Eine große Arbeitsschürze über ihr Dirndl gebunden, begegnete sie ihrer Schwiegermutter in der Küche.

„Wohin willst du in diesem Aufzug?" wurde sie streng gefragt.

„In den Gemüsegarten. Frau Küppers kann die Arbeit nicht allein schaffen."

„Hat sie geklagt?"

„Nein, das nicht, aber ich sehe es und möchte ihr helfen."

„Es ist keine Arbeit für eine Gutsfrau", verwies sie die Schwiegermutter. „Ich werde Johannes sagen, daß er eine Aushilfe aus dem Dorf beschafft." Traurig band Angelika die Schürze wieder ab.

Am Pfingstmorgen rüstete sich die ganze Familie zum Kirchgang. Mit Fridolin an der Hand stand Angelika in ihrem neuen Kleid beklommen neben ihrem Mann und wartete auf die Schwiegereltern. Cläre Bruckner und Susanne traten aus der Tür.

„Wo ist Vater?" fragte Angelika ihren Mann.

Statt seiner antwortete die Schwiegermutter: „Er ist zu steif, es würde ihm zu schwer werden."

Der Weg zur Kirche war kurz, kaum fünf Minuten zu gehen. Johannes und ich hätten ihn doch führen können, dachte Angelika, wagte aber keinen Einspruch. Vor dem Hoftor schlossen sich Alma und Wilhelm Küppers der Familie an.

„Eine richtige Karawane“, spöttelte Susanne, der es anzusehen war, wie gleichgültig ihr dieser Kirchgang war, den sie nur aus Gewohnheit mitmachte.

Angelika liebte das Kirchlein. Sie war jeden Sonntag dort gewesen, fast immer mit Johannes. Sie mochte auch den alten, weißhaarigen Pfarrer gern, der bei ihrem Antrittsbesuch im Pfarrhaus so herzliche Worte für die junge Gutsfrau gefunden hatte. Unter den Worten der Predigt vergaß sie bald, was sich in letzter Zeit manchmal als Bedrückung auf ihre Seele gelegt hatte. Ihr wurde frei und froh ums Herz, und sie war sich aufs neue des großen Glückes bewußt, das ihr Gott geschenkt hatte.

Dieser erste Pfingsttag wurde fast wie ein Nachklang zu ihrer Hochzeitsfeier. Gleich nach dem Gottesdienst fuhr Johannes mit seiner Frau und Fridolin hinaus in das blühende Land. Sie wollten den ganzen Tag über fortbleiben. Der alten Frau Bruckner war es recht so. Susanne würde den Nachmittag bei einer Freundin zubringen, Jochen hatte sich über das Fest mit einem Ausflug in die Schweiz entschuldigt, und Erna fuhr für beide Feiertage in ihre Heimat. So hatte die alte Gutsfrau etwas Ruhe, die sie, obgleich sie es sich niemals eingestanden hätte, recht gut gebrauchen konnte.

Am zweiten Festtag wurde es Angelika gestattet, den Tisch zu decken und das Essen auf- und abzutragen. Nach der Mahlzeit machte sie sich sofort an den Abwasch. „Du tust es ja so gerne“, bemerkte Susanne ironisch und drückte sich vor dieser ihr wenig sympathischen Arbeit.

Nach dem Fest war es genauso wie vorher. Eilige Arbeit, wohin das Auge sah, und eine trauriges Danebenstehen für die junge Frau. Ob es Johannes gar nicht bemerkte? Aber er hatte ja so viel zu tun jetzt, entschuldigte Angelika ihren Mann vor sich selbst. Vielleicht spreche ich einmal mit Alma Küppers darüber? überlegte sie, tat es dann aber doch nicht. Eine Scheu hielt sie davon ab, die Angelegenheiten der eigenen Familie vor anderen Menschen auszubreiten, so sehr sie diesen auch vertraute.

Die Frau im schlichten Arbeiterkleid hatte die Sachlage längst durchschaut. Sie sprach mit ihrem Mann darüber.

„Wir wollen für die junge Frau Bruckner beten, immer wieder beten", entgegnete der Bauer ernst.

„Es ist merkwürdig", sagte Angelika, während sie eines Abends neben ihrem Mann von der Abendandacht kommend heimwärts wanderte, „immer betet Küppers gerade für das, was ich brauche, Johannes!"

„Ja?" Der junge Gutsherr hatte in diesem Augenblick gerade überlegt, daß der Heuschnitt am nächsten Tage beginnen sollte. Als die Maschinen schon gerichtet waren, hatten ihm plötzlich zwei Hilfskräfte abgesagt. Er mußte seine Gedanken erst sammeln, um auf das zu hören, was ihm seine Frau zu erklären versuchte.

„Ihr habt alle so viel zu tun, mein Lieber, und ich komme mir daneben fast überflüssig vor", sagte sie kläglich.

„Überflüssig? Du? Du bist mir doch das wichtigste auf der Welt."

Dankbar sah Angelika zu ihrem Mann auf, aber sie ließ sich nicht von ihrem Gedankengang abbringen.

„So meinte ich es eben nicht. Ich habe nichts zu tun, nichts Richtiges", verbesserte sie sich.

Jetzt war Johannes hellwach und bei der Sache. Er hatte sich in den letzten Wochen gefreut, daß anscheinend Friede und Eintracht im Hause herrschten, mehr als er je zu hoffen gewagt. Er hatte schon geglaubt, seine Familie habe sich mit Angelikas Anwesenheit abgefunden. Also war es doch anders? Schwelte es unter der Oberfläche, und er wußte nichts davon? Verschwieg ihm seine feinfühlige Frau etwas, um ihn zu schonen? „Jetzt sage mir, bitte, ganz genau, was los ist! Hat man dir Unrecht getan? Ist jemand unfreundlich zu dir gewesen? Du weißt, ich würde es nie dulden."

Erschrocken wehrte sie ab. „Nein, nein, mir hat niemand etwas getan — aber keiner will mich bei der Arbeit haben." Sie berichtete von ihrem verunglückten Versuch mit dem Gemüsegarten und von der Unmöglichkeit, in der Küche ihren festen Arbeitsplatz zu bekommen. „Und dabei wird es deiner Mutter wirklich zuviel", fügte sie unglücklich hinzu.

„Verlaß dich darauf, es wird anders werden", versprach Johannes, „ich bringe die Angelegenheit zur Sprache."

Gleich am nächsten Abend nach dem Essen löste er sein Wort ein. Angelika wollte sich gerade mit einem Gute-Nacht-Gruß entfernen, um Fridolin zu Bett zu bringen und anschließend mit ihrem Mann zu Küppers zu gehen. „Bleib, Angelika, der junge Mann kann sich mal alleine besorgen; ich habe etwas mit Mutter und Susanne zu besprechen, und ich möchte, daß du es hörst." Zögernd folgte Angelika ihrem Mann in die Diele und setzte sich auf einen Stuhl in der Nähe des

Fensters, möglichst weitab vom Kamin, der zwar jetzt nicht mehr brannte, um den sich aber trotzdem die Familie abends scharte. Frau Bruckner griff gewohnheitsmäßig zur Handarbeit. Daß die Hände dabei zitterten, sah niemand. Mit herausforderndem Lächeln nahm Susanne in einem Sessel Platz. Vater Eduard saß scheinbar unbeteiligt in seiner Ecke. Daß er sogar sehr wach war, beachtete keiner der Anwesenden.

„Weshalb räumt ihr meiner Frau nicht den ihr gebührenden Platz ein?" ging Johannes direkt auf sein Ziel los und wandte sich an Mutter und Schwester mit dieser Frage.

Die alte Frau Bruckner straffte sich. „Wie meinst du das?" fragte sie scharf. „Wünscht deine Frau bei Tisch obenan zu sitzen, wie es der Gutsfrau gebührt? Bitte, ich räume den Platz gern. Bis jetzt dachte ich immer, der Sitz am oberen Ende des Tisches stände der Ältesten im Haus zu. Oder wünscht sie sich meinen Sessel hier am Kamin? Vater und ich können abends ebensogut in unseren Zimmern bleiben, wenn euch unsere Gegenwart nicht mehr behagt."

Angelika war aufgestanden und hinter ihren Mann getreten. Sie legte ihre Hand auf seinen Arm und flüsterte ängstlich: „Johannes, bitte."

„Du mißverstehst mich mutwillig", die Stimme des Gutsherrn klang beherrscht, „es geht hier nicht um Ehre — Angelika wäre die letzte, sie dir streitig zu machen, das weißt du ganz gut. Es geht um einen Arbeitsplatz, den meine Frau sich wünscht und der ihr gebührt."

„Glaubt sie, daß der Platz einer Gutsfrau im Gemüsegarten ist, an der Seite unserer Arbeiterin?" fragte Cläre Bruckner spöttisch.

Jetzt war es um Johannes' mühsam bewahrte Ruhe geschehen. „Alma Küppers ist keine Arbeiterin. Sie und ihr Mann besaßen einen Hof, nicht viel kleiner als unser Gut, bitte, vergiß das nicht", fuhr er auf.

„Beleidige ja die heiligen Küppers nicht", kam es ungehörig aus Susannes Munde.

Johannes überhörte den Einwurf. „Im übrigen hast du recht, Mutter, die Gutsherrin gehört ins Haus, und ist hier nicht Arbeit genug?"

Die alte Frau Bruckner richtete sich steil auf. „In unseren Kreisen war es bisher üblich, daß eine Gutsfrau eine gute und gründliche Ausbildung auf allen landwirtschaftlichen und hauswirtschaftlichen Gebieten erhalten hatte, bevor sie ihr neues, verantwortungsvolles Amt antrat. Da du dir deine Frau außerhalb dieses Kreises wähltest, mußt du die Folgen tragen. In unserer Küche ist nur Platz für e i n e Hausfrau, und die bin ich, solange, bis ein vollwertiger Ersatz für mich vorhanden ist. Das liegt im Interesse unseres altangestammten Besitzes. Deiner Frau Koch- und Haushaltungsunterricht zu erteilen, sehe ich mich nicht veranlaßt, das hätte vorher geschehen müssen."

Bevor es Johannes verhindern konnte, war Angelika auf die Schwiegermutter zugeeilt. Innerlich zitternd, aber äußerlich tapfer stand sie vor der alten Frau. „Oh, Mutter, verzeihe mir, daß ich so wenig verstehe. Aber etwas kochen kann ich. Unsere Frau Maurer hat es mich gelehrt, sie war früher ebenfalls eine Gutsfrau. Möchtest du es nicht mit mir versuchen?"

Cläre zögerte mit der Antwort. Unversehens mischte sich Susanne mit kalter Stimme ein: „Weshalb eigentlich der ganze Wirbel? Ich wüßte einen vielleicht für alle Teile befriedigenden Ausweg. Hättest du nicht

Lust, den Hühnerhof zu übernehmen, Angelika? Ich überlasse ihn dir gern."

Die junge Frau hörte nicht den Spott aus der Stimme der Schwägerin, sie sah auch nicht das böse Funkeln in den dunklen Augen, sie hörte nur eins: sie sollte eine Arbeit bekommen, die sie glaubte und hoffte, ausführen zu können und die sie noch dazu gern tat. „Oh, Susanne, ist das dein Ernst?" rief sie glücklich und wollte auf das schöne Mädchen zugehen, um sich zu bedanken.

Aber ihr Mann hielt sie zurück, er hatte die Situation erfaßt. „Es ist vielleicht besser, du gehst zu Küppers voraus, Angelika. Ich habe hier noch einiges zu besprechen. Später komme ich nach und hole dich ab."

Gehorsam wandte Angelika sich zum Gehen. An der Tür blieb sie noch einmal stehen. Mit einem bittenden Lächeln sagte sie zu ihrem Mann: „Gelt, Johannes, den Geflügelhof darf ich doch übernehmen?"

„Verlaß dich darauf", entgegnete er.

Nachdem sich die Tür geschlossen hatte, wandte Johannes Bruckner das zornige Gesicht seiner Schwester zu: „Was meintest du vorhin damit, als du meiner Frau die Arbeit im Geflügelhof angeboten hast? Daß du es nicht in freundlicher Absicht tatest, ist mir klar."

„Wie klug du bist, Bruderherz! Ich habe diese Dreckarbeit nämlich schon längst satt. Ich finde, sie paßt viel besser zu deiner Frau als zu mir. So meinte ich es."

Das alles hörte Angelika nicht, auch nicht die scharfe Erwiderung ihres Mannes. Alles, was sich an Zündstoff angesammelt hatte in der letzten Zeit, entlud sich in dieser Aussprache, in der die Mutter und Susanne Johannes in bitteren Worten seine Heirat mit einem unausgebildeten, mittellosen Mädchen vorwarfen.

„Hättest du vor Jahren meine reiche Freundin geheiratet, so wäre mein Glück erhalten geblieben, und du hättest eine repräsentable Gutsfrau. Statt dessen kommst du mit dieser . . ."

„Halt, Susanne, nicht weiter!" Mit flammendem Gesicht trat Johannes dicht vor seine Schwester. Er dachte in diesem Augenblick nicht daran, daß aus dem Mädchen die Verzweiflung einer Verlassenen schrie, er fühlte nur eins: sie hat meinen liebsten Menschen kränken wollen. Es zuckte in seinem Arm, als wolle er die Beleidigerin züchtigen, aber durch eine unsichtbare Macht gezwungen, hielt er an sich. Eine Weile stand er stumm da. Sein ehrliches Gesicht spiegelte den Kampf wider, der in seinem Inneren tobte. Er wollte sich schon zum Gehen wenden, da fiel sein Blick noch einmal auf das höhnische Gesicht der Schwester. „Wenn es dir nicht mehr paßt bei uns, Susanne, dann gehe fort: Ich zahle dir die versprochenen 30 000 Mark aus, dann kannst du dein Glück anderswo versuchen", sagte er und ging mit langen Schritten aus dem Haus.

Angelika ahnte nichts von dem, was nach ihrem Fortgang geschehen war. Leichtfüßig lief sie über den Wirtschaftshof. Fröhlich trat sie bei Küppers ein und erzählte ein wenig aufgeregt, daß sie den Geflügelhof übernehmen würde. Alma Küppers schwieg. Ihr kam diese Angelegenheit nicht ganz geheuer vor, aber Wilhelm Küppers freute sich ehrlich mit. Er bat in seinem kurzen Abendgebet, Gott möge der jungen Frau Kraft und Freude für die neue Aufgabe schenken und viel sichtbaren Segen dazu. Nach der Andacht gaben die erfahrenen Leute Angelika noch manchen guten Rat für ihre zukünftige Arbeit und versprachen, wenn nötig, Hilfe und Unterstützung.

Die Zeit verging wie im Fluge. Nachdem der Kukkuck in der Wanduhr die zehnte Stunde ausgerufen hatte, klopfte es am Fenster. „Komm, Angelika, es ist spät geworden", rief Johannes Bruckner von draußen, „ich möchte nicht mehr hineinkommen, sage Küppers von mir gute Nacht!"

Unter der hellen Hoflaterne sah Angelika ihres Mannes Gesicht und erschrak. „Was ist dir, Johannes? Du siehst ganz verfallen aus."

Er zog sie hastig weiter. „Laß jetzt, ich erzähle es dir später." Aber auch im Schlafzimmer wollte er nicht sprechen. Schnell kleidete er sich aus und legte sich zu Bett.

Angelika tastete nach seiner Hand. „Du sagtest doch, wir wollten niemals etwas zwischen uns kommen lassen und keine Geheimnisse voreinander haben. Sprich dich doch aus!"

„Nun gut denn", gab er widerstrebend nach und berichtete, wenn auch abgemildert, über den Verlauf der Aussprache. Den Geldpunkt deutete er nur an.

Angelika ließ ihres Mannes Hand los. „Sie soll fortgehen, hast du zu Susanne gesagt?" fragte sie mit zitternder Stimme.

„Ich habe es gesagt, und es ist mein voller Ernst", antwortete er kurz und wandte sein Gesicht ab zum Zeichen, daß er die Unterhaltung als beendet ansah.

Angelika setzte sich im Bett auf. „Laß die Sonne nicht untergehen über deinem Zorn", sagte sie ernst, „so kannst du doch nicht einschlafen!" Als kein Echo erfolgte, fragte sie dringender: „Wollen wir nicht beten? Johannes, ich bitte dich darum."

Totenstille trat ein, die nur unterbrochen wurde durch die heftigen Atemzüge des Mannes. Angelikas sanfte Stimme kam wieder aus dem Dunkel: „Wenn es dir zu schwer fällt, darf ich für uns beide beten?" Ohne eine Antwort abzuwarten, begann sie: „Lieber himmlischer Vater, wir bitten um Verzeihung für alles, was wir wissentlich oder unwissentlich der Mutter und Susanne durch unsere Heirat angetan haben. Wir haben sie beide bitter enttäuscht, und nun sind sie ungerecht und hart zu uns. Vergib es ihnen, vor allem vergib meinem Mann, daß er heute abend heftig wurde und seine Schwester aus dem Haus weisen wollte, das doch ihre Heimat ist genau wie die seine. Sie hat ihn sehr gereizt, und das war eine schwere Anfechtung für ihn. Er ist dieser Anfechtung erlegen. Wasche diese Sünde von ihm ab mit dem Blut unseres Heilandes und Erlösers. Du kannst die Deinen nicht zu einem Raub des Bösen werden lassen. Mein Johannes ist doch dein Eigentum. Gib ihm die Kraft, daß er seiner Schwester ihr aufreizendes Wesen und ihre unfreundlichen Worte vergibt. Erbarme du dich über Susanne — ich fühle, sie hat ein verzweifeltes Herz, und sie weiß nicht, daß du allein der bist, der auch ihr helfen kann. Ich bitte dich, laß sie den Weg zu dir finden! Wie könnte Johannes dein Verzeihen erlangen, wenn er nicht selbst von Herzen vergibt?! Wie könnten wir Erbarmen erwarten, wenn wir uns nicht erbarmen über unsere Nächsten, die wir leiden sehen? Gib uns beiden die Kraft, unsern Weg im Gehorsam gegen dich zu gehen, ganz besonders mir, denn ich bin ja eine der Ursachen zu diesem Zerwürfnis. Reinige du unsere Herzen täglich und bringe unser aller Leben zurecht! Gib uns deinen Frieden! Amen."

Johannes sagte kein Wort, aber er faßte nach der Hand seiner Frau und hielt sie fest. Ihm wurde zur

Gewißheit, daß ein Gebet, so demütig und inständig, Erhörung finden würde, und das beruhigte sein erregtes Herz und machte es still.

Am nächsten Morgen beim Frühstück trafen Johannes und Angelika Susanne im Eßzimmer. Das Mädchen stand sofort auf und wollte sich mit finsterem Gesicht entfernen. Angelika ging der Schwägerin nach. „Bitte, Susanne, einen Augenblick! Verzeih mir doch! Ich wußte nicht, daß ich dir durch meine Heirat mit deinem Bruder Kummer bereiten würde. Und verzeihe Johannes seine Heftigkeit! Er will auf keinen Fall, daß du fortgehst von hier."

Susanne blieb stehen. Ihr flammender Blick traf den Bruder. „Ist das auch deine Meinung?"

„Ja", antwortete Johannes und sah in seine Kaffeetasse.

„Nun gut, ich werde vorläufig bleiben", sagte sie kalt. Sie hatte eine unruhige Nacht hinter sich und war zu Entschlüssen gekommen, für deren Verwirklichung es besser sein würde, das Elternhaus nicht von heute auf morgen zu verlassen. Sie hätte auch im Augenblick tatsächlich nicht gewußt, wohin.

„Würdest du so freundlich sein und mich in meine neue Arbeit einweisen?" wagte Angelika eine schüchterne Bitte.

„Komm nach dem Frühstück in den Geflügelhof!" sagte Susanne unfreundlich und ging aus dem Zimmer. Sie hinterließ ein schweigsames Ehepaar.

Die nächsten Wochen vergingen in einer Art Waffenstillstand. Es hatte auch kein Mensch im Hause Bruckner Zeit für Auseinandersetzungen. Die Heuernte war in vollem Gang, und jede Hand wurde gebraucht. Angelika hatte keine Ursache mehr, über Arbeitsmangel zu klagen. Sie sah schnell ein, daß eine Geflügelzucht im größeren Stil etwas ganz anderes war als die Betreuung des Hühnerstalles im Kinderheim, und sie wäre elend gescheitert, wenn Alma Küppers ihr nicht mit Rat und Tat zur Seite gestanden hätte. Susanne hatte sich nach einer oberflächlichen Anfangsunterweisung nicht mehr um sie gekümmert. Angelika ließ sich ein Lehrbuch über Geflügelzucht kommen, das in Johannes' landwirtschaftlicher Zeitung empfohlen war.

Eines Abends fand ihr Mann sie, das Lehrbuch in der Hand, fest schlafend im Bett. Er hatte sich etwas verspätet, weil er von Küppers in den Stall gerufen worden war, wo eine Kuh gekalbt hatte. Gerührt betrachtete Johannes das liebe Gesicht seiner Frau. Unter seinem Blick wachte sie auf. Leise strich er ihr das Haar aus der Stirn und deutete auf das Buch: „Wird es dir auch nicht zuviel, meine Liebste? Betreibst du deine Geflügelzucht nicht gleich zu ernsthaft? Laß es langsam angehen!"

Angelika war jetzt wach geworden und setzte sich im Bett auf. „Aber nein, mein Lieber, es wird mir nicht zuviel, im Gegenteil, ich bin glücklich."

„Ich bin glücklicher", sagte Johannes und schloß seine junge Frau in die Arme, „in noch mehr als einer Beziehung. Ich danke dir, daß du mir neulich auf den rechten Weg geholfen hast. Zuerst hat es mich ja eine schwere Überwindung gekostet, und, ehrlich gesagt, Susanne macht es mir durch ihr herausforderndes Wesen nicht immer leicht, aber seitdem du mir das erstemal geholfen hast, meinen Zorn zu überwinden, fällt es mir jetzt viel leichter, und ich fühle Gottes Nähe nie so stark wie dann, wenn ich die Anfechtung überwunden habe."

Wie ein schützender Mantel umhüllte Johannes und Angelika das Wissen um ihr Eins-Sein. „Wenn doch auch Susanne geholfen würde!" sagte Angelika nach einer Weile. „Wir dürfen nie versäumen, für sie zu beten."

Was war eigentlich mit Susanne? Was tat sie, wie und wo verbrachte sie ihre Tage? Sie war viel auswärts, schrieb und bekam Briefe. Ungefragt holte sie sich den Mercedes des öfteren aus der Remise, stets spöttelnd über die alte Klapperkiste, die ihrer Ansicht nach schon längst durch einen neuen Wagen hätte ersetzt werden müssen. Aber, natürlich, wenn man es wie Johannes vorzog, eine Frau zu heiraten, die keinen Pfennig ins Haus brachte, mußte man wohl auf jeglichen Luxus verzichten, murrte sie innerlich. Jeder auf seine Weise, dachte Susanne, während sie wieder einmal der Stadt zufuhr, ich jedenfalls mache es anders! An der Heuernte beteiligte sie sich nicht. Es forderte sie auch niemand dazu auf.

Jede freie Minute war Angelika auf der Wiese. Der Sommerwind spielte mit ihren lockigen Haaren, wenn sie das Heu wendete. „Wie unsere junge Frau zupackt!" sagte Alma Küppers anerkennend zu Johannes Bruckner, und er nickte ihr glücklich zu. Fridolin saß neben Onkel Küppers auf dem Trecker, wenn die riesigen Heufuhren eingebracht wurden, oder er tummelte sich auf der Wiese, und er wurde braun und kräftig dabei. Einmal lief er in der Nähe des Hoftores Susanne in den Weg. Da er ohne Brille schlecht sah, hätte er das große Mädchen fast zu Fall gebracht. „Sieh dich doch vor!" herrschte sie ihn an. „Ekelhafter, dreckiger Bengel!" zischte sie hinter ihm her. Fridolin hatte sehr feine Ohren. Mit blutrotem Kopf und Tränen in den Augen eilte er zu Alma Küppers, die gerade zur Vesperzeit nach Hause gekommen war. Schluchzend berichtete er von der ihm widerfahrenen Kränkung. Wortlos bestrich die Bäuerin eine große Brotscheibe mit Butter und goldgelbem Honig. Fridolin, der sehr gerne vesperte, aber nachmittags nie ein Brot bekam, weil es im Gutshaus Sitte war, den Kaffee gleich nach dem Essen einzunehmen, vergaß seinen Kummer über der köstlichen Labe. Seit dieser Zeit ging er Susanne Bruckner so weit wie möglich aus dem Wege. Weshalb verfolgt Fräulein Susanne diesen kleinen, unschuldigen Jungen? fragte sich Alma Küppers traurig. Macht es ihr Freude, ihren Zorn an Wehrlosen auszulassen? Oder will sie unsere junge Frau kränken? Die Bäuerin wußte keine Antwort, aber sie nahm sich vor, noch mehr als bisher auf den Jungen zu achten, der ihr mit jedem Tag lieber wurde, und ihn vor Susanne Bruckner zu hüten, die auch ihr und ihrem Mann schon manche unverdiente Kränkung zugefügt hatte.

Eines Abends nach dem Essen lud Johannes seine Frau ein, mit ihm einen Gang durch die Felder zu machen. Da es selten vorkam, freute sich Angelika wie ein Kind darüber, obgleich sie rechtschaffen müde war und eigentlich hatte zu Bett gehen wollen. Schweigend, Arm in Arm, ging das junge Paar durch die Frühsommerpracht. „Welch ein Segen", sagte Angelika ehrfurchtsvoll.

„Ja, welch ein Segen!" wiederholte Johannes, und sein Blick umfaßte das blühende Land, das sein eigen war, soweit das Auge reichte, um dann auf dem jungen Menschenkind an seiner Seite zu ruhen, das auch sein war, ihm von Gott anvertrauter Besitz.

Vom Waldrand her, dem Ehepaar entgegen, kamen zwei Menschen, hohe Gestalten, ein Mann und eine

Frau. „Susanne", staunte Angelika, „und wer ist der Mann an ihrer Seite?" Über Johannes' Gesicht glitt ein Schimmer freudigen Erkennens. Schnell eilte er auf die beiden Spaziergänger zu. „Christoph, alter Junge — woher des Wegs?" und zu Angelika, die ihm etwas langsamer gefolgt war, mit einer vorstellenden Geste: „Christoph Wächter, der Sohn unsres Pfarrers, ein Schulkamerad und Freund von mir — meine Frau." Blaue Augen aus tief gebräuntem Gesicht blickten Angelika freundlich entgegen. Eine vorspringende Nase gab dem Antlitz des Mannes etwas Markantes. Einige Silberfäden mischten sich schon in das dunkle Haar.

„Sag, woher du kommst", drängte Johannes. Er hatte seinen Arm in den des Jugendfreundes geschoben und ging mit ihm langsam am Waldrand entlang. Zwei gleichgroße, schlanke Männergestalten, von denen Johannes Bruckner der breitschultrigere war. In kleinem Abstand folgten die beiden Schwägerinnen. Man konnte es Susanne anmerken, daß sie mit diesem Arrangement nicht einverstanden war. Um kein Wort von der Unterhaltung zu verlieren, hielt sie sich möglichst nah hinter den Männern.

„Heimaturlaub habe ich", rief Christoph Wächter fröhlich, „ein volles halbes Jahr. Wir Tropenleute können diesen Urlaub alle zwei Jahre beanspruchen und gebrauchen. Dazu kommt bei mir noch eine leidige Malaria. Ich muß auf mindestens zwei Monate ins Tropenkrankenhaus — aber das hat Zeit, jetzt bin ich erst mal hier."

„Sollst du dir nicht auch eine Frau aus Deutschland mitbringen?" neckte Susanne den Jugendfreund. Eine feine Röte stieg in das gebräunte Gesicht. „Vielleicht — zum mindesten wird es von der Mission gewünscht —

aber auch das hat Zeit. Bedenkt doch, sechs Monate daheim und mindestens zwei Monate zur Kur! Und heute ist erst der dritte Tag!"

Die vier Menschen waren stehen geblieben. Einem ihrer spontanen Einfälle nachgehend, rief Susanne plötzlich: „Schade, daß du zu spät gekommen bist. Meine Schwägerin wäre die passende Frau für dich gewesen, sie ist genau so fromm wie du." Johannes Bruckner wollte auffahren. Zu welcher unglaublichen Taktlosigkeit hatte sich Susanne wieder einmal hinreißen lassen! Aber er bezwang sich und ging sogar auf den neckenden Ton ein. „Leider ist meine Angelika schon in festen Händen", sagte er lachend und legte mit Besitzerstolz den Arm um die Schultern seiner Frau. Ein bißchen verstimmt wurde der Rückweg angetreten, und vor dem Dorf trennte man sich.

„Du kommst uns doch besuchen?" fragte Susanne den Jugendfreund.

„Wenn ihr es erlaubt!"

„Soviel und so oft du magst", bekräftigte Johannes die Einladung der Schwester beim Abschied.

Abends, als das Ehepaar allein war, berichtete Johannes über den Schulfreund. Jahrelang waren die Brucknerkinder und der Pfarrerssohn täglich mit dem Zug zur Schule in die Stadt gefahren. „Früher waren Susanne und Christoph unzertrennlich", sagte Johannes nachdenklich, „bis dann Christoph, der nach dem Abitur Landwirtschaft studiert und auch sein Diplom gemacht hatte, plötzlich umsattelte, um noch Theologie zu studieren."

„Ist Herr Wächter als Missionar draußen?" erkundigte sich Angelika interssiert.

„Ich weiß es nicht so genau, vielleicht ist er beides,

Landwirt und Missionar. Dort draußen in den Entwicklungsländern liegt wohl ein weites Arbeitsfeld. Jedenfalls hat sich meine Schwester von Christoph zurückgezogen, als sie unter Holger Peters Einfluß geriet und in die Clique dieser reichen und arroganten Jugend, die sie so schnell zu ihrem Nachteil verändert hát. — Christoph ist damals fortgegangen, und wir haben wenig voneinander gehört. Schade eigentlich, ich hatte ihn immer gern."

„Vielleicht kommt er öfter zu uns, hoffentlich", sagte Angelika, „er gefiel mir." In Gedanken fügte sie hinzu: ich würde mich freuen, besonders für Susanne.

Der Pfarrerssohn kam oft auf das Gut. Er saß bei Vater Eduard in der Diele und erzählte ihm von seinen Erlebnissen im Ausland. Der alte Mann taute förmlich auf unter der Freundlichkeit des Gastes. Oft ging Christoph zu Johannes auf den Acker. Wenn er Angelika sah, tauschte er immer einige Worte mit ihr. Es herrschte von Anfang an ein Vertrauensverhältnis zwischen den beiden Menschen, die instinktiv fühlten, daß sie demselben Herrn dienten. Aber wo Christoph Wächter ging und stand, suchten seine Augen die Jugendgespielin, die er wie in den Kindertagen „Suse" nannte. Aber diese Suse unterbrach ihre geheimnisvollen Stadtfahrten nicht des Jugendfreundes wegen. Oft war sie nicht da, wenn er kam. Er fragte auch nicht danach, wo sie sich aufhielt, und zog nach kurzer Zeit mit einer Entschuldigung wieder ab. „Meine Mutter will auch etwas von ihrem Jungen haben. Sie ist schon ganz eifersüchtig auf die Familie Bruckner", sagte er einmal, oder: „Ich habe Vater versprochen, ihn in die Stadt zu begleiten, ich wollte nur mal schnell hereinschauen." Aber man konnte an seinem Gesicht die

Enttäuschung ablesen, daß er die, um deretwillen er in erster Linie kam, nicht angetroffen hatte.

Nach einigen Wochen kam Christoph dann, um sich vorerst einmal zu verabschieden. „Ich hatte in den letzten Tagen Temperatur", sagte er niedergeschlagen, „deswegen habe ich mich entschlossen, jetzt schon ins Tropenkrankenhaus zu gehen. Heute habe ich telefonisch die Nachricht bekommen, daß morgen ein Bett für mich frei wird."

In der Diele stand er Susanne gegenüber. Es war ein heißer Sommertag, und Schweißperlen wurden auf Christoph Wächters hoher Stirn sichtbar. „Denkst du auch an mich, Suse, und wünschst mir, daß ich wieder ganz gesund werde?"

„Ich wünsche es von Herzen", sagte das Mädchen aufrichtig.

„Darf ich dir schreiben?"

„Ich freue mich immer sehr über Post", entgegnete Susanne ausweichend.

Zögernd und ein bißchen traurig verabschiedete sich Christoph. Durch die hohen Fenster der Diele, hinter der Gardine verborgen, blickte Susanne Bruckner dem Scheidenden nach. „Es hat keinen Zweck", sagte sie vor sich hin, „unsere Wege führen in zu verschiedene Richtungen." Ihre Stimme klang unfroh, und sie blieb so lange unbeweglich am selben Platz stehen, bis sich die letzte Spur des Jugendfreundes im Dämmer des Sommerabends verlor. Dann richtete sie den stolzen Kopf auf, als habe sie einen endgültigen Entschluß gefaßt: ich kenne meine Richtung.

Nach der Heuernte waren die Gutsleute auf den Feldern mit dem Hacken der Kartoffeln und Rüben beschäftigt. Angelikas Viehbestand hatte sich um hundert Küken vermehrt. Eines Tages war sie mit der Anzeige einer Geflügelfarm, die unsortierte Küken billig anbot, bei Johannes im Kontor erschienen. „Die Hähnchen könnten wir im Herbst auf dem Markt verkaufen", schlug sie vor. Johannes war sofort einverstanden. Er freute sich über den Eifer seiner jungen Frau und erstand zugleich zwanzig Entenküken für die Winterschlachterei. „Im nächsten Jahr können wir vielleicht mal versuchen, unsere Brutmaschine wieder in Gang zu setzen", fühlte Johannes vor. Angelika nickte zustimmend, sie hatte schon selbst daran gedacht. Vorerst machte ihr der Zuwachs an Jungtieren reichlich Arbeit, und Alma Küppers mußte mehr als einmal helfend einspringen.

Angelika kam jetzt nur einmal in der Woche dazu, an Mutter Anna zu schreiben. Sie berichtete gewissenhaft von den kleinen Erlebnissen des Alltags, und das Ohr der liebenden Mutter hörte aus den kurzen Zeilen, daß zwischen den jungen Eheleuten eine feine, innere Harmonie herrschte und daß ihr Kind sich selber treu geblieben war.

Auch die Mutter erzählte der fernen Tochter von den Heiminsassen. Hans-Joachim gedieh prächtig, lief wie ein Wiesel und fing an zu sprechen. Er sagte „Oma" zu ihr. Elsi machte sich gut im Haushalt und nahm Frau Maurer manche Arbeit ab. Leider ließ die Wirtschafterin niemand in ihren Küchenbezirk eindringen, und Elsi sollte doch in zwei Lehrjahren auch etwas kochen lernen; wahrscheinlich müßte sie, Mutter Anna, mal ein Machtwort sprechen. Rosels Anwesenheit sei ein wahrer Segen, und ohne sie wäre Angelikas Fortsein noch schwerer zu ertragen. Also fehlte sie der Mutter doch sehr? Angelika wußte nicht genau, ob sie sich darüber freuen oder traurig sein sollte. Auch sie vermißte die gütige Führerin ihrer Jugend, doch war sie so tief innerlich mit Mutter Anna verbunden, daß sie ihre Nähe oft beinahe körperlich zu verspüren glaubte.

„Was macht Fridolin?" wollte die Mutter wissen. „Du schreibst immer, daß es ihm gut geht. Ich bin froh darüber, hätte aber doch gern ein wenig mehr gewußt."

Die Beantwortung dieser Frage wurde Angelika nicht ganz leicht. Schließlich schrieb sie wahrheitsgemäß: „Der Junge fühlt sich immer mehr zu Küppers hingezogen. Vielleicht erfüllt er bei dem kinderlosen Ehepaar unbewußt eine Mission, und Du weißt ja, daß er dort in den besten Händen ist. Er gedeiht prächtig. Frau Küppers steckt ihm täglich gute Happen zu, er wird bald in keine Hose mehr hineinpassen, und Herr Küppers hat ihm schon eine neue gekauft." Daß der Junge im Hause Bruckner nicht wohlgelitten war, schrieb Angelika der Mutter nicht, aber die Feinfühlige las es zwischen den Zeilen.

Eines Abends, anfangs Juli, sagte Susanne während des Essens: „Wäre es wohl möglich, Mutter, daß ihr auf Sonnabend das Haus für Gäste richten könntet?"

„Wenn du eine Gesellschaft geben willst", entgegnete Frau Cläre etwas bissig, „mußt du wohl zunächst deinen Bruder fragen, ob es ihm recht ist."

„Susanne kann einladen, wen sie will, wenn es ihr Spaß macht", beeilte sich Johannes zu versichern, „jetzt vor Beginn der Ernte paßt es sogar sehr gut."

„Wie freundlich von dir, Bruderherz", spöttelte Susanne, „es werden nicht viele Gäste sein, aber ziemlich anspruchsvolle. Ich beabsichtige nämlich, mich am nächsten Sonnabend zu verloben."

Diese Mitteilung schlug wie eine Bombe ein.

„Wer ist es?“ fragte die alte Frau Bruckner. Sie bemühte sich, gleichgültig zu erscheinen, und sah einer Wespe nach, die im Zimmer hin- und herflog, um endlich aus dem geöffneten Fenster davonzuschweben.

„Er heißt Carlo Weber“, erwiderte Susanne in dem gleichen betont nebensächlichen Ton.

„Weber?“ fragte Johannes. „Kenne ich nicht.“

„Früher kauften wir in einer großen Metzgerei von Karl Weber in der Stadt am Markt“, mischte sich die Stimme des alten Bruckner bescheiden ein.

Susanne warf ihrem Vater einen unfreundlichen Blick zu: „Das war Carlos Vater; er selbst ist Fabrikant, er betreibt die Wurstfabrik, die vor vier Jahren vor der Stadt neu erbaut wurde. Ihr habt sicher alle schon das große Gebäude gesehen.“ Daß Carlo Weber ebenfalls auf den Namen Karl getauft worden war und das ehrsame Handwerk eines Metzgers in seiner schon etwas fernen Jugend erlernt hatte, erwähnte sie nicht.

„Jetzt weiß ich, um wen es sich handelt.“ Johannes schien ein Licht aufgegangen zu sein. „‚Webers Würstchen sind die besten‘ — ein Plakat mit einer solchen Empfehlung kann man ja an jeder Litfaßsäule lesen.“

Susanne schoß ihrem Bruder einen wütenden Blick zu. „Mein Zukünftiger beschäftigt eine Belegschaft von mehr als hundert Mann“, sagte sie hochmütig. „Zur Verlobung wollte er mir entweder ein Auto oder ein Reitpferd schenken. Ich wählte selbstverständlich das Pferd. Am Sonnabend wird es gebracht. Ich hoffe, Küppers richtet eine tadellose Box her. Am Sonnabendnachmittag soll dann die Party steigen. Heute ist Montag, ich denke, daß du bis dahin Zeit genug hast, alles exquisit herzurichten. Mein Verlobter wird mit Bruder und Schwägerin und vielleicht noch einem Freund kommen. Ich möchte nicht, daß diese in jeder Beziehung verwöhnten Leute einen schlechten Eindruck von unserem Gut bekommen."

Mit undurchdringlichem Gesicht saß die alte Gutsfrau am Tisch. „Hast du dir alles genau überlegt?" fragte sie die Tochter. „Bist du fest entschlossen, diese Verbindung einzugehen?"

„Vollkommen", antwortete Susanne und verließ das Zimmer.

Das Gutshaus rüstete zum Empfang der Gäste. Die alte Frau Bruckner ging mit verschlossenem Gesicht in Haus und Küche umher. Eine junge Arbeiterfrau aus dem Dorf, die früher einmal auf dem Gut beschäftigt gewesen war, wurde zur Aushilfe eingestellt, und im Hause duftete es nach Braten und Kuchen. Die alte Gnädige war gewillt, das Beste, was Küche und Keller herzugeben vermochten, auf den Tisch zu bringen, aber sie tat es ohne Freude. Susanne ging unstet von Zimmer zu Zimmer. Sie schuf mit eigenen Händen riesige Blumenarrangements, holte das Familiensilber, einige Leuchter und kostbares Meißner Porzellan aus den Tiefen der Eichenschränke hervor und baute alles wirkungsvoll auf. Sogar Vater Eduards Silberpokale, die er auf Reiterturnieren gewonnen hatte, wurden geputzt und zur Schau gestellt.

Am Sonnabendmorgen wurde das Reitpferd gebracht, eine herrliche, junge Stute mit schmalem Kopf und schlanken Fesseln. Eduard Bruckner humpelte erstaunlich schnell zum Fenster und betrachtete mit sehnsüchtigen Blicken das edle Tier. In elegantem Reitdreß, den sie sich in aller Eile besorgt haben mußte, schritt Susanne Bruckner die Stufen der Freitreppe hinab und schwang sich auf den Rücken des nervös tänzelnden Tieres. Seine sonstige Gleichgültigkeit vergessend, öffnete Eduard Bruckner hastig das Fenster: „Vorsicht, Susanne, du kennst das Tier noch nicht! Langsam eingewöhnen!" Spöttisch wandte die Tochter den Kopf: „Goldpfeil kommt aus erstklassigem Stall, sein Vorbesitzer war einer unserer Favoriten." Eduard Bruckner biß sich auf die Lippe und schloß das Fenster.

Nach einem Proberitt brachte Susanne die Stute selbst in den Stall. Sie war, genau wie einst ihr Vater, ein Pferdenarr und eine elegante Reiterin. Schon an mehreren Wettbewerben hatte sie teilgenommen, bevor der Bruder das Gut übernahm. Johannes hielt keine Reitpferde, weil sie zu kostspielig für ihn waren.

Jochen kam nicht zur Verlobungsfeier, obgleich er von Susanne, die ihren jüngeren Bruder gern als Dekorationsstück verwendet hätte, eingeladen worden war. Er telegraphierte: „Hals- und Beinbruch!" An dieses Telegramm mußte Angelika später denken, als sich der Wunsch fast wortwörtlich erfüllte.

Am späten Samstagnachmittag stellten sich die Gäste ein. Ein überdimensionales, chromblitzendes Auto hielt vor dem Herrenhaus. Der mittelgroße, schon etwas dickliche Mann am Steuer wirkte in dem riesigen Wagen noch kleiner, als er wirklich war. Sein Bruder glich ihm wie ein Ei dem anderen. Beide hatten schon die ersten Anzeichen einer kommenden Glatze und verbargen ihre beginnende Korpulenz geschickt in erstklassig sitzenden Schneideranzügen. Die Schwägerin konnte ihre Rundlichkeit nicht mehr vertuschen trotz ihres tadellosen Modellkleids. Sie war vielleicht in Susannes Alter. Mit kritischen, etwas neidischen Blicken musterte sie die elegante, schlanke Erscheinung des zukünftigen Familienmitgliedes. Sie war eine geborene Seidelmann aus der Firma Seidelmann & Co., Hoch- und Tiefbau. Der Kommanditist war Carlo Webers jüngerer Bruder, so erklärte der zukünftige Bräutigam gleich bei der Vorstellung. An Susannes Haltung war nichts auszusetzen, selbst für den kritischen Beobachter nicht. Ihr raffiniert einfaches Kleid trug sie mit königlicher Haltung, und die Blicke des Bräutigams folgten ihr auf Schritt und Tritt. Oh, er hatte wohl gewußt, was er tat, dieser Herr Carlo Weber, als er sich das Fräulein Susanne Bruckner auserwählte, die ihm zwar nicht das Vermögen der geborenen Seidelmann einbrachte, dafür aber die Kultur einer alteingesessenen, vornehmen Familie, die seinem doch sehr jungen Reichtum den letzten Schliff und die Krönung bringen sollte. Er war sehr verliebt in dieses schöne Mädchen, das mußte sich Carlo an diesem seinem Verlobungstag eingestehen. Der Freund aus der Stadt, den er mitgebracht hatte, verfolgte Susanne ebenfalls mit bewundernden Blicken und schmeichelte dadurch der Eitelkeit des frischgebackenen Bräutigams.

Ja — und Susanne? Wie stand es um sie? Angelika fragte es sich immer wieder, während sie etwas steif und beklommen neben ihrem Mann am Kaffeetisch saß. Mit liebenswürdigem Lächeln ging Susanne auf jedes Wort des Verlobten ein, als wäre es eine Offenbarung. Ja, war sie denn glücklich? Vermochte sie wirklich glücklich zu sein mit einem Mann, wie diesem Carlo Weber, dessen hohle, glatte Phrasen doch keinen ernsthaften Menschen interessieren konnten? Angelika stand vor einem Rätsel, das ihre schlichte Seele nicht zu lösen imstande war. Förmlich, mit blassem Gesicht, saß die alte Gnädige an der reichgedeckten Kaffeetafel.

Bei jeder Bewegung knisterte ihr altmodisches schwarzes Seidenkleid. Es war, als ziehe sie einen unsichtbaren, unüberschreitbaren Kreis um sich, den selbst diese reichen, arroganten Menschen nicht zu durchbrechen wagten. Neben ihr, wenig beachtet, saß Vater Eduard. Den Besuchern war es bald klar geworden, welche Rolle der alte Herr spielte und daß er nur eine Randfigur war.

Nach der Kaffeetafel erhoben sich die Gäste und zerstreuten sich in den Zimmern. Susanne war unsichtbar. Carlo Weber trat auf den jungen Gutsherrn zu: „Auf ein Wort, Herr Bruckner! Da Susanne und ich in allernächster Zeit zu heiraten gedenken, könnten wir vielleicht gleich das Geschäftliche erledigen."

Johannes Bruckner machte eine knappe Verbeugung: „Wenn Sie die Mitgift meinen? Ich gebe meiner Schwester außer einer reichen Wäscheaussteuer, für die meine Mutter gesorgt hat, gleich bei der Heirat 30 000 Mark. In einigen Jahren folgt noch einmal die gleiche Summe. Die Hochzeit richte ich selbstverständlich aus."

Der Fabrikant machte bei der Nennung der Mitgift ein beinah kränkend gleichgültiges Gesicht. „Susanne wird sich für das Geld ihre Zimmer einrichten wollen. Ich lasse ihr dabei völlig freie Hand. Und was die Hochzeit betrifft, so hatten wir nur an ein Frühstück gedacht, da wir gleich nach der Trauung die Reise antreten wollen. Im Herbst sollen das Mittelmeer und Ägypten besonders schön sein. Ah –", unterbrach er sich und blickte fasziniert zur Tür.

Susanne stand da in ihrem eleganten Reitdreß. Lächelnd ging sie auf ihren Verlobten zu. „Ich habe dir noch nicht richtig für die Stute gedankt, Carlo. Goldpfeil ist herrlich! Ich möchte sie dir jetzt vorführen."

„Susanne“, mahnte Vater Eduard nochmal, „Vorsicht, du kennst das Tier noch nicht.“

Der Einwurf wurde nicht beachtet. Die Gäste traten auf die Rampe. Zweimal umritt Susanne in eleganter Haltung das Rondell vor dem Haus. „Bravo, bravo“, rief Carlo Weber und klatschte in die Hände. Susanne wandte ihm ihr strahlendes Gesicht zu, dann gab sie dem Fuchs leicht die Sporen und flog mit ihm aus dem Hoftor. Mit einem Schlag war ihr Lächeln verschwunden, als hätte sie eine Maske abgeworfen.

Schon seit Ankunft der Gäste tobte ein Kampf im Innern des schönen Mädchens, den es hinter liebenswürdigem Lächeln verbarg. Aber plötzlich hatte Susanne das Gefühl, ersticken zu müssen bei dem großen Theater, das sie soeben dem staunenden Publikum meisterhaft vorgespielt hatte. Ihr Gesicht verzerrte sich zur Fratze. Dicht hinter dem Hoftor stand Fridolin. Mit aufgerissenen Augen und offenem Mund starrte er die Reiterin an. Da — einer bösen Eingebung folgend, hob sie die Gerte und schlug den Jungen mitten ins Gesicht. Dann stob sie auf Goldpfeil davon.

Fridolin schrie laut auf. In heftigem Schmerz rannte er davon, immer geradeaus, er wußte selbst nicht wohin. Endlich verlangsamte er sein Tempo und blieb schließlich stehen.Die Hände preßte er vor das Gesicht, auf dem sich ein roter Streifen sichtbar markierte. Sein Heulen ging langsam in Weinen über und verebbte allmählich ganz. „Ich sage es Onkel Johannes — und dann kriegt sie ihre Strafe, die olle Susanne“, murmelte er zwischen den Zähnen. Er setzte sich auf einen Stein am Waldrand und verbarg das schmerzende Gesicht in den Armen.

Wie lange er so gesessen hatte, wußte er nicht. Plötzlich sah er etwas, und seine Augen weiteten sich. War das nicht Susannes Pferd, das da angerast kam — ohne Reiterin? An dem verrutschten Sattelzeug erkannte Fridolin, daß etwas passiert sein mußte. Jetzt hat sie ihre Strafe, dachte er, und blieb böse und steif auf seinem Stein sitzen. Dann aber besann er sich und stand langsam auf. Im Religionsunterricht war gerade die Geschichte vom barmherzigen Samariter durchgenommen worden, Angelika hatte mit ihm darüber gesprochen und sie ihm erklärt. Nein, „vorübergehen" wollte er nicht, er war kein Priester und auch kein Levit. Er folgte den Spuren des Pferdes, langsam zuerst, dann schneller, und zuletzt lief er.

Die Gäste hatten sich wieder ins Gutshaus zurückgezogen. Die Herren saßen in der Diele und rauchten, während Erna im Eßzimmer den Abendbrottisch deckte. Die geborene Seidelmann lehnte im Sessel und langweilte sich. Die alte Frau Bruckner war mit der Entschuldigung, nach dem Abendessen sehen zu müssen, in die Küche gegangen, und Angelika bemühte sich vergebens, die juwelengeschmückte junge Frau zu unterhalten. Plötzlich wurde die Tür aufgerissen. Keuchend stand Fridolin auf der Schwelle: „Kommt schnell, schnell! Sie liegt draußen im Wald, ich glaube, sie ist tot."

Es wurde nichts aus dem mit so großen Vorbereitungen angerichteten Verlobungsessen. Nach einer halben Stunde fuhren zwei Autos vom Gutshof ab. Im ersten saß der sehr stille Bräutigam mit seinen Verwandten. Der zweite Wagen war ein telephonisch herbeigerufenes Sanitätsauto, das die immer noch nicht aus der Bewußtlosigkeit erwachte Susanne Bruckner ins Krankenhaus bringen sollte. Johannes und Angelika fuhren mit. Stumm hielten sie sich an den Händen, stumm saßen sie im Wartezimmer der Klinik, noch immer Hand in Hand, und warteten auf das Urteil des Arztes. „Schwer, aber nicht hoffnungslos", erklärte der alte, weißhaarige Professor. „Ein Glück, daß sie sofort gefunden wurde, sonst wäre jede Hilfe zu spät gekommen!"

„Fridolin hat sie gefunden", sagte Johannes und sah seine Frau gedankenvoll an.

Die Tage vergingen zwischen Hangen und Bangen, Hoffnung und Mutlosigkeit. Susanne Bruckners Krankenzimmer war mit kostbaren Blumenarrangements überfüllt. Ärzte und Schwestern schüttelten die Köpfe und brachten den duftenden Überfluß im Korridor des Krankenhauses unter. Täglich hielt der blitzende Wagen vor dem Portal der Klinik, und Herr Carlo Weber erkundigte sich nach dem Befinden seiner Braut. Sehen wollte Susanne den Verlobten nicht. Sie schämte sich ihres kläglichen Anblicks. Bewegungslos, mit verbittertem Gesicht, lag sie in ihren Kissen und erduldete mit fest zusammengepreßten Lippen viele Schmerzen. Nur wenn kein Mensch in der Nähe war, gestattete sie sich ein leises Stöhnen. Auch den Besuch der Eltern und Geschwister lehnte sie vorerst ab.

Jeden Abend ging Angelika zu Fridolin, um mit ihm zu beten. Und wenn der Tag noch so randvoll von Arbeit gewesen war, sie versäumte es nie. „Wir müssen für Susanne beten", mahnte sie dringlich.

Der Junge schwieg eine Weile, dann fragte er: „Muß ich?" Er berichtete, was er an dem unglücklichen Verlobungstag erlebt hatte.

Angelika erschrak. Wie mußte es in dem stolzen Herzen Susannes ausgesehen haben an jenem Tag, an dem sie scheinbar so glücklich war! Hatte die Schwägerin diese ganze Verlobung vielleicht nur aus innerer Verzweiflung inszeniert, um dem treulosen Geliebten zu beweisen, daß sie begehrt war und eine weitaus bessere Partie machte als mit ihm? Ja, so mußte es wohl sein. Aber trotzdem hatte sie kein Recht gehabt, nach einem unschuldigen, wehrlosen Kind zu schlagen. Angelikas Mitgefühl wurde immer stärker. Wie tief war Susanne verstrickt in körperlicher Not, seelischem Leid und eigener Schuld!

„Nun mußt du erst recht um sie beten, Fridolin", sagte sie ernst. „Weißt du, es ist leicht, für Menschen zu beten, die man liebhat und die gut zu einem sind. Aber für die anderen, die einem etwas zuleide getan haben, zu beten, das ist der Wille Gottes." Dringender fuhr sie fort: „Denk doch an unseren Heiland! Sie hatten ihn ans Kreuz genagelt, das hat viel mehr weh getan als der Hieb mit der Peitsche — und er hat doch für die Menschen gebetet, die es taten."

„Ja, wenn du meinst und es der Herr Jesus haben will!" Gehorsam faltete Fridolin seine Hände und sprach das Gebet nach, das Angelika ihm vorsprach.

Die Julisonne brütete heiß und drückend über dem Gutshof. Am Abend kam ein schweres Gewitter herauf. Der Regen prasselte hernieder, und Johannes Bruckner, der am Fenster seines Schlafzimmers stand, sah mit sorgenvollem Blick in den Himmel. „Es wird eine schwere Ernte werden", sagte er zu seiner Frau. „Gott sei Dank, daß kein Hagel kam, wie ich zuerst fürchtete!" Allmählich verebbte der Regen und hörte schließlich ganz auf. Angelika öffnete die Fenster und ließ die balsamische Luft in den stickigen Raum ein, und wieder, wie an jedem Abend, vereinten sich die Eheleute im Gebet um die Schwester.

„Johannes“, sagte Angelika leise, „ich glaube, wir müssen anders beten.“

„Wie meinst du das?“ fragte der Mann. „Dürfen wir nicht um Heilung bitten? Es ist doch biblisch. Wieviele Kranke kamen zu Jesus, er rührte sie an, und sie wurden gesund. Er hat doch die Macht! Er ganz allein!“

Angelika lehnte den dunklen Kopf an die Schulter ihres Mannes. „Er hat aber auch gesagt: Dein Wille geschehe, nicht der meine! Und wenn es nicht sein Wille sein sollte, daß sie gesund wird?“

Sie standen noch immer am offenen Fenster und sahen in die sinkende Nacht.

„Ich kann es nicht glauben“, sagte der Mann, „es geht ihr doch schon bedeutend besser. Die Ärzte sagen, es bestünde keine unmittelbare Lebensgefahr mehr.“

„Aber“, kam es zaghaft aus dem Dunkel, „wenn sie vielleicht nicht wieder richtig gesund würde, wenn sie“ – ein Krüppel – wollte Angelika sagen, verbesserte sich aber – „ein behinderter Mensch bliebe?“

„Schrecklich!“ entfuhr es Johannes.

Eine Weile blieb es totenstill. Angelika dachte an das Gesicht der Schwägerin, das sie zum erstenmal vor einigen Tagen wieder gesehen hatte. Sie konnte den Ausdruck stummer Verzweiflung nicht vergessen. „Johannes, wir müssen viel mehr bitten, daß Gott sich ihrer armen Seele erbarme.“

Noch zwei Menschen standen an diesem Abend am offenen Fenster und blickten in die Nacht. „Für die Kartoffeln und Rüben war der Regen gut, sogar dringend nötig, aber auf den Kornfeldern wird es wüst aussehen – und gerade morgen wollten wir mit dem

Schnitt anfangen", seufzte Wilhelm Küppers und schloß die Fenster.

„Ich muß heute den ganzen Tag an Fräulein Susanne denken, Vater", sagte Alma Küppers und reichte ihrem Mann das Andachtsbuch. „Die junge Frau sagt, es ginge ihr besser, aber ob sie wieder richtig gehen lernt? Es soll doch ein schwerer Schenkelhalsbruch sein."

Der Bauer faltete die schwieligen Hände. „Wir können nichts weiter für sie tun, als für sie beten, für ihren kranken Leib und für ihre Seele, die vielleicht nicht weniger krank ist. Gott möge sich ihrer erbarmen!"

So bauten sich Wälle des Gebetes um Susanne Bruckner auf, von denen sie nichts wußte.

Auch zu Susanne drang die Kühle der Nacht durch die geöffneten Fenster. Seit einigen Tagen konnte sie den Oberkörper etwas bewegen, auch die Schmerzen hatten nachgelassen. Aber der Unterkörper lag fest in Gips. Würde er je wieder beweglich werden? Würde sie wieder gehen können — oder? „Dann lieber tot", sagte sie laut und biß sich auf die Lippen, bis sich ein Blutstropfen löste. Die Luft war so kühl und lind. Sie legte sich um ihre heiße Stirn und streichelte sie wie Mutterhand, viel weicher als die Hand der eigenen Mutter, die sich niemals mit Zärtlichkeiten abgegeben hatte. Es war, als käme ihr von weit her, aus unbekannter Tiefe oder Höhe, ein Trost. Sie schloß die übermüden Augen, und als die Nachtschwester vorsichtig den Kopf durch die Tür steckte, sah sie, daß ihre Patientin tief und fest schlief, seit Wochen das erstemal.

Ruhelos ging die alte Gnädige an diesem Abend in ihrem Schlafzimmer hin und her. Auch sie hatte an das verregnete Korn gedacht, aber nur flüchtig. Ihre Sorge galt der riesigen Menge von Johannisbeeren und Himbeeren, die noch vor dem Regen gepflückt worden waren und jetzt in großen Beuteln zum Durchlaufen im Vorratsraum hingen. Am nächsten Tag sollte der Saft gekocht werden. Sie lief noch einmal in die Speisekammer, um nach dem Rechten zu sehen. Hatte sie auch den Wäscheschrank wieder verschlossen nach der Wäscheausgabe? Sie hastete von Zimmer zu Zimmer, als wolle sie ihren Gedanken davonlaufen. An einigen Fenstern hatte es durchgeregnet, in der Diele standen Pfützen auf dem guten Parkett. Die alte Frau holte Eimer und Scheuertücher und wischte. Wie schwer ihr das Bücken wurde! Nach getaner Arbeit ging sie ins Schlafzimmer und zog sich leise aus, aber schlafen konnte sie nicht. Susanne! Oh, Susanne! Verbittert blickte sie zu dem anderen Bett hinüber. Er hat es gut, er macht sich keine Sorgen, wie immer, deshalb kann er ruhig schlafen, dachte Frau Cläre Bruckner. Zu ihr kam kein Engel des Trostes.

Eduard Bruckner schlief nicht. Susanne war sein Lieblingskind gewesen. Scheu hatte er dieses Gefühl in sich vergraben. Einst hatte er der Tochter den ersten Reitunterricht gegeben. Wie stolz war er auf sie gewesen, als er bemerkte, daß sie sein Interesse für Pferde teilte. Das war freilich lange her. Mit der heutigen hochfahrenden Susanne verband ihn nichts mehr. Oder doch? Verschüttete Quellen brachen auf in seiner Seele. Sie ist ja doch mein Kind, dachte er und richtete den Blick auf das andere Bett: unser Kind. Er horchte. Nein, Cläre schlief nicht. Vielleicht sorgte sie sich genau so wie er. Ob er einmal mit ihr sprechen sollte? Aber es würde doch keinen Zweck haben — zu weit waren sie voneinander entfernt, es gab keine Brücke mehr zwischen ihnen. Nach langer Zeit dämmerte er ein, und im Halbschlaf erschien ihm ein Gesicht. Lieb, jung und unschuldig sah es ihn an. Ich könnte wohl einmal mit Angelika über meine Sorgen sprechen, sie wird mich verstehen und mich nicht zurückweisen, dachte der alte Mann und schlief beruhigt und fest ein.

Auf dem Gut war heiße, eilige Erntezeit. Sie drängte alles andere in den Hintergrund, selbst die Sorge um Susanne, deren Genesung nur sehr langsam Fortschritte machte. Jochen kam in den Ferien heim und schaltete sich mit in die Arbeit ein, zum erstenmal seit Jahren. War eine Veränderung mit dem leichtsinnigen Menschen vorgegangen? Hatte er endlich begriffen, daß ein Mann von siebenundzwanzig Jahren anfangen mußte, das Leben ernster anzusehen, oder war er durch das Leiden seiner Schwester wirklich angerührt? Johannes hoffte es, und er war von Herzen dankbar für des Bruders Hilfe, die er mehr als nötig gebrauchen konnte. Den Ankauf der Erntemaschinen hatte Johannes noch einmal aufgeschoben. Susannes Aufenthalt in der Klinik und ihre Behandlung durch den besten Chirurgen der Stadt verschlang große Summen. Seit Jahren hatte nicht solch gutes Einvernehmen zwischen den Brüdern geherrscht wie jetzt.

Den wahren Grund für Jochens fügsames Betragen konnte Johannes natürlich nicht ahnen.

Jochen hatte wieder einmal Geldsorgen, diesmal sehr unangenehmer Natur. Der freundliche Geldverleiher hatte sich als Halsabschneider entpuppt. So war es gekommen, daß die anfangs nicht sehr hohe Summe, die Jochen zum Ankauf des Autos gebraucht hatte, beachtlich anwuchs, und der Leichtsinnige nur durch immer neues Borgen die kurzfristigen Wechsel bezahlen konnte. Er hatte schon daran gedacht, den Wagen zu verkaufen. Da ihm aber nur die Hälfte des Anschaffungspreises geboten wurde, unterließ er es. Im übrigen liebte er sein kleines Vehikel. Er mußte es nochmal versuchen, von Johannes Geld zu bekommen. Zeit und Umstände waren günstig für ihn. Durch fleißiges Handanlegen konnte er den Bruder in rechte Stimmung bringen, und nach der Ernte mußten ja sehr gute Einnahmen ins Haus kommen. In einem passenden Augenblick würde Johannes doch sicher weich werden. Soweit hatte er sich alles folgerichtig ausgedacht, aber als er dann erkannte, wie man auf dem Gut sparen mußte, da packte ihn doch ein Schrecken, und die blühenden Hoffnungen schrumpften. Was sollte daraus bloß werden! Aber leichtsinnig, wie er nun einmal war, hielt er sich nicht lange mit quälenden Gedanken auf. Seine strahlende Liebenswürdigkeit, die immer und überall die Menschen entzückte, beschwingte auch ihn selbst. Ganz besonders gern half er Angelika im Geflügelhof. Einmal mochte er die kleine, bescheidene Schwägerin wirklich gern, und zum anderen vermutete er ganz richtig, daß niemand einen so großen Einfluß auf den älteren Bruder hatte wie diese zarte, kindliche Frau. So strich er fröhlich pfeifend Angelikas Kükenhaus frisch an, besserte die Zäune mit feinem Maschendraht aus und ließ sich sogar zum Ausmisten herbei. Fridolin, den Angelika als Hühnerjungen ausgebildet hatte, war begeistert, er folgte „Onkel Jochen“ auf Schritt und Tritt.

„Man könnte direkt eifersüchtig werden“, sagte Johannes Bruckner einmal halb im Scherz, als er das Treiben der drei beobachtete. Angelika sah ihren Mann mit unschuldigen Augen an. „Dein Bruder ist doch wirklich nett, ich begreife nicht, was du an ihm auszusetzen hast." Johannes brummte ein bißchen vor sich hin. Er traute dem Frieden nicht.

Im ganzen Haus machte sich die entspannende Atmosphäre, die Jochen um sich verbreitete, bemerkbar. Selbst die bisher so öden Abende im Familienkreis gestalteten sich anders. In einem Winkel unter Büchern, die niemand las, fand Jochen ein Schachspiel. „Schade, daß keiner von euch spielen kann", bedauerte er. „Ein wenig kann ich schon", sagte Angelika. Zufällig streifte ihr Blick das Gesicht des Schwiegervaters und entdeckte dort waches Interesse. „Wie ist es mit dir, Vater?" fragte sie freundlich. „Ich habe viele Jahre nicht gespielt", wehrte er ab. Angelika rückte ein Tischchen heran und setzte sich dicht neben den Schwiegervater: „Mit vereinten Kräften wollen wir es gegen Jochen wagen!" Und so kam es, daß Angelika und Eduard Bruckner gegen Jochen antraten. Der Alte bekam rote Backen, ganz ohne Rotspon, und Jochen, der diese Beschäftigung nur als Spielerei angesehen hatte, mußte sich anstrengen, um gegen die gegnerische Mannschaft aufzukommen.

Nicht jeden Abend stand ihm der Sinn danach. Oft setzte er sich ans Klavier, das unbenutzt und leicht verstimmt in einer Ecke des Wohnzimmers stand, und klimperte, meist moderne Schlager. Einmal geriet er an alte Noten, die vermutlich noch aus seiner Mutter Mädchenzeit stammten. „Hört euch das an", rief er lachend, „so haben die Menschen früher ihre Gefühle ausgehaucht." Seine Hände glitten über die Tasten. Nicht sehr sorgfältig, wie es seine Art war, spielte er eines der seinerzeit so berühmten Rosenlieder von Philipp Eulenburg und sang den Refrain mit einem hübschen, ungeschulten Bariton: „In der Rosenzeit ward das Herz so weit, ward das allerschönste Röslein mein."

„Paßt das nicht großartig auf dich und Johannes?" fragte der hübsche Junge seine Schwägerin.

„Was paßt auf uns?" erkundigte sich Johannes, der, in eine Fachzeitschrift vertieft, nicht zugehört hatte.

„Jochen macht mal wieder Spaß", wehrte Angelika errötend ab.

Selbst die alte Frau Bruckner ließ für einige Zeit die Hände auf der Handarbeit ruhen und hörte zu, wenn ihr Jüngster spielte und sang. Sie war völlig unmusikalisch, aber ihre Augen hingen an dem schönen, etwas weichen Gesicht dieses ihres Lieblingskindes. Angelika fing einmal einen dieser Blicke auf. Arme Mutter, dachte sie in plötzlich erwachendem Mitleid, du hast soviel Enttäuschungen und Sorgen mit deinen Kindern erlebt in letzter Zeit, möge dir dein Jüngster viel Freude bringen! Wie bei etwas Unerlaubtem ertappt, wandte die alte Gnädige den Blick ab und stichelte an ihrer Handarbeit, als würde sie dafür bezahlt.

Eines Abends hatte auch Angelika eine Entdeckung gemacht: ein Choralbuch. „Wie wäre es denn mit diesem Lied?" schlug sie vor, und kurz darauf tönte es durchs Zimmer: „Geh aus, mein Herz, und suche Freud in dieser lieben Sommerzeit an deines Gottes Gaben!" Angelika sang anfangs zaghaft, aber dann wurde ihre Stimme hell und sicher. Johannes hatte seine Zeitschrift beiseite gelegt und hörte zu, ebenso Vater Eduard. Nur Cläre Bruckner stichelte ungerührt weiter.

„Du kannst ja singen, Engele", rief Jochen anerkennend aus. Er hatte sie schon manchmal so genannt, halb im Scherz, halb im Ernst.

„Ich hatte von klein auf Musikunterricht. Mein Vater

war Musikdirektor und ein bekannter Bachspieler", sagte Angelika schlicht. Es stellte sich heraus, daß sie sehr viel besser Klavier spielen konnte als der Schwager, der sich von jetzt an beträchtlich mehr Mühe gab beim Musizieren. Ein Jammer, daß ich so unmusikalisch bin, dachte Johannes, diesmal in einer ehrlichen Anwandlung von Eifersucht auf den Bruder. Auf Angelikas Bitte ließ er das Klavier stimmen.

Auch in Susannes Krankenzimmer brachte der jüngere Bruder ein wenig Abwechslung und Frische. Dort war beides bitter nötig. Die Genesung schritt immer noch langsam voran, viel zu langsam für Susannes Ungeduld. Seit einigen Tagen machte sie Gehversuche, aber trotz größter Willensanstrengung war sie über ein paar humpelnde Schritte nicht hinweggekommen. Eine Krücke lehnte sie entsetzt ab.

Jeden Tag zur festgesetzten Zeit erschien Carlo Weber im Krankenhaus. Er traf stets eine gut zurechtgemachte und hübsche Susanne, im Lehnstuhl sitzend, die sich bemühte, eifrig und heiter auf das einzugehen, was er ihr erzählte. Aber er hatte nicht immer Lust dazu. Der Herr Carlo Weber wollte unterhalten werden, und zum Krankenbetreuer hatte er keinerlei Talent. Jedesmal nach einer solchen Besuchsstunde mußte sich Susanne zu Tode erschöpft von der Schwester ins Bett helfen lassen. Sie hatte gar nichts von den Besuchen des Verlobten, aber trotzdem wartete sie darauf, und wenn er sich einmal entschuldigen ließ, suchte sie argwöhnisch nach den Gründen für sein Fortbleiben.

Eines Abends, anfangs September, brachte Carlo Weber Susanne einen Strauß kostbarer Orchideen. Für gewöhnlich ließ er den Schmuck des Krankenzimmers von einem Gärtner besorgen. Er war besonders herzlich an diesem Abend und erkundigte sich eingehend nach dem Befinden seiner Braut und versicherte ihr, daß sie ausnehmend gut aussehe. Daß der Herr Fabrikbesitzer am Morgen eine Unterredung mit dem Professor gehabt hatte, sagte er Susanne nicht, ebensowenig, daß der erfahrene Chirurg nach langem Zögern und vielen Vorbehalten die Vermutung ausgesprochen hatte, daß Susanne Bruckner aller menschlichen Voraussicht nach niemals wieder wie ein völlig normaler Mensch würde gehen lernen. Erst zum Schluß kam Carlo Weber auf das eigentliche Anliegen seines Besuches zu sprechen. „Weißt du, Susanne, wir hatten doch unsere Hochzeitsreise jetzt um diese Zeit geplant, und ich habe im Betrieb auch dementsprechend disponiert, wie du dir sicher denken kannst. Eine längere Abwesenheit des Chefs muß ja ernsthaft vorbereitet werden. Ich habe mir überlegt, daß ich die Reise allein machen werde. Es hat mich auch alles sehr mitgenommen, die große Sorge um dich, die Enttäuschung, daß wir jetzt nicht heiraten können und alles, was damit zusammenhängt. Ich habe die Erholung dringend nötig und hoffe, daß du mich verstehst."

Was blieb Susanne übrig, als zuzustimmen? Sie tat es mit guter Haltung, aber als Herr Carlo Weber mit betonter Herzlichkeit und so schnell wie möglich gegangen war, brach sie haltlos weinend zusammen.

Der Herr Fabrikant wischte sich den Schweiß von der Stirn, als er die Zimmertür hinter sich geschlossen hatte. „Schriftlich macht es sich leichter", sagte er vor sich hin, und dann schon im Fortgehen: „Es tut mir leid, Susanne, aber eine hinkende Frau? Unmöglich!"

Jochen Bruckner war der Verwirklichung seiner

Pläne um keinen Schritt näher gekommen. Endlich überwand er sich und deutete der Schwägerin seine Geldverlegenheit an. Sie standen nebeneinander vor dem Geflügelhaus. Angelika hörte aufmerksam zu. Sie krauste die glatte Stirn und dachte angestrengt nach. Plötzlich kam ihr der rettende Gedanke. „Ich kann dir helfen", sagte sie strahlend. Im Geflügelhaus, gleich neben dem Eingang, hatte sie sich ein Plätzchen eingerichtet. Dort stempelte sie ihre Eier ab und trug in ein blaues Schulheft Einnahmen und Ausgaben ein. Am ersten Monatsende hatte sie Johannes ihren Verdienst abliefern wollen. Lächelnd schob er ihr das Geld wieder zu: „Es gehört dir für deine persönlichen Ausgaben."

In einer Ecke ihres Kleiderschrankes befand sich eine Zigarrenkiste. Dort bewahrte sie ihr Geld auf. Eifrig nahm sie ihren Schwager bei der Hand, zog ihn in ihr „Kontor" und drückte ihm ihr blaues Heft in die Hand. Verdutzt las Jochen Bruckner die Endsumme: 345,70 DM. „Ich habe das Geld", strahlte sie ihn an, „du kannst es sofort bekommen."

Der leichtsinnige Jochen schlug den Blick nieder. Er vermochte nicht, in diese hilfsbereiten, erwartungsvollen Kinderaugen zu schauen. „Es ist wirklich sehr lieb von dir, Engele", sagte er und gab das Heft zurück, „behalte dein Geld! Damit kannst du mir nicht helfen." Er drehte sich um und ging schnell aus der Tür. Erschrocken und traurig sah Angelika dem Davoneilenden nach. Weshalb nahm er ihr Geld nicht? Hatte sie ihn mit ihrem Angebot gekränkt?

Die Glocken setzten ein zum ersten Geläut, eine Viertelstunde vor dem Gottesdienst. Angelika und Fridolin machten sich allein auf den Kirchweg. Johannes konnte sie nicht begleiten, seine Anwesenheit im Stall war einer kalbenden Kuh wegen dringend nötig. Als sie durch die Diele gingen, hörten sie ein Geräusch hinter sich. Vater Eduard war aus seinem Stuhl aufgestanden. Steifbeinig kam er auf sie zu.

„Willst du mich mitnehmen, Kind?"

„Oh, Vater, wenn du es dir zutraust!" rief Angelika freudig und bot dem Schwiegervater ihren Arm.

Fridolin riß die Tür vor dem ungleichen Paar auf. Angelika und Eduard Bruckner traten hinaus in den Sonnenschein und machten sich Schritt für Schritt auf den Weg zur Kirche.

„Angelika", fragte der alte Mann zögernd, „glaubst du, daß beten hilft?"

„Ganz bestimmt, Vater, es hilft."

„Ich möchte für Susanne beten", sagte Eduard Bruckner. „Weißt du, früher war sie mein Lieblingskind!"

„Wir alle beten für sie, Johannes und ich, Küppers und Fridolin."

„Und du glaubst, daß sie dadurch wieder gesund werden wird?" fragte der Vater gespannt.

Angelika fiel die Antwort schwer. „Wenn es Gottes Wille ist", sagte sie langsam. Wie sollte sie dem Vater klarmachen, daß Gott Gebete erhört, aber oft anders entscheidet, als es sich das törichte Menschenherz wünscht?

„Ach, dann hat das Beten wohl keinen Zweck", schloß der alte Mann das Gespräch traurig und resigniert.

Es waren nicht viele Besucher in dem kleinen Kirchlein, und die wenigen waren schläfrig von der anstrengenden Arbeit des heißen Sommers. Der greise

Pfarrer seufzte leise, während er die Kanzel bestieg. Wußten sie denn, die da unten, wie sehr er sie brauchte? Ihre Aufmerksamkeit, ihr Mitgehen, ihre Liebe und Fürbitte für ihn, daß er sein Amt recht ausfüllte, dieses anvertraute Amt eines Seelsorgers, eines Sorgers für ihre Seelen? Und wie schon oft, seitdem die junge Frau Bruckner unter seiner Kanzel saß, suchte er ihr Gesicht. Es war ein Geben und Nehmen zwischen ihnen, ein Fragen und Antworten und ein wundervolles Verstehen. Was wollten diese Augen heute von ihm? Er fühlte die Frage darin und die Bitte. Und neben der jungen Frau saß der alte Herr Bruckner, seit Jahren zum erstenmal. Was trieb den alten Mann heute ins Gotteshaus? Demütig senkte Pfarrer Wächter den weißen Kopf zu stillem Gebet. „Vergib, Herr, daß ich einen Augenblick lang unlustig und verzagt war beim Anblick der wenigen Menschen dort unten. Es geht ja nicht um die Menge, es geht oft nur um eine einzige Seele oder um zwei. Gib mir die rechte Antwort auf ihre Fragen!" Der alte Pfarrer war ein ordentlicher Mann, er schrieb seine Predigten auf, Wort für Wort. An diesem Sonntag wich er beträchtlich vom Konzept ab. Er sprach von der Macht des Gebets. „Unser Gebet wird erhört, wenn wir bitten im Namen unseres Herrn und Heilandes Jesus Christus, denn in seinem Namen können wir ja um nichts Unrechtes bitten. Wie die Erhörung aussieht, wissen wir nicht. Wir sehen ja nicht, welcher Plan Gottes dahinter steckt für uns selbst und für den Menschen, für den wir beten! Du glaubst, du seist zu schwach zum Beten. Weißt du denn nicht, daß die Kraft Gottes im Schwachen mächtig ist?" rief Pfarrer Wächter aus, und sein Gesicht leuchtete vor Glaubenszuversicht. Angelika sah ihren Schwiegervater von der Seite an. Hatte er es gehört? Hörte er überhaupt zu?

Als sie wieder hinein in den Sonnenschein traten, fragte Vater Eduard: „Angelika, aus welcher Kraft lebst du?"

Wieder eine unerwartete Frage für die junge Frau, aber sie wußte die Antwort: „Aus Gottes Barmherzigkeit, die er uns in Jesus Christus geschenkt hat."

„Ohne diese Kraftquelle würdest du es bei uns nicht aushalten, wie?"

„Ich würde es nirgendwo aushalten. Aber ich habe es jetzt gut. Johannes hat mich lieb, mit Jochen gibt es keine Schwierigkeiten, und du warst von Anfang an gut zu mir, Vater."

„Ja — die Mutter hat jetzt ihre Sorgen um ihre Tochter, und Susanne ist nicht da. Aber sie wird wiederkommen, und was dann?" Nach einer kleinen Pause fuhr er fort: „Ich will dir genau sagen, was dann kommt. Dieser Wurstfabrikant wird sie im Stich lassen, oder glaubst du, daß er sich mit einer hinkenden Frau belastet? Für ihn war Susanne nichts weiter als ein Ausstattungsstück. Im Grunde hat sie an ihm nichts verloren. Aber wie wird sie diese Demütigung ertragen? Meine stolze Susanne, mein armes, unglückliches Kind!"

Erschüttert blieb Angelika stehen. Da hatte der alte Mann in seinem Lehnsessel gesessen, Jahr und Tag, übersehen von seiner Umgebung, und war doch ein denkender, liebender Mensch.

„Und wenn sie dann wiederkommt, verbittert und hilfsbedürftig — was wird aus ihr werden? Sie wird ihre Verzweiflung an uns auslassen — an dir, Angelika. Fürchtest du dich nicht?"

Klar und zuversichtlich blickte die junge Frau ihren Begleiter an. „Nein", antwortete sie.

Eduard Bruckner seufzte tief. „Oh, Kind, hätte ich deinen Glauben!" Und nach kurzem Schweigen: „Meinst du, daß an einem alten Mann wie mir noch etwas zu ändern ist?"

„Ja, Vater, ganz bestimmt, es ist nie zu spät. Denke doch an den Schächer am Kreuz, er kam in allerletzter Stunde!"

„Ja, ich erinnere mich. Ich kenne die Bibel zwar wenig. Sie ist ein so schweres Buch, man kann sie kaum in den Händen halten", sagte er kläglich, um Verstehen bittend.

„Das Neue Testament ist leichter", ermutigte Angelika.

Eine Weile wurde es still zwischen ihnen. Fridolin war in Erwartung eines guten Frühstücks mit Frau Küppers, die ebenfalls den Gottesdienst besucht hatte, vorausgegangen.

„Wenn man mit Ernst beten will", nahm Angelika das Gespräch wieder auf, „muß man damit anfangen, die Hindernisse wegzuräumen, die den Weg zu Gott versperren."

„Welche Hindernisse meinst du?" fragte der alte Bruckner.

„Unsere Sünden. Wir können sie allerdings nicht selbst wegräumen. Aber erkennen und bekennen müssen wir sie vor Gott und den Menschen. Die Vergebung müssen wir uns schon schenken lassen durch Jesus Christus, der ja sein Leben gegeben hat für uns Sünder."

Vater Eduard blickte in das reine Gesicht seiner Schwiegertochter. „Was weißt du Kind von Sünden?"

Angelika war sehr nachdenklich geworden. „Ich hatte es besser als du“, sagte sie schließlich, „von klein an lebte ich unter gläubigen Christen. Mutter Anna wies mir den Weg, ich brauchte nur zu folgen. Vor großen Sünden wurde ich bewahrt, aber die kleinen, täglichen kenne auch ich. Weißt du: wenn man einmal gar keine Lust hat, etwas Schwieriges, Lästiges zu tun oder für einen Menschen zu beten, den man nicht sehr gern hat oder vor dem man sich fürchtet. Ja — und Furcht vor Menschen ist auch eine Sünde für ein Kind Gottes, das sich doch zu jeder Stunde geborgen wissen müßte. Du schüttelst den Kopf, Vater, aber es ist so. Wem viel gegeben ist, von dem wird auch viel gefordert — und mir wurde viel gegeben.“

Eduard Bruckner machte einen weiten Weg mit seinen Gedanken. Es dauerte lange, bis er wieder sprach: „Sehr groß waren die Summen ja nicht, immer so Kleinigkeiten bei jeder Kornrechnung und bei jedem Viehverkauf etwas. Ich mußte es tun“, verteidigte er sich, „sie gab mir nichts freiwillig, deshalb mußte ich mein gutes Recht wahrnehmen.“ Beklommen und stockend fügte er hinzu: „Einmal war es dann mehr —“

Angelika wollte antworten, aber sie kam nicht dazu. Ihr Mann bog in diesem Augenblick um die Wegecke. Er bot seinem Vater den Arm und berichtete, daß im Kuhstall alles gut verlaufen sei. „Hoffentlich ist dir der Weg nicht zu schwer geworden, Vater?“ wandte er sich freundlich besorgt an den alten Mann. „Nein, es ist mir nicht zu viel geworden — es war gut so.“

III.

Die Ernte war eingebracht. Johannes Bruckner konnte im großen und ganzen zufrieden sein. Er wollte sich zwei Tage des Ausspannens gönnen, um eine landwirtschaftliche Tagung zu besuchen. Am liebsten hätte er Angelika mitgenommen, aber sie lehnte ab. Das Federvieh hätte Alma Küppers mit Fridolins Hilfe schon mal für zwei Tage besorgen können. Es hatte sich aber so eingebürgert, daß die alte Frau Bruckner jede Woche auf einen ganzen Tag in die Stadt zu ihrer Tochter fuhr und bei dieser Gelegenheit die fälligen Einkäufe erledigte. An diesem Tag kochte Angelika. „Nur etwas ganz Einfaches!" bestimmte die alte Gnädige. Angelika gab sich große Mühe und war stolz, wenn die drei Bruckners, Vater, Johannes und Jochen, ihre bescheidenen Kochkünste lobten. Natürlich wäre Angelika viel lieber mit ihrem Mann gefahren, aber sie wagte es nicht, die Schwiegermutter zu bitten, den Besuchstag, der mit der landwirtschaftlichen Tagung zusammenfiel, zu verlegen. „Die Trennung ist so kurz, mein Lieber", redete sie ihrem Mann gut zu, „fahre nur allein und mache es dir so nett wie möglich. Schüttle einmal alles ab, was an Sorgen auf dir liegt!"

An einem klaren Frühherbstmorgen begleitete Angelika ihren Mann zum Wagen. In diesem Augenblick kam der Viehhändler Behrens auf den Hof gefahren. Er händigte Johannes einen größeren Geldbetrag aus für eine Viehlieferung in der vergangenen Woche. „Lieber wäre es mir gewesen, er hätte das Geld auf mein Konto überwiesen", sagte Johannes zu seiner Frau, „ich habe nicht gerne solche Summen bei mir." Er war schon dabei, die Scheine in seine Brusttasche zu stecken, als er sich eines anderen besann. „Weißt du, Angelika, ich lasse das Geld zu Hause im Safe. Komm, ich werde dir etwas zeigen. Jochen ist sowieso noch nicht fertig, er hat wieder mal nicht ausgeschlafen, und wir haben noch ein wenig Zeit." Jochen sollte den Bruder mit dem Mercedes in die Stadt an die Bahn bringen. Er saß noch seelenruhig am Frühstückstisch, als das Ehepaar wieder zurück in die Diele kam. „Keine Aufregung, meine Lieben, wir schaffen es noch glänzend, wenn wir in zehn Minuten starten", rief er ihnen durch die aufstehende Eßzimmertür zu und ließ sich nicht bei seiner Mahlzeit stören.

In der Diele hing ein altes Ölgemälde, das Angelika immer besonders häßlich gefunden hatte. Johannes berührte einen kaum sichtbaren Druckknopf am Rahmen, daraufhin konnte er das Bild wie eine Klappe zurückschlagen, und es wurde dahinter ein Stahlschrank sichtbar. Mit einem winzigen Schlüssel öffnete ihn Johannes und legte vor Angelikas Augen sechstausend Mark in das Fach, in dem sich nur ein Bündel Papiere befand, aber kein Geld. Danach übergab er ihr den Schlüssel. „Zieh ihn auf deinen Schlüsselbund und verwahre ihn gut", ermahnte er sie und brachte das Bild wieder in die gewohnte Ordnung.

„Ich habe nicht gewußt, daß der alte mürrische Herr in Öl solche Geheimnisse bewacht", scherzte Angelika.

„Ich auch nicht", sagte Jochen und stand vom Frühstückstisch auf. Er hatte durch die offene Tür den Vorgang genau beobachtet. Unter freundlichem Winken fuhren die Brüder miteinander ab, und Angelika begab sich an ihre Tagesarbeit.

Gegen halb neun Uhr kam der Postbote Speller und brachte einen eingeschriebenen Brief für Jochen. „Unterschreiben Sie schon, er bleibt ja in der Familie", sagte Speller zu der jungen Frau, die ihm erklärt hatte, daß der Schwager nicht daheim sei. Eine halbe Stunde später kam Jochen aus der Stadt zurück. „Den Wagen habe ich vor der Tür stehen lassen, Mutter wird ja doch bald fahren wollen", sagte er und nahm den Brief an sich. Kurze Zeit darauf erschien die alte Gnädige, schon für die Fahrt angezogen. „Wo ist denn Jochen?" fragte sie und sah sich ungeduldig um. „Hier bin ich schon", meldete sich eine Stimme aus dem Hintergrund, und gleich darauf trat Jochen über die Schwelle. Er sieht ja ganz verstört aus, fiel es Angelika auf. Sie wollte den Schwager schon fragen, was ihm fehle, aber er drehte sich kurz um und öffnete die Tür für seine Mutter. „Auf mich brauchst du heute mittag nicht zu warten", rief er der Schwägerin zu, „ich esse in der Stadt und komme am Abend mit Mutter heim."

Zerstreut saß Angelika beim Mittagessen dem Schwiegervater gegenüber. Sie konnte eine innere Unruhe nicht los werden. Die Stunden des Tages krochen langsam dahin trotz mancherlei Arbeit, die sie sich vornahm, und sie war schließlich froh, als der Abend herangekommen war, der die Rückkehr der beiden Bruckners brachte. Sie hatte den Abendbrottisch hübsch gedeckt, aber an der gedrückten Stimmung der daran sitzenden Familie änderte er nichts. Schweigend und mit geringem Appetit wurde das Essen verzehrt und die Frage nach Susannes Ergehen kaum beantwortet. Es geht ihr sicher nicht gut, dachte Angelika bekümmert und sagte sofort nach dem Essen gute Nacht. Sie war auch nicht aufgefordert worden, in die Diele zu kommen. Wie fremd bin ich doch in diesem Hause, wenn Johannes nicht da ist, kam es ihr schmerzlich zum Bewußtsein, während sie Fridolin badete und zu Bett brachte. Eigentlich hatte sie sich vorgenommen, zu Küppers zu gehen, um an der Abendandacht teilzunehmen, was in letzter Zeit durch Jochens Anwesenheit oft nicht möglich gewesen war; aber da Fridolin ihr fiebrig vorkam, wagte sie sich nicht aus dem Haus. „Mein Kopf tut mir so weh“, klagte der Junge nach dem Beten. „Lege dich auf die Seite und schlafe, dann wird es bald wieder gut“, tröstete Angelika und schaltete das Licht aus.

In dieser Nacht fanden drei Menschen keinen Schlaf. Jochen hatte sich gar nicht ins Bett gelegt. Ruhelos ging er in seinem Zimmer auf und ab. Ein unangenehmer Tag lag hinter ihm. Der Einschreibebrief hatte ihm die Gewißheit gebracht, daß er innerhalb drei Tagen nahezu sechstausend Mark aufbringen mußte. Er hatte es gewußt, aber in seiner leichtsinnigen Art immer noch auf eine Wendung zum Besseren gehofft. Woher diese allerdings kommen sollte, war ihm selbst nicht klar gewesen. Daß der Geldverleiher weder auf seine dringende Bitte noch auf seine vagen Versprechungen eingehen würde, hätte er sich an seinen Fingern abzählen können. Die endgültige Bestätigung hielt er jetzt in den Händen. Drei Wechsel von je tausend Mark waren fällig, ein weiteres Prolongieren lehnte der Geschäftsmann ab, dazu kamen noch annähernd dreitausend

Mark neu aufgelaufene Schulden. Der Verleiher drohte, sich an Johannes zu wenden, wenn er für diese letzten dreitausend Mark nicht binnen drei Tagen Deckung erhielt. „Dieser Schuft, dieser Halsabschneider", tobte Jochen Bruckner, und sein sonst so anziehendes Gesicht hatte allen Charme verloren, „ich habe doch ursprünglich nur viertausend Mark entliehen und schon dauernd abgezahlt, wie kann bloß eine so hohe Summe entstanden sein? Aber ich werde es mir nicht gefallen lassen, ich werde einen Rechtsanwalt nehmen und mit seiner Hilfe dem Schurken das Handwerk legen." Er ballte die Fäuste und hob sie drohend gegen einen unsichtbaren Feind. „Aber die Wechsel!" stöhnte er auf, „die Wechsel müssen bezahlt werden."

Was hatte er nicht alles versucht! Während seine Mutter bei Susanne am Krankenbett saß, war er in der Stadt herumgelaufen. Bei alten Schulkameraden hatte er angeklopft, die zum Teil schon in festen Positionen saßen und gute Einnahmen hatten. Vergebens! Überall verlegene Ausreden oder Absagen. Die Bank wäre zu einem Darlehen bereit gewesen, wenn Johannes dafür bürgen würde. „Das tut der Große nie", knirschte Jochen zwischen den Zähnen.

Auf der Rückfahrt im Auto hatte er mit der Mutter gesprochen und alle Register gezogen, ihr sogar den Autokauf gebeichtet. „Meine sämtlichen Bundesbrüder fahren ihre eigenen Wagen, mir war es schon peinlich, immer sagen zu müssen, ich kann mir kein Auto kaufen, weil mein Herr Bruder, von dem ich abhängig bin, kein Geld herausrückt", war seine Begründung gewesen. Er hatte es der Mutter angesehen, wie ihr Herz zwischen ihrer blinden Liebe zu ihm und einer ehrlichen Entrüstung hin und her pendelte. Im Geist hörte er noch ihre Worte: „Aber, mein Junge, du hattest doch deinen Monatswechsel", und dagegen seine Antwort: „Meine Bundesbrüder verfügen sämtlich über bedeutend mehr Geld. Ich hätte es mir überlegen müssen, bevor ich dieser teuren Verbindung beitrat, in der nur Söhne wohlhabender Eltern sind. Aber ich dachte an die guten Beziehungen, die man anknüpfen kann durch die Bekanntschaft mit diesen Leuten aus der Hochfinanz, und es war ja auch in deinem Sinn, daß ich in diese Verbindung eintrat." Zunächst hatte die Mutter darauf nicht geantwortet. Dann hatte sie ihn daran erinnert, daß im vergangenen Jahr der größte Teil von seines Vaters kleiner Pension zusätzlich in seine Tasche geflossen war.

Seine eindringliche Bitte, ihm noch ein letztes Mal zu helfen, hatte sie mit den Worten abgelehnt: „Ich kann es nicht, selbst wenn ich wollte. Außer einer kleinen Rücklage für Krankheits- und Sterbefälle habe ich nichts mehr."

„Dann muß das Schicksal seinen Lauf nehmen", hatte er erwidert.

Die letzte Strecke der Fahrt war in beklemmendem Schweigen zurückgelegt worden. Und nun? Würde das Schicksal wirklich seinen Lauf nehmen? „Nein, nein, nein!" schrie es in Jochens Innerem. „Johannes hat das Geld, es liegt hier im Hause!" Ein böser Gedanke tauchte auf und begann Gestalt anzunehmen. Es ist mein Geld genauso wie das seine, ich kann es beanspruchen als Vorauszahlung auf mein Erbe. Im Endeffekt ist es gleichgültig, wann ich mein Geld bekomme — und ich brauche es jetzt. Jochen sprang auf. Schweißtropfen traten ihm auf die Stirn. Aber wie soll ich an den Safe kommen? Er ist verschlossen, und die Kleine hat den Schlüssel an sich genommen. Na, wollen sehen, vielleicht habe ich Glück.

Jochen Bruckner tappte auf Socken in die Diele. Im Mondschein sah er das häßliche Bild an der Wand hängen. Licht einzuschalten, wagte er nicht. Plötzlich entdeckte er auf dem Kaminsims etwas Glänzendes und erkannte in ungläubigem Staunen Angelikas Schlüsselbund. Sein Herz begann in rasenden Schlägen zu hämmern. War das nicht wieder sein sprichwörtliches Glück? Oder war es etwas anderes? Eine ungeheure Versuchung? Einen Augenblick stand Jochen ganz still, dann schüttelte er sich, als wolle er lästige Wassertropfen abwerfen. „Ein Zeichen ist es, ein gutes Zeichen", sagte er vor sich hin und griff mit zitternder Hand nach dem Schlüsselbund. Die Unsicherheit wich von ihm. Mit Hilfe einer Taschenlampe fand er das winzige Schlüsselchen. Er trat vor das Bild, schlug es zurück und öffnete den Safe. Ohne weiteres Zögern nahm er die Geldscheine an sich. Schnell schloß er das Stahlfach wieder und wollte gerade mit erleichtertem Aufatmen das Bild in die gewohnte Lage bringen, als er einen Ton hinter sich hörte. Die Hand noch am Rahmen, fuhr er herum. Licht flammte auf, und Angelika Bruckner stand in der Tür, einen leichten Morgenrock lose umgeworfen. Einen Moment lang blickten sich die beiden Menschen sprachlos an. Jochen faßte sich zuerst. Langsam und wie zufällig ließ er seine Hand vom Bilderrahmen niedergleiten. Mit harmlosem Gesicht trat er auf die Schwägerin zu: „Wo in aller Welt kommst du her, Angelika? Und noch dazu so leicht geschürzt? Du wirst dich erkälten."

Beschämt schlug Angelika die Augen nieder und machte den Versuch, den Morgenrock fester zu schließen. „Fridolin hat schreckliche Leibschmerzen. Ich wollte ihm etwas aus dem Medizinschrank holen." Das war Jochens Stichwort: „Er auch? Mir geht es nämlich genau so. Deshalb bin ich hergekommen. Gerade wollte ich mir einen Schnaps holen." Angelika atmete auf. Der Likörschrank stand in der Ecke neben dem Ahnenbild. Und sie hatte schon gedacht ... Oh, pfui! Wie hatte sie so etwas vermuten können! „Ob die Wurst heute abend verdorben war?" fragte sie besorgt. Jochen goß einen Steinhäger hinunter, ein Stein fiel ihm vom Herzen. „Es wird schon nicht so schlimm werden mit Fridolin, mir ist schon bedeutend besser", tröstete er.

Angelikas Augen flogen in der Diele umher. „Ich kann meine Schlüssel nicht finden", sagte sie ängstlich, „ich gab sie Mutter am Abend, weil sie Herztropfen für Vater aus dem Medizinschrank holen wollte. Sie muß sie mit ins Schlafzimmer genommen haben. Ich brauche sie so dringend, um den Schrank aufzuschließen. Fridolin stöhnt vor Schmerzen. Ich möchte die Eltern nicht wecken."

„Laß uns lieber erst mal hier suchen, bevor wir Lärm schlagen", sagte der hilfreiche Jochen, „sollte es etwa dies hier sein?" Triumphierend hielt er den Schlüsselbund in die Höhe, und freudig griff Angelika danach. „Gott sei Dank, daß sie wieder da sind", rief sie erleichtert und holte ein Fläschchen Hoffmannstropfen aus dem Medizinschrank, den sie dann wieder verschloß. „Möchtest du vielleicht auch welche?" bot sie freundlich an.

„Danke, Engele! Du bist ein lieber, hilfsbereiter Mensch — und nun gute Nacht und gute Besserung für Freund Fridolin!"

Jochen Bruckner sah der hellen Gestalt nach. Es war

nicht angenehm, einen Menschen wie dieses Engele zu belügen. Wenn er nur einen anderen Ausweg gewußt hätte! Er überlegte fieberhaft. Endlich kam er zu einem Entschluß. Am nächsten Morgen würde er in aller Frühe mit Johannes' Wagen in die Universitätsstadt fahren. Vielleicht fand sich doch noch ein gangbarer Weg. Seine Wirtin fiel ihm ein, und eine böse Falte bildete sich zwischen seinen Augen. Sie hat mir dazu geraten, mich an diesen Halsabschneider zu wenden. Ich werde es ihr zu verstehen geben. Sie sitzt bestimmt auf einem dicken Sparkassenkonto. Es ist ihre moralische Pflicht, mir aus der Patsche zu helfen, überlegte er, denn er gehörte zu den Menschen, die allen anderen die Schuld zuschoben, nur nicht sich selbst. Wenn ich Glück habe, bin ich zurück, bevor Johannes wieder nach Hause kommt. Am besten wird es sein, wenn ich ihn am Bahnhof erwarte, beendete er seine Überlegungen. Mit Angelika werde ich schon fertig werden. Ich erkläre einfach, ich hätte mir das Geld nur für einen Tag geliehen, und wir legen es, bevor ein anderer es gemerkt hat, in den Safe zurück.

Diese Gedanken erleichterten ihn etwas. In seinem Zimmer zählte er die Geldscheine, die er hastig in der Hosentasche verborgen hatte. Es waren sechstausend Mark. Er steckte sie in seine Brieftasche und legte diese auf den Nachttisch neben seinem Bett. Noch etwas fiel ihm ein: Ob wohl genug Benzin im Tank war, so daß er am anderen Morgen in aller Frühe wenigstens bis zur Kreisstadt kommen würde? Vorher gab es keine Tankstelle, und er hatte bei seiner Heimkehr vergessen, danach zu sehen. Das mußte er sofort nachholen.

Die Haustür, die immer ein wenig knarrte, wollte er

lieber nicht zu seinem späten Ausflug benutzen. Es war nicht nötig, daß jemand im Hause im Schlaf gestört würde. Wie in seinen Knabenjahren schwang er sich aus dem Fenster des Parterre-Zimmers. Mit eiligen Schritten lief er über den Wirtschaftshof, wo der Mercedes in der Remise neben dem Trecker seinen Platz hatte. Erleichtert atmete er auf, der Brennstoff würde reichen. Nun schnell zurück ins Haus! Ein paar Stunden Schlaf waren ihm dringend nötig. Plötzlich fühlte er sich hundemüde.

Jochens Rücksichtnahme wäre nicht nötig gewesen, Vater Eduard schlief fest und wäre auch durch das lauteste Knarren der Haustür nicht zu wecken gewesen, und die beiden Bruckner-Frauen, die alte und die junge, wachten sowieso. Unruhig warf sich die Mutter in ihrem Bett herum. Was hatte der Junge damit gemeint, daß das Schicksal seinen Lauf nehmen würde? War er in ernstlicher Gefahr? Die bedingungslose Liebe zu diesem Kind, dieses Gefühl, das die alte Frau vor sich selbst oft als töricht bezeichnet hatte, besiegte den Ärger über den Verschwender. Cläre Bruckner stand auf und entnahm einem geheimen Fach ihres Wäscheschrankes eine Lederkassette. Der obere Teil enthielt den wertvollen Familienschmuck, aus dem sie sich niemals viel gemacht hatte. Im unteren Fach lag ihr Erspartes, ihr Notgroschen. Sie wog die Scheine in der Hand, dann eilte sie entschlossen und leise in das Zimmer ihres Sohnes und öffnete, ohne anzuklopfen, die Tür. Die Nachttischlampe brannte, das Fenster stand auf, aber das Zimmer war leer. Mit schwankenden Schritten näherte sich die alte Frau dem Bett. Auf dem Nachttisch lag Jochens Brieftasche. Er wird mit seinen Sorgen nicht schlafen können und noch ein wenig draußen herumlaufen, dachte sie und öffnete die Brieftasche, um das mitgebrachte Geld hineinzulegen. Völlig erstarrt sah sie auf das Bündel Scheine in der Brieftasche.

In diesem Augenblick tauchte Jochens Kopf über dem Fenstersims auf. Mutter und Sohn blickten einander an — schreckensbleich und entsetzt. Jochens erster Impuls war, davonzulaufen, aber er besann sich. Es würde keinen Zweck haben. So schwang er sich in die Stube und stand mit finsterem Gesicht vor seiner Mutter.

„Woher hast du das Geld?" fuhr sie ihn an.

„Aus dem Safe in der Diele."

„Wie kamst du zu dem Schlüssel?"

„Ganz einfach! Du ließest ihn liegen."

„Dieb!" preßte sie zwischen den Zähnen hervor.

Jochen wurde dunkelrot. „Ich nahm mir das Geld, das mir doch einmal gehören wird, und das mein Bruder mir vorenthält. Ich tat es aus großer Not", sagte er trotzig. „Oder willst du, daß man mich des Wechselvergehens anzeigt? Dann lieber den Krach mit Johannes. Er wird mich nicht verklagen, denn erstens ist er mein Bruder, und zweitens habe ich einen Anspruch auf das Geld!"

„Ich hätte es wissen sollen", sagte Frau Bruckner eisig. „Du bist genau wie dein Vater, das Blut verleugnet sich nicht."

„Mutter, so höre mich doch", schrie Jochen auf. Aber Cläre Bruckner wandte sich ab und schloß die Tür hinter sich, ihre Geldscheine hielt sie noch immer in der Hand.

Fridolins Leibschmerzen ließen bald nach. Angelika blieb noch ein Weilchen neben ihm sitzen, dann legte auch sie sich zu Bett, nachdem sie sich überzeugt hatte, daß die Temperatur heruntergegangen war und der Junge schlief. Eigentlich hätte sie nun beruhigt einschlafen können, aber es gelang ihr nicht. Gedanken und Bilder quälten sie. Weshalb stand Jochen vorhin so dicht neben dem Ahnenbild? Seine Hand hatte am Bilderrahmen gelegen, genau an der Stelle, an der sich der geheime Schalter befand. Der Likörschrank stand zwar in der Nähe, aber er war geschlossen gewesen. Sie schalt sich dieser Gedanken und Zweifel wegen — ja sie erschienen ihr wie eine Versuchung des Teufels. Schließlich konnte sie es nicht mehr aushalten. Ich muß dem ein Ende machen, ich habe die Verantwortung für das Geld übernommen, ich werde nachsehen. Leise huschte sie in die Diele. Sie schloß den Safe auf — und alles Blut wich ihr aus dem Kopf: das Fach, in dem die Scheine gelegen hatten, war leer. Angelika mußte sich in einen Sessel setzen, weil ihr die zitternden Beine den Dienst versagten. Was sollte sie jetzt beginnen? „Lieber Gott, hilf mir doch!" flehte sie. „Sage mir, was ich tun soll, ich bitte dich im Namen unseres Heilandes Jesus Christus." Wie ein kleines, hilfloses Kind hockte Angelika in ihrem Sessel, und sie tat auch genau das, was ein Kind in diesem Augenblick getan haben würde: es verlangte sie nach der Mutter. Mutter Anna! Ja, sie würde wissen, was zu tun sei. Ich muß zu ihr, dachte Angelika.

Sie stand auf und ging ins Kontor. In Johannes' Schreibtisch fand sie Papier und Bleistift. Aus einem Notizblock riß sie zwei Zettel. Nachdem sie zu einem Entschluß gekommen war, handelte sie überlegt und zielbewußt. In Blockschrift, mit großen, deutlichen Buchstaben, schrieb sie an Fridolin: „Lieber Fridolin, höre genau zu und tue, was ich Dir hier sage: Wenn Du aufgestanden bist, gehst Du gleich zu Küppers, und dort bleibst Du den ganzen Tag. In die Schule gehst Du nicht, weil Du heute nacht krank warst. Tante Küppers möchte bitte das Federvieh besorgen. Grüße sie herzlich. Ich muß eilig weg, bin aber am Abend wieder da. Angelika."

Den zweiten Zettel zu schreiben, fiel ihr schwerer, aber auch er mußte geschrieben werden. „Liebe Eltern, weil Johannes nicht zu Hause ist, möchte ich mir gern mal einen Tag frei nehmen, um Mutter Anna zu besuchen. Fridolin geht zu Küppers, Frau Küppers wird das Federvieh versorgen. Abends bin ich wieder zurück. Verzeiht mir, bitte, diese Eigenmächtigkeit! Eure Angelika." Diesen letzten Zettel legte sie auf den Frühstückstisch, wo ihn die Schwiegermutter am nächsten Morgen unbedingt finden mußte.

Bevor sich Angelika niederlegte, stellte sie den Wekker auf vier Uhr. Sie wußte, daß sie eine Stunde Fußmarsch bis zur Kreisstadt brauchte. Von dort aus fuhr sicher zwischen 5 und 6 Uhr ein passender Zug in die Universitätsstadt. Dann konnte sie schon gegen neun Uhr im Finkenheim sein. Eine süße Müdigkeit überfiel sie bei diesem Gedanken. „Lieber Vater im Himmel, führe mich den rechten Weg!" betete sie inbrünstig und voll Vertrauen. Dann legte sie sich wieder und schlief ruhig ein.

Am nächsten Morgen stellte Angelika den Wecker auf sechs Uhr und trug ihn in Fridolins Kammer, den Zettel legte sie auf seinen Nachttisch. Ein Blick auf den Jungen sagte ihr, daß sie ihn beruhigt Alma Küppers Fürsorge überlassen könne.

Der Morgen war frisch, und Angelika schritt rasch

und mutig aus wie ein Mensch, der sich seines Weges gewiß ist. Punkt neun Uhr klingelte es an der Tür des Finkenheims. Mutter Anna öffnete selbst. Bei Angelikas Anblick faßte sie unwillkürlich nach ihrem Herzen. Seit Rosels überraschender Heimkehr meldete sich dieses trotzige und verzagte Ding manchmal in sehr unpassenden Augenblicken. „Ist etwas passiert, Kind? Geht es dir schlecht?" brachte sie mühsam hervor. Angelika schüttelte den Kopf und fiel der Mutter um den Hals. „Aber du weinst ja?" Anna Fink wischte sich das Gesicht ab, das ganz naß geworden war von Angelikas Tränen. „Es ist also doch etwas passiert — aber komm schnell in mein Zimmer. Frau Maurer soll uns eine gute Tasse Kaffee machen, ich glaube, du kannst sie brauchen."

Angelika wurde in den Ohrenstuhl gesetzt, und nach kurzer Zeit erschien Rosel mit dem Kaffee. Sie wollte die Pflegeschwester wortreich begrüßen, aber die Mutter wehrte ab. „Später, Rosel. Sorg du jetzt für die Kleinen und dafür, daß Angelika und ich ungestört bleiben. Damit tust du mir im Augenblick den allergrößten Liebesdienst. Nachher kommt Angelika zu dir, und du kannst ihr unseren Hans-Joachim vorführen. Er ist nämlich ein Prachtkerl und unser aller Stolz", fügte sie, zu Angelika gewandt, hinzu.

Der gute, starke Kaffee tat Angelika wohl. Auch von den aufgetischten Brötchen aß sie, denn sie hatte noch nichts genossen an diesem Morgen. Vorsichtig, nach Worten suchend, begann sie dann ihren Bericht über die letzte Zeit ihres Lebens im Hause Bruckner. Ohne mit einem Wort zu unterbrechen, hörte Mutter Anna zu, und vor ihrem klugen Geist entrollte sich das Bild. Nein, zwischen dem jungen Ehepaar lag kein Schatten, wie sie zuerst gefürchtet hatte. Gott sei Dank! Aber sonst! Schatten — so viele Schatten! In was für eine Familie hatte sie, ohne es ganz überblickt zu haben, ihr Kind heiraten lassen, ihr geliebtes, so behütetes Kind. Unauffällig musterte sie Angelikas Gesicht, Zug um Zug. Es trug noch den gleichen Ausdruck unschuldiger Kindlichkeit. Ob sie überhaupt alles ganz durchschaut? ging es der Mutter durchs Herz.

„Hat dir deine Schwiegermutter jemals vorgeworfen, daß du kein Geld mit in die Ehe gebracht hast?" fragte die Mutter behutsam.

„Mit Worten nicht —", zögerte Angelika.

„Aber sie ist nicht freundlich zu dir?" forschte die Mutter weiter.

„Sehr freundlich nicht", gab Angelika zu, „aber es kommt nicht so sehr an mich heran, da ist immer Johannes."

Das stille Glück, das aus diesen Worten klang, erwärmte und beruhigte der Mutter Herz.

„Seitdem ich die Arbeit auf dem Geflügelhof habe, bin ich vollauf beschäftigt, und Fridolin hilft mir."

„Zu dem Jungen war man wohl auch nicht sehr freundlich, wie?"

„Nicht sehr. Aber auch ihn trifft es nicht. Johannes steht ihm bei, und außerdem hat er Küppers."

„Dann war es also diese Susanne, die dir deine Armut vorgeworfen hat?"

„Ja, aber ich habe sie und meine Schwiegermutter doch auch so sehr enttäuscht dadurch, daß Johannes mich gewählt hat und nicht ein Mädchen aus ihrer reichen Bekanntschaft, das ihrer Ansicht nach besser auf das Gut gepaßt hätte als ich", verteidigte Angelika lebhaft die Bruckners. „Wenn du wüßtest, wie Susanne jetzt leiden muß, würdest du nichts gegen sie sagen." Angelika gab einen ausführlichen Bericht von dem schrecklichen Unfall der Schwägerin und seinen Folgen.

Mutter Anna erwiderte kein Wort — sie dachte sogar ein bißchen hart, daß dieser Unfall eine gerechte Strafe gewesen sein könnte. „Da ist noch der jüngste Sohn, dieser nette frische Mensch, den ich auf eurer Hochzeit kennenlernte. Wie stellt er sich zu dir?" wollte die Mutter wissen.

Diesmal schwieg Angelika, und in ihrem Gesicht spiegelte sich ein heftiger Kampf ab. „Er war immer sehr nett zu mir. Die ganzen Ferien über hat er mir geholfen. Wir haben abends miteinander musiziert und auch öfter mit dem Vater Schach gespielt."

Plötzlich fühlte die Mutter: hier lag der dunkle Punkt. „Willst du mir nicht offen sagen, Kind, was dich heute zu mir geführt hat? Gewiß, du hast einen freien Tag, weil dein Mann nicht zu Hause ist. Du hast das Bedürfnis gehabt, mir einmal von allem zu berichten, und es war auch richtig und gut. Aber da ist noch etwas Besonderes — ich fürchte, etwas Schlimmes! Willst du es mir nicht jetzt sagen?"

Wieder flossen Angelikas Tränen, kindliche, hilflose Tränen, die der Mutter ans Herz griffen. „Ach, Mutter Anna — Jochen hat — aus dem Safe — und ich habe auch Schuld. Ich hatte den Schlüssel!"

Anna Fink richtete sich kerzengerade auf. „So, Angelika, jetzt trockne deine Tränen und dann berichte alles nacheinander, und zwar ganz genau, daß ich die Vorgänge richtig beurteilen kann."

Angelika gehorchte, und während sie sprach, war es so, als lege sie eine Last nach der anderen ab, bis ihr schließlich ganz leicht ums Herz wurde. Mit einem Seufzer sagte sie abschließend: „Nun weißt du alles.“

„Ja, nun weiß ich alles“, entgegnete die Mutter, aber ihr war gar nicht wohl zumute, denn sie hatte die Last aufgenommen, Stück für Stück, und sie spürte, es war eine schwere Last, und sie wußte noch nicht, ob und wie sie sie würde tragen können. Endlich sagte sie: „Geh jetzt in die Küche zu Frau Maurer, Angelika, du weißt, die Gute ist empfindlich und wartet bestimmt schon lange, daß du sie begrüßt. Rosel brennt natürlich darauf, dir ihren Kleinen zu zeigen, auch Maricke wird es kaum noch abwarten können, dich zu sehen, ebenso die beiden anderen Kleinen und Elsi. Die Großen sind ja alle in der Schule. Laß mich also jetzt allein — ich muß über all das nachdenken.“

Nach einer halben Stunde rief Frau Anna Fink ihre Nichte zu sich. Sie stand zum Ausgehen bereit in der Diele. „Komm mit mir zur Bank, Angelika. Ich hoffe, dir das Geld beschaffen zu können, aber ich knüpfe Bedingungen daran. Höre gut zu! Dieses Haus und der große Garten gehören mir, beide stammen aus meiner Familie. Ich kann darüber nach meinem Gutdünken verfügen. Der Besitz ist unbelastet, und daher nehme ich an, daß man uns auf der Bank keine Schwierigkeiten machen wird mit der Auszahlung eines so großen Betrages, für den ich ja vielfache Deckung habe. Ursprünglich hatte ich dir einmal alles vermachen wollen mit der Bestimmung, daß du später das Heim in meinem Sinne weiterführen solltest.“

„Und dann habe ich dir großen Kummer bereitet durch meine Heirat?“ fragte Angelika schmerzlich bewegt.

„Wir sprechen augenblicklich nicht von mir“, antwortete die Mutter. „Wie ich es endgültig bestimmen werde, weiß ich noch nicht. Vielleicht mache ich eine Stiftung aus dem Haus und setze Rosel als meine Nachfolgerin ein. Sie ist tüchtig und klug und hat dann ein Heim für sich und ihr Kind. Aber du sollst nicht zu kurz kommen. Du warst immer mein Kind, mehr als die anderen, und ich habe eingesehen, daß eine junge Gutsfrau ein Erbe mitbringen muß. Du weißt, unser Garten ist groß und grenzt auf der einen Seite an die neue Straßenfront. Mir ist viel Geld geboten worden für ein Baugrundstück, und ich werde es verkaufen. Der Erlös soll deine Mitgift sein, und das Geld, das ich dir heute gebe, ist ein Teil dieses Erbes. Aber nun kommt die Bedingung: Du mußt mit deinem Mann darüber sprechen, Angelika. Es darf zwischen Eheleuten kein Geheimnis geben — auch dann nicht, wenn man glaubt, durch Verschweigen etwas Gutes zu tun. Euer Verhältnis zu Gott und euer Verhältnis zueinander muß immer klar und in Ordnung sein, und dazu gehört völlige Offenheit. Hast du mich verstanden?"

„Ja, Mutter Anna — ja — aber w a n n ich es sage, das ist doch meine Sache?"

Nach kurzem Zögern willigte die Mutter ein: „Es ist deine Sache, aber warte nicht zu lange! Das Geld darf nicht dazu dienen, den sträflichen Leichtsinn deines Schwagers zu unterstützen. Und nun wollen wir gehen. Es ist elf Uhr, sonst wird es zu spät, und der Schalter ist geschlossen. Du willst doch am Nachmittag wieder fort?"

„Mein Zug geht um 15.10 Uhr. Ich muß zu Hause sein, bevor Johannes zurückkommt", sagte Angelika eifrig. „Zu Hause" hatte sie gesagt und zum erstenmal damit den Brucknerhof gemeint.

Am Abendbrottisch saßen sie wieder alle beieinander, die beiden Alten, Jochen, mit einem seltsam verbissenen Zug um den Mund, Angelika und Johannes und der ahnunglose Fridolin, der es gar nicht erwarten konnte, von dem herrlichen Tag zu berichten, den er in voller Freiheit bei Küppers verlebt hatte, und die Neuigkeiten aus dem Finkenheim zu hören. Angelika hatte ihm nur kurz Mutter Annas Grüße ausgerichtet, und er fragte nicht weiter. Er hatte gelernt, zu schweigen, wenn Erwachsene sprachen. Johannes berichtete fröhlich und unbefangen von seiner Tagung. Ihm fiel es nicht weiter auf, daß die Tischrunde schweigsam war. Es war ja fast immer so.

Endlich, in einer Gesprächspause fragte Fridolin hastig: „Du, Angelika, wie geht es Hans-Joachim und Rosel, und was machen die anderen? Du hast überhaupt noch nichts erzählt aus dem Finkenheim."

Johannes Bruckner legte Messer und Gabel aus der Hand und sah seine Frau sprachlos an: „Ja, warst du denn in meiner Abwesenheit bei Mutter Anna?" Angelika nickte verlegen.

Johannes ließ seine Augen von einem zum anderen gehen. Die alte Gnädige sah starr geradeaus, und Jochen mied den Blick seines Bruders.

Nur der Vater sagte vollkommen unbefangen: „Ich habe Angelika gut verstanden, daß sie deine Abwesenleit benutzte, um ihre Pflegemutter zu besuchen, und ich habe ihr diese kleine Freude gegönnt."

Johannes eben noch so fröhliches Gesicht umwölkte sich. „Bist du so ungern hier? Hattest du Heimweh, Angelika?" fragte er eindringlich.

„Nein, nein, Johannes, so war es nicht. Ein bißchen Sehnsucht hatte ich schon, aber es war noch —"

„Schon gut, ich kann es mir denken."

Der junge Gutsherr stand ziemlich brüsk auf und wartete nicht wie sonst, bis seine Mutter die Tafel aufgehoben hatte. Fridolin wurde gleich nach Tisch ins Bett geschickt. Bettelnd sah er Angelika an. „Zieh dich schon aus, ich komme noch zum Beten", vertröstete sie ihn.

Johannes legte den Arm um seine Frau. „Vorerst bleibst du einmal hier – ich habe dich zwei Tage lang entbehrt." Und dann saßen sie in der Diele beieinander, aber es wollte sich kein Gespräch anbahnen. Eine Spannung lag in der Luft, als wäre sie mit Elektrizität geladen. „Du hast mir noch nicht die Schlüssel zurückgegeben, Angelika, ich muß an den Safe."

Angelika holte die Schlüssel, und Johannes öffnete den Stahlschrank. Drei Augenpaare blickten ihm nach, schreckhaft erweitert die Augen der Mutter, flackernd die Jochens, still und ernst die Augen der jungen Frau. Johannes nahm einen Geldschein heraus und betrachtete die übrigen. „Ich meinte, sie seien gebündelt gewesen", sagte er. „Wie man sich doch irren kann!"

„Aber es fehlt doch nichts?" Angelikas Stimme klang ängstlich.

Johannes legte die Geldscheine an ihren Platz zurück und schloß den Schrank. „Kleiner Angsthase, du glaubst wohl, es sei dir ein Schein gestohlen worden, und du trügest nun die Verantwortung dafür, weil ich dir die Schlüssel anvertraut habe? Bei uns stiehlt niemand."

In Jochens blasses Gesicht schoß dunkle Röte. Noch niemals in seinem leichtsinnigen Leben war er so erschüttert gewesen wie in diesem Augenblick. Etwas Neues, dem er keinen Namen zu geben vermochte, hatte ihn angerührt. Aus diesem Gefühl heraus sagte er:

„Ich möchte gern ein paar Worte mit dir sprechen, Johannes, wenn es dir recht ist."

Die alte Frau Bruckner stand auf. Zum erstenmal in ihrem Leben wollte sie ihren Jüngsten allein lassen. „Bei einem Gespräch unter Brüdern ist meine Gegenwart wohl überflüssig. Außerdem bin ich todmüde, weil ich in der letzten Nacht nicht geschlafen habe. Komm, Eduard, wir gehen zu Bett!"

„Aber Mutter, seit wann ist es Sitte, daß du nicht hörst, was Jochen und ich uns zu sagen haben? Bleib doch, bitte."

„Wie du willst", antwortete sie und setzte sich wieder.

Jochen räusperte sich. „Ich möchte jetzt Ernst machen mit meinem Studium. Zu dem Zweck will ich gleich morgen in die Stadt zurück und mir einen Repetitor nehmen. Ich habe beträchtlich nachzuholen."

Johannes sah den Bruder zweifelnd und ungewiß an. „Brauchst du Geld?" fragte er knapp.

Jochen deutete eine kleine Verbeugung an. „Nein, danke. Ich werde mein Auto verkaufen, und von dem Ertrag kann ich mir gut den Repetitor leisten. Auch werde ich schon morgen meine Wohnung wechseln und nach auswärts ziehen, um möglichst ungestört arbeiten zu können."

Johannes ernste Augen hatten sich aufgehellt. „Es würde mich sehr freuen, wenn du bei diesem Entschluß bliebest", sagte er kurz, aber nicht unfreundlich, und stand auf.

Auch Angelika hatte sich erhoben und wollte gehen. Jochen hielt sie zurück. „Angelika, einen Augenblick, bitte! Wir hatten doch in den letzten Tagen ein Lied geübt — komm doch noch mal ans Klavier, ich möchte dir etwas zeigen." Zögernd folgte sie ihm. „Angelika", flüsterte Jochen hastig und gepreßt, „alles, was ich eben gesagt habe, ist mein Ernst, ich möchte es dir versprechen."

Als die junge Frau schwieg, fügte er hinzu: „Ich weiß, ich fühle, du vertraust mir nicht. Du kannst mir auch nicht vertrauen. Ich habe schon viel versprochen in meinem Leben und es nicht gehalten, aber dieses werde ich halten. Möchtest du es mir, bitte, glauben? Es würde mir helfen." Langsam nickte Angelika Bruckner, und ihre Augen füllten sich mit Tränen.

Oft mußte Jochen im Laufe der Zeit an diese kindlichen Augen und an die Tränen, die seinetwegen geflossen waren, zurückdenken, wenn es einmal nicht so recht weitergehen wollte, wenn sein fester Entschluß ins Wanken geriet. Diese reinen Kinderaugen stärkten ihm das Rückgrat, und er raffte sich auf und kam an sein Ziel, trotz allem, was er versäumt und verbummelt hatte.

Ein wenig ungeduldig stand Johannes an der Tür. „Seid ihr endlich fertig mit eurer musikalischen Unterhaltung?"

„Sofort, Johannes, ich wollte mich bloß noch von Angelika verabschieden und mich bei ihr bedanken für alles, was sie in diesen Ferien für mich getan hat." Der hübsche, schlanke Mensch verneigte sich vor der Schwägerin wie vor einer Königin: „Ich danke dir, Angelika, es bleibt dir unvergessen!"

Johannes zog seine Frau mit sich fort. „Manchmal könnte man direkt eifersüchtig werden", brummte er gutmütig.

„Ach du!" Angelika schlang den Arm um den Hals ihres Mannes.

„Hast du große Sehnsucht nach mir gehabt?" flüsterte er ihr ins Ohr.

„Sehr, sehr große."

„Und ich erst! Ich reise nie mehr ohne dich."

Eigentlich müßte ich es ihm jetzt sagen, es soll nichts zwischen einem Ehepaar stehen, sagt Mutter Anna, fuhr es ihr durch das Herz. — Aber nein, ich darf ja auf den Augenblick warten, der mir richtig erscheint, und heute kann ich ihn nicht erkennen, nein, heute nicht. Vielleicht helfe ich Jochen mehr, wenn ich noch schweige. Und wieder ging sie den sicheren Weg eines Gotteskindes, das geführt wird und sich führen läßt. Mit einer zarten Gebärde barg sie den Kopf an ihres Mannes Schulter, und das Glück der Stunde umhüllte sie ganz.

Susanne Bruckner saß im Lehnstuhl ihres Krankenzimmers, als eine Schwester die Post brachte. Eine Karte von Christoph Wächter war dabei. Sie überflog sie. Der gute Christoph sandte ihr von Zeit zu Zeit einen Gruß. Ob er nicht wußte, daß sie mit Carlo Weber verlobt war? Die öffentliche Bekanntgabe der Verlobung war allerdings unterblieben wegen des Unfalls. Auch Christoph schien es noch nicht gut zu gehen. „Wir sind Leidensgenossen", schrieb er. „Wer wohl zuerst wieder daheim sein wird von uns beiden? Mir gefällt es ansonsten ganz gut hier im Tropenkrankenhaus — aber Sehnsucht habe ich trotzdem."

Und sie, Susanne? Hatte auch sie Sehnsucht nach Hause? Der Arzt hatte ihr freigestellt, heimzukehren. Hieß das, daß man ihr ärztlich nicht mehr weiterhelfen konnte, daß sie ein elender Krüppel bleiben würde? Ihr schauderte. Den dicken Brief ihres Verlobten öffnete sie mit zögernder Hand. Er kam aus Kairo. Dort hätte sie jetzt auch sein können.

Susannes Blick schweifte in den Krankenhausgarten, über dem schon die ersten Herbstnebel lagen. Sie fröstelte. Aber da war ja noch der Brief von Carlo. Mit riesigen Buchstaben auf dickem Büttenpapier teilte er ihr mit, daß sein Entschluß, sie zu heiraten, übereilt gewesen sei. Er bat sie mit höflichen Worten, ihm sein Wort zurückzugeben, und ließ durchblicken, daß ihm auf seiner Reise andere Frauen, vielmehr eine andere Frau begegnet sei. Die letzten Zeilen des Briefes, in denen er ihr alles Gute für ihr Leben wünschte, klangen wie bitterer Hohn.

Susanne saß steif wie eine Statue in ihrem Sessel. Sie weinte nicht, und in diesem Augenblick glich sie ganz ihrer Mutter. Der Arzt erschien zur Visite. „Ich möchte nach Hause", sagte Susanne, „wenn Sie mir doch nicht helfen können."

Der Professor, ein feiner, weißhaariger Mann mit frischem Gesicht und wissenden Augen setzte sich zu ihr. „So ist es nicht, Fräulein Bruckner", begann er behutsam, „im Augenblick können wir nicht weiter. Sie müssen sich erst einmal gründlich erholen. Später gibt es noch viele Möglichkeiten. Ich denke an elektrischtherapeutische Behandlung, Heilgymnastik, eventuell sogar noch an eine Operation. Aber zu dem allen brauchen Sie Kraft, und die haben Sie im Moment nicht nach dem langen schweren Krankenlager. Sie müssen Ihre ganze Willenskraft zusammennehmen, um wieder gesund zu werden. Ihr elterliches Gut bietet Ihnen die allerbeste Gelegenheit zu einer gründlichen Erholung. Nutzen Sie diese Chance, und dann wollen wir weitersehen."

Susanne hörte kaum zu. „Ich möchte nach Hause", sagte sie kurz und hart, „und zwar sofort!"

Jetzt begann eine Leidenszeit, von der sich alle Beteiligten vorher kein Bild gemacht hatten, als sie die Kranke in liebevoller Hilfsbereitschaft ins Haus holten. Der Arzt hatte Susanne einen richtigen Stundenplan aufgeschrieben, den er Johannes Bruckner aushändigte.

„Haben Sie eine tüchtige Kraft, die die Pflege übernehmen könnte?" fragte er den Gutsherrn.

„Meine Frau ist geschickt und hat eine Ausbildung in der Kinderpflege gehabt, außerdem ist noch ein Hausmädchen da. Aber ich glaube, meine Mutter wird sich die Pflege ihrer Tochter nicht nehmen lassen", entgegnete Johannes zögernd, „sie ist noch recht rüstig."

Die alte Frau Bruckner war keine gute Krankenpflegerin. Es fehlte ihr die Geduld, und in ihrem harten Gesicht stand zu lesen: weshalb mußte das alles sein, weshalb hast du uns das angetan, Susanne? Die Tochter fühlte die unausgesprochene Anklage, und ihr Herz verhärtete sich noch mehr. Auch sie fragte sich täglich in den vielen einsamen, träge dahinschleichenden Stunden: weshalb habe ich es getan? Weshalb habe ich an jenem Verlobungstag mutwillig mein Leben aufs Spiel gesetzt? Wollte ich sterben? Oder war mir alles einerlei — das Leben und das Sterben? Der Tod wäre mir schon recht gewesen, stöhnte Susanne. Ein Leben mit Carlo Weber hätte trotz all seines äußeren Glanzes, nach dem sie zuerst gegriffen hatte, wenig Verlockendes für sie gehabt. Aber daß dieser Mensch sie so einfach abschob, demütigte sie bis aufs Blut. „Wie ich ihn hasse!" sagte sie oft vor sich hin. Und sie haßte nicht nur ihn, sie haßte alle und alles.

Das Hausmädchen Erna erwies sich als völlig ungeeignet zur Krankenpflege. Nach einigen vergeblichen Versuchen erklärte sie der alten Gnädigen, sie sei nicht als Krankenwärterin engagiert, besonders nicht bei einer so unfreundlichen Patientin. Einen Rollstuhl, in dem sich Susanne ohne Hilfe hätte von einem Zimmer ins andere bewegen können, lehnte sie empört ab, und statt nach dem gut überlegten Stundenplan des Arztes zu leben, blieb sie wütend im Bett liegen und erholte sich dabei natürlich nicht.

Johannes sprach mit seiner Frau. „So geht es nicht weiter mit meiner Schwester. Ob ich eine Pflegerin einstelle? Aber ich fürchte, es wird sich schwer eine finden, und dann, wird Susanne in ihrer unleidlichen Verfassung nicht jeden Menschen aus dem Haus treiben?"

„Johannes, ich könnte es ja mal versuchen", schlug Angelika unsicher vor.

„Wenn du es wolltest? Aber ob es nicht zu schwer für dich ist?"

Angelika überlegte. Die Hähnchen kamen jetzt auf den Markt, der erste Satz Enten war fast schlachtreif, da wurde die Arbeit im Geflügelhof geringer. Fridolin war schon ganz ordentlich angelernt, und Frau Küppers würde, wenn's nottat, einspringen. „Ja, ich werde es versuchen — mit Gottes Hilfe."

Und wie nötig hatte die junge Angelika Bruckner diese Hilfe, Tag für Tag, bei ihrem schweren Liebesdienst!

„Guten Morgen, Susanne, ich bringe das Frühstück."

„Wieso du? Weshalb kommt Erna nicht?"

„Johannes schickt mich, Erna hat andere Arbeit." Gewandt und schnell richtete Angelika das Tischchen und half der Kranken, sich aufzusetzen. Susanne ließ es geschehen, widerwillig, aber es blieb ihr ja nichts anderes übrig. Während sie ohne Appetit aß, sah sie der Schwägerin zu, die das Zimmer aufräumte. Nach dem Essen wollte sich Susanne wieder ausstrecken.

Angelika zog einen Zettel aus der Tasche ihres weißen Kittels. „Hier steht: von 8 bis 10 Uhr aufstehen, Gehübungen im Zimmer, anschließend zwei Stunden liegen, möglichst im Freien."

„Ich möchte nicht aufstehen, und wer sollte mir dabei helfen?" sagte Susanne und drehte sich zur Wand.

„Ich", entgegnete Angelika und ging zum Schrank, um die Kleider herauszunehmen. Susanne fuhr herum und funkelte ihre Schwägerin an. Es war ein stummes Messen mit Blicken. Angelika fühlte, wie ihr der Schweiß ausbrach, aber sie schlug die Augen nicht nieder.

„Wie du willst", sagte Susanne bissig, „du wirst selbst merken, daß du es nicht kannst."

Aber es ging trotzdem. Obgleich Susanne alles tat, um es der jungen Frau schwer zu machen, saß sie nach einer halben Stunde erschöpft auf dem Sessel.

Angelika war nicht minder angestrengt, aber sie biß die Zähne zusammen, während sie das Bett machte und die frische, sonnige Herbstluft durch die offenen Fenster hereinließ. „Jetzt die Gehübungen." Angelika war fast einen Kopf kleiner als Susanne. Tapfer stellte sie sich neben den Sessel und half der Kranken auf. „Und nun stütze dich auf meine Schulter, bitte", sagte sie freundlich.

Susanne kam die böse Lust zum Quälen an, und mit aller Wucht drückte sie auf die zarte Schulter. „Siehst du, es geht nicht", triumphierte sie nach wenigen Schritten.

„Doch, doch“, keuchte Angelika, „wir versuchen die zweite Runde, und dann müßtest du im Garten liegen nach der ärztlichen Vorschrift. Oder wollen wir uns heute damit begnügen, hier im Zimmer am offenen Fenster einen Liegestuhl aufzustellen?“ schlug Angelika vor.

„Meinetwegen“, entgegnete Susanne gleichgültig.

Als die Schwägerin endlich, in eine Decke verpackt, am offenen Fenster lag, atmete Angelika auf. In der Diele mußte sie sich einen Augenblick setzen, so abgekämpft war sie. Sie faltete die Hände: „Lieber Gott, gib mir Kraft und hilf ihr, ich bitte dich im Namen unseres Heilandes! Amen.“

„Angelika, was tust du?“ fragte eine Stimme aus dem Hintergrund.

Sie fuhr zusammen. Des Schwiegervaters stille Gegenwart hatte sie ganz vergessen. „Ich bete“, sagte sie leise.

„War es sehr schwer bei Susanne?“ fragte der alte Mann.

„Ja, sehr schwer, am schwersten für sie.“

Susanne lag am offenen Fenster und brütete vor sich hin. Die warme Sonne umspielte ihr Gesicht und ihre bleichen Hände, aber sie nahm sie nicht wahr. Ihre Gedanken bewegten sich in einem Teufelskreis. Weshalb mußte sie dieses Schicksal treffen — gerade sie? Was hatte sie denn verbrochen? Hätte ihr Johannes rechtzeitig und genug Geld zur Verfügung gestellt, dann wäre sie jetzt längst verheiratet mit einem Mann, der sie geliebt hatte. — Ja, hatte er sie denn auch geliebt? Hätte er sie so leichten Herzens aufgegeben, wenn seine Liebe echt gewesen wäre? So echt wie die Liebe ihres Bruders Johannes zu dieser kleinen, dummen Angelika, die nicht einmal wußte, was ihr da unversehens in den Schoß gefallen war? Dieser Angelika, die alles besaß, was Susanne nicht hatte: den stattlichen Mann, das Gut, Jugend und Gesundheit! Allen Haß, der sich in der Verbitterten angesammelt hatte, warf sie auf die junge Schwägerin, auf die einzige, die bereit war, ihr zu helfen. Sie soll büßen, beschloß Susanne Bruckner. Wir wollen sehen, was an ihrem Christentum ist.

Und sie büßte. Niemand wußte und ahnte, wie schwer. Nicht einmal Johannes in vollem Umfang. Gegenüber ihm nahm sich Susanne mehr zusammen. Jeden Mittag holte er jetzt die Schwester zur Mahlzeit ins Eßzimmer. Mit zusammengebissenen Zähnen hinkte Susanne an seinem Arm zum Eßtisch.

„Es geht doch täglich ein bißchen besser!" ermunterte der Bruder.

„So, findest du?" spottete Susanne.

Johannes Bruckner steckte tief in der Herbstarbeit. Es galt, mit sehr mangelhaften Hilfskräften die ungewöhnlich gute Kartoffelernte zu bergen. Fridolin zog es jetzt immer mehr und mehr zu Küppers. Bahnte sich da eine echte Zusammengehörigkeit an? Blühte in der alternden Alma Küppers noch eine späte Mütterlichkeit auf? Angelika glaubte es zu bemerken und freute sich dessen. Die alte Frau Bruckner war noch wortkarger als sonst, aber sie legte der Schwiegertochter keine Steine mehr in den Weg. Niemand im Haus hatte jetzt Zeit, sich um Angelika und ihre Not zu kümmern. Oder gab es doch einen? Die junge Frau hatte einmal von einem Gefängnisgeistlichen gehört, der jedesmal, bevor er die Zelle eines zum Tode Verurteilten betrat, anhalten mußte zu kurzem Gebet, um daraus Mut und Kraft zum Eintreten zu schöpfen. Genau so war ihr jedesmal zumute, bevor sie Susannes Tür öffnete. Der Bequemlichkeit wegen hatte man das Krankenzimmer im früheren Salon eingerichtet, direkt neben der Diele.

Wie jeden Morgen stand Angelika mit gefalteten Händen vor Susannes Tür. Plötzlich hörte sie, wie sich hinter ihr jemand räusperte, und als sie sich umwandte, sah sie in des Schwiegervaters wache, teilnehmende Augen. Er saß wie gewöhnlich im Lehnstuhl, aber er hatte nicht die Zeitung in der Hand.

Angelika ging zu ihm. „Vater, fehlt dir etwas, kann ich es dir bringen?"

„Ich möchte dir beten helfen, Angelika", sagte der alte Mann, „aber ich verstehe so wenig davon. Doch du sagtest mir damals, daß ich es vielleicht lernen könnte, wenn ich das Neue Testament lese."

Angelika war schon in der Tür. Alle Mutlosigkeit fiel von ihr ab. „Ich hole dir mein Neues Testament, Vater", sagte sie freudig. Gestärkt und ermutigt ging sie zwei Minuten später zu der Kranken, obgleich sie wußte, daß dort neue Quälereien auf sie warteten.

An einem hellen Herbsttag stand Christoph Wächter in Susannes Zimmer und brachte einen Hauch von Frische und Natürlichkeit mit sich. „Nanu, Suse, was machst du denn für Geschichten?" redete er die Jugendgespielin an und nahm ihr damit die anfängliche Befangenheit. Er zog sich einen Stuhl heran und setzte sich ans offene Fenster. „Fein hast du es hier — so recht zum Erholen. Sicher machst du täglich Fortschritte?"

„Nein", entgegnete Susanne hart.

„Wieso?" fragte Christoph und sah die Jugendfreundin prüfend an. „Wo liegt der Grund, innerlich oder äußerlich?"

„In beidem", gab sie zurück, und ihr Gesicht verschloß sich.

Den Gesichtsausdruck kannte Christoph noch gut von früher. „Sie bockt", hatten die Brüder diese Situation erklärt, „es ist das beste, man läßt sie zufrieden, dann kommt sie am schnellsten wieder zur Vernunft."

Christoph fing an, von sich zu erzählen. Auch bei ihm hatte nicht alles geklappt, wie er es erhofft. „Ich bin nur auf Urlaub hier, nach zwei Wochen muß ich wieder ins Krankenhaus, dann wird es sich entscheiden."

„Was wird sich entscheiden?" fragte Susanne.

„Ob ich wieder tropenfähig werde."

„Liegt dir soviel daran?"

„Wie kannst du fragen! Natürlich liegt mir viel daran. Dort drüben ist meine Aufgabe, und es gibt soviel zu tun."

Jetzt erwachte Susanne doch etwas aus ihrer Lethargie. „Erzähle mir, bitte, von deiner Arbeit."

Er tat es mit beredten Worten. Er war nicht als Missionar tätig, sondern als Landwirt. Ungeheure Arbeitsgebiete gab es in diesen unterentwickelten Ländern, in denen es an allem fehlte, an Maschinen, Saatgut und Lebensmitteln, vor allem aber an Menschen, die die Liebe und Geduld hatten, zu lehren und sich einzufühlen. „Missionare sind wir alle", schloß er, „auf unser Beispiel kommt es an in diesem harten Kampf der Geister dort draußen. Jeder einzelne wird dringend gebraucht — und ich muß hier untätig sitzen."

Wenn es dir nicht gelingt, dachte Susanne Bruckner, während sie dem Jugendfreund durchs Fenster nachsah, nachdem er sich von ihr verabschiedet hatte, wenn du gezwungen sein solltest, hierzubleiben? Durch den Gemüsegarten sah sie ihre Schwägerin herankommen, wahrscheinlich aus dem Geflügelhof. Jetzt blieb Christoph stehen, und es entspann sich eine lebhafte Unterhaltung zwischen Christoph und Angelika. Was sich die beiden Frommen wohl so Wichtiges zu sagen hatten? Vielleicht sprachen sie von ihr? Böse kniff Susanne die Augen zusammen, und ihre Gedanken, die für kurze Zeit einmal abgelenkt worden waren, kehrten zurück in den alten Kreis, der sich nur um e i n e n Mittelpunkt drehte, um ihr eigenes, verfahrenes Leben.

Christoph Wächter kam wieder. Es wurde zur Gewohnheit, daß er jeden Nachmittag erschien, und Susanne wartete auf ihn, obgleich sie sich das niemals eingestand. Manchmal erwachte sogar ein Schimmer ihrer alten Eitelkeit. Sie humpelte an ihren Toilettentisch, frisierte sich sorgfältig, legte etwas Rot auf ihre bleichen Wangen und freute sich, wenn Christoph ihr gutes Aussehen lobte. Wie man diesen Unschuldigen doch täuschen konnte! Einmal ließ sie im Gespräch eine abfällige Bemerkung über Angelika fallen. Sofort ergriff Christoph die Partei der Angegriffenen.

„Stehst auch du im Bann dieser kleinen, primitiven Person, die sich Johannes in unbegreiflicher Sentimentalität ins Haus geholt hat?" fragte Susanne spitz.

„Du verwechselst die Begriffe!" Christoph war sehr ernst geworden. „Naiv vielleicht, kindlich bestimmt, aber primitiv ist deine Schwägerin niemals. Was diese junge Frau umgibt, ist etwas ganz anderes" — es ist Gotteskindschaft, wollte er sagen, aber er unterließ es, weil er wußte, Susanne würde ihn nicht verstehen, weil sie ihn nicht verstehen wollte. Verstimmt und kühl stand er auf und verabschiedete sich.

An diesem Abend stieß Susanne Bruckner wie zufällig an das Tablett, das ihr Angelika reichte. Die volle Tasse Kakao ergoß sich über ihr Bett. Angelika hatte länger als eine Stunde zu tun, bis es frisch bezogen und Susanne umgekleidet und mit neuem Abendessen versehen war. Beim Zubettgehen fiel es Johannes auf, wie schlecht seine Frau aussah, und er fragte besorgt, ob ihr etwas fehle. Sie verneinte, und der todmüde Mann schlief sofort ein. Angelika aber lag lange wach. „Stärke du mich, mein Heiland, und hilf mir, wenn ich verzage", betete sie. Dann weinte sie sich wie ein Kind in den Schlaf.

Ob Christoph wohl wiederkommt, dachte Susanne am nächsten Tag. Sie atmete erleichtert auf, als sie die wohlbekannten Schritte auf den Steinplatten vor ihrem Fenster hörte. Sie war von einer ungewöhnlichen Fügsamkeit an diesem Nachmittag, und so kam es zu einem richtigen Gespräch. „In drei Tagen muß ich wieder fort", sagte Christoph und blickte zum Fenster hinaus auf die sonnenbeschienenen Bäume, die schon begannen, sich bunt zu färben. „Es kann Weihnachten werden, bis ich zurückkomme, und ich hatte gehofft, jetzt schon wieder draußen sein zu können."

Susanne schwieg und verfolgte mit den Augen einen späten Falter, der auf dem Fensterbrett saß und dann die bunten Flügel breitete und davonflog. Er wird nicht weit kommen, dachte sie, seine Zeit ist vorbei. Ihm geht es genauso wie mir.

„Aber ich werde diese Monate nutzen", fuhr Christoph Wächter fort. „Jede Möglichkeit, jede Chance werde ich ergreifen, die mir helfen kann, wieder gesund zu werden." Er sah in Susannes Gesicht und spürte zum erstenmal ganz deutlich, wie verzweifelt sie war. „Und du, Susanne?“ fragte er behutsam.

„Ich? Nun, ich werde hier liegen bleiben — zuerst bei offenem Fenster, später bei geschlossenem, und draußen wird das Leben weitergehen, unbekümmert darum, was aus mir wird.“

„Besuchen dich deine Freunde und Bekannten nicht?“

„O doch, sie kommen immer mal wieder und schauen nach mir: ‚Tag, Susanne, wie geht’s? Siehst schon bedeutend besser aus‘, so heißt es, und ich weiß genau, was sie denken, und daß alles nur über dem Herzen weggeredet ist und sie froh sind, wenn sie den lästigen Besuch hinter sich haben.“

Heißes Mitleid flammte in Christoph auf. Er kannte diese sogenannten Freunde Susannes, denen sie sich damals zugewandt hatte, so daß die schöne Jugendfreundschaft zwischen ihnen zerbrach. Nein, von denen würde sie keinen Trost zu erwarten haben. „Und sonst kümmert sich niemand um dich?“

„Mutter hat viel zu tun. Vater kommt zwar jeden Tag, aber du kennst doch Vater! Er setzt sich in den Sessel und spricht von Pferden, von alten Gäulen, die er mal geritten hat und die längst tot sind. Und ich will nichts hören von Pferden“, brauste sie auf.

„Vielleicht meint er es gut mit dir und will dir auf seine Weise helfen.“

„Möglich“, ging Susanne über den Vater hinweg, wie sie es immer getan hatte. „Dein Vater besucht mich ebenfalls. Ich gehöre ja zu seinen Schäflein.“

„Ach du meinst, mein Vater kommt nur, weil es seine Amtspflicht ist?“

Susanne zögerte mit der Antwort. Sie wollte den Freund nicht kränken, außerdem hatte sie den alten

Pfarrer gern, konnte aber mit seinen gutgemeinten Tröstungen nichts anfangen.

„Mein Vater", sagte Christoph Wächter warm, „ist kein Mann vieler Worte. Was er zu sagen hat — und es ist nicht wenig —, sagt er auf der Kanzel, und wer Ohren hat zu hören, der hört es. Aber ich meine, sein ganzes Leben zeugt für ihn und für den Herrn, dem er dient."

Darauf wußte Susanne nichts zu erwidern. „Angelika bemüht sich in letzter Zeit täglich um mich. Ich habe sie nicht dazu aufgefordert, und es liegt mir nichts daran."

„Ich denke, sie besorgt immer dein Zimmer und deine persönliche Pflege?" antwortete Christoph mit einer erstaunten Gegenfrage.

Susanne mußte es widerwillig zugeben. „Johannes hat zu tun im Augenblick", lenkte sie ab, „trotzdem versäumt er es nie, mich jeden Mittag zu Tisch zu führen."

„Er ist ein guter Mensch", sagte Christoph herzlich.

„Ganz im Gegensatz zu uns beiden schwarzen Schafen, Jochen und mir, nicht wahr?" ergänzte Susanne.

„Du warst eigentlich ein feiner Kerl früher, Suse, ehrlich und tapfer, ein guter Kamerad — bis dann —, du weißt schon, was ich meine..." Er brach ab.

Beide erinnerten sich der Zeit, in der sie sich trennten. Ich habe damals an einem Scheideweg gestanden, und ich habe die andere Richtung gewählt, dachte Susanne. „Weshalb bist du eigentlich abgeschwenkt und bist Theologe geworden? Du hattest doch dein landwirtschaftliches Studium schon beendet."

„Weil es mir nicht genügte. Weil ich unausgefüllt war. Ich suchte und suchte", rief er leidenschaftlich.

„Und hast du gefunden, was du suchtest?“ fragte Susanne gespannt.

„Im Studium habe ich es nicht gefunden.“

„Dann war dein Studium verfehlt?“

„Es war ein Umweg“, erwiderte Christoph sehr nachdenklich. „Als ich damals nach Afrika ging, sah es traurig in mir aus, gescheiterte Hoffnungen auf der ganzen Linie; das Mädchen, von dem ich in meiner Jugend geträumt hatte, war mir verloren.“

Susanne hob den Kopf, als wolle sie etwas sagen, aber er winkte ab.

„Lassen wir das! Und das Theologiestudium war anscheinend vergebens. Daß ich kein Pfarrer werden würde, spürte ich bald. Deshalb trat ich meine erste Stelle als landwirtschaftlicher Berater in Afrika an. Weißt du, was mich dort erwartete? Unmögliche Verhältnisse zwischen Eingeborenen, deren Sprache ich kaum verstand und die nur Vorteile suchten und bereit waren, sich dem zuzuwenden, der sie ihnen bot. Und dann kam mein erster Malaria-Anfall. Ja, so war das. Ein totaler Zusammenbruch also.“

Susannes Augen waren immer größer geworden vor Staunen. „Also du auch! Dann bist du ja gar nicht der heilige Christophorus? Weißt du noch, so nannten wir dich früher?“

„Du hast meine Geschichte noch nicht zu Ende gehört, Susanne.“ Tiefer Ernst klang aus der Stimme des Mannes. „Als ich ganz daniederlag, kam die Wende — es war Gnade. Ich hatte gesucht und gesucht und mich gequält — und doch nicht das Rechte gefunden. Eines Nachts, als ich in einer elenden Hütte unter einem Moskitonetz lag und Fieber hatte, wußte ich plötzlich: nichts konnte mir helfen als die erbarmende

Liebe Gottes, als das Versöhnungsopfer Jesu Christi, der sein Blut vergossen hatte auch für mich, um mir dadurch alles abzunehmen, was ich falsch gemacht hatte, indem ich glaubte, es durch eigene Kraft und gute Taten erwerben zu können, und der bereit war, mich überreich zu beschenken mit dem größten Gut, der Freiheit der Kinder Gottes."

Susannes lebendig gewordenes Gesicht spiegelte die widerstreitendsten Empfindungen. Schließlich siegte der Spott. „Sollte das eben eine Nutzanwendung auf mein Schicksal sein?" fragte sie streitsüchtig. „Nach deiner Theorie müßte ich ja fast dankbar für meinen Unfall sein. Du glaubst anscheinend, daß er mir geschickt worden ist?"

„Ja, das glaube ich."

„Dann zürne ich dieser unbekannten Macht, der ich mein Unglück verdanke — oder soll ich sie etwa preisen?"

„Meinst du, daß ein gesunder Körper wichtiger ist als eine gesunde Seele?" fragte Christoph dagegen.

„Ein gehemmter Körper macht abhängig von anderen Menschen", sagte Susanne bitter.

„Ach, abhängig, abhängig! Von wie vielen Dingen sind die sogenannten freien und gesunden Menschen abhängig! Warst du denn frei, Susanne, in deinen gesunden Tagen?"

„Nein", gab sie ehrlich zu.

„Da siehst du es. Und von was allem sind die modernen Menschen abhängig! Ich sehe es vielleicht besonders deutlich, weil ich von draußen komme. Sie sind untertan dem äußeren Schein, dem Urteil der Menschen und dem Geld. Aber was hilft das Geld, wenn man wirklich in Not ist? Was könnte es dir jetzt helfen?"

„Die andere Macht, von der du vorhin sprachst, hilft mir auch nicht", trotzte Susanne.

„Hast du sie schon darum gebeten?"

„Ich? Nein. Ich bete nicht. Aber meine fromme Schwägerin und mein Bruder, der wohl alles tut, was seine Frau will, werden sicher für mich beten."

„Vielleicht beten noch andere Menschen für dich, von denen du es nicht weißt", sagte Christoph still und stand auf. Er fühlte, daß ein längeres Gespräch zu viel für die Jugendfreundin werden würde. Er sah es an dem abgespannten Ausdruck ihres Gesichts. „Suse, liebe Suse, so laß dir doch helfen!" sagte er aus einer plötzlich aufquellenden Wärme heraus.

Susanne antwortete nicht. „Kommst du nochmal vor deiner Abfahrt?" fragte sie.

„Ich komme noch zweimal. Jeden Nachmittag wie bisher."

Am nächsten Nachmittag brachte er ihr Herbstastern mit, einen riesigen bunten Strauß. Niemand hatte so schöne Blumen wie der alte Pfarrer und seine Frau. Susanne vergrub ihr Gesicht in der Blumenfülle, bevor sie den Jugendfreund bat, eine Vase aus der Küche zu holen. „Stelle sie so, daß ich sie immer sehen kann. Sie werden mich an dich erinnern, wenn du fort bist."

„Wirst du auch an mich denken, Suse?" fragte Christoph.

„Mit allen guten Wünschen. Könnte ich beten, so würde ich es tun für deine Genesung." Es klang so traurig resigniert.

„Beten will gelernt sein, Suse. Es steht in der Bibel: Suchet, so werdet ihr finden, klopfet an, so wird euch aufgetan!"

„Ich verstehe die Bibel nicht", lehnte das Mädchen ab, „das Lutherdeutsch paßt nicht mehr in unsere Zeit."

„So, meinst du? Ich könnte dir helfen. Weißt du nicht, daß es moderne Bibelübersetzungen gibt? Mir allerdings ist die Lutherbibel über alle anderen lieb und vertraut. Gleich morgen werde ich dir eine neue Übersetzung bringen."

Susanne mußte unwillkürlich über seinen Eifer lächeln. Genau so war er früher gewesen, wenn er ihr eine Mathematikaufgabe erklären wollte, die ihr nicht einging, und von der sie im geheimen dachte, daß es durchaus nicht notwendig sei, sich damit vollzupfropfen. Manchmal hatte sie damals bejahend genickt und so getan, als habe sie seine Erklärung verstanden. So nickte sie auch jetzt. „Ich kann es ja mal versuchen."

Angelika trat ins Zimmer. Auch sie trug Blumen in der Hand. „Oh, da stehen ja schon viel schönere!" rief sie anerkennend. Christoph Wächters ernstes, angespanntes Gesicht veränderte sich. Lächelnd betrachtete er den kleinen Spätrosenstrauß in den Händen der jungen Frau. „Jede Blume hat ihren besonderen Reiz", sagte er freundlich, „die Ihren duften."

Wie leicht, fröhlich und selbstverständlich der Ton zwischen diesen beiden ist, dachte Susanne, und eine Falte grub sich zwischen ihre Brauen. Sie fühlte sich ausgeschlossen und beiseite geschoben. Angelika geleitete den Besucher noch bis vor die Tür. Auch draußen in der Diele setzten die beiden noch ihr Gespräch fort.

Als die junge Frau wieder ins Krankenzimmer zurückkam, um Susannes Bett für die Nacht zu richten und ihr beim Auskleiden behilflich zu sein, wurde ihr ein frostiger Empfang zuteil. Angelika versuchte ein kleines harmloses Gespräch. Weil Susanne mit keinem Wort darauf einging, schwieg sie schließlich bedrückt und wollte sich entfernen. An der Tür rief sie die Schwägerin zurück. „Sag mal, Angelika, warum bemühst du dich eigentlich um mich? Ein Außenstehender könnte meinen, du seist ein engelhaftes Wesen. Mir kannst du nicht so leicht Sand in die Augen streuen, ich durchschaue dich."

Mit vor Schrecken geweiteten Augen blieb Angelika stehen. „Ich verstehe dich nicht", flüsterte sie.

„So, du verstehst mich nicht? Dann will ich es dir gern erklären. Daß mein Vater dir aus der Hand frißt, kann jeder sehen. Darüber wundere ich mich nicht weiter, weil der alte Herr vermutlich froh ist, einmal jemanden zu haben, der ihn ernst nimmt. Wie du Jochen umgarnen konntest, ist mir freilich schleierhaft, denn er war immer sehr wählerisch, wenn es sich um die Weiblichkeit handelte; aber daß es so ist, habe ich aus seinen eigenen Worten entnommen. Doch Mutter und ich, wir beide lassen uns nicht so leicht überrumpeln. Wir forschen den tieferen Beweggründen nach. — Ich will dir sagen, was deine Absicht ist. Du willst meine Hilflosigkeit ausnützen und mich überall verdrängen. Auch deine Freundlichkeit zu mir gehört mit zu deinem wohlausgewogenen Plan. Einschmeicheln willst du dich, unentbehrlich machen willst du dich, damit man dir den Platz einräumt, der dir nach deiner inneren und äußeren Anlage nicht gebührt."

Immer entsetzter sah Angelika ihre Schwägerin an, ihre Augen füllten sich mit Tränen.

Susanne wurde es unbehaglich. „So antworte mir doch! Was hast du mir dazu zu sagen? Verteidige dich doch, wenn du es vermagst."

Ja, was sollte Angelika erwidern? Ein Vers fiel ihr ein: „Es ist dir selbst nicht wohl, sonst tät'st du mir nicht weh." Sie sagte ihn leise und ging aus der Tür.

An diesem Abend brachte Erna das Abendessen. „Die junge Frau läßt sich entschuldigen, ihr ist nicht gut", bestellte sie, während sie den Tisch an Susannes Bett heranrückte und den Tee einschenkte. „Und dann hat Herr Wächter das abgegeben."

Ein dickes Buch? Ach ja, die versprochene Bibelübersetzung. Hatte es der Christoph aber eilig! „Danke, Erna, legen Sie das Buch bitte auf den Nachttisch."

Ob es der Schwägerin tatsächlich schlecht ging oder ob sie sich nur geärgert hatte und sie das nun fühlen lassen wollte? Aber Susanne hatte sich das alles einmal von der Seele reden müssen, ja, sie war froh darüber und erleichtert. Wenigstens redete sie es sich ein. Wie kam es aber, daß sie trotzdem nicht schlafen konnte in dieser Nacht? Morgen würde Christoph zum letztenmal kommen. Wie trostlos langweilig lag das Leben vor ihr, wenn nun auch diese kleine, anregende Unterbrechung durch seine Besuche wegfiel. Und dazu noch der Krach mit Angelika! Mit Schrecken dachte Susanne daran, wie abhängig sie von der Schwägerin war. Sie fühlte sich mehr denn je hilflos und verzweifelt. Und das nannte Christoph eine Schickung des Himmels. Ich mag nichts von dieser Macht wissen, wenn sie zu solchen Mitteln greifen muß, um ihre Untertanen zu erziehen. — Aber seltsamerweise kamen ihr, zum erstenmal nach ihrem Unfall, auch andere Gedanken — Bedenken, ob nicht sie selbst es gewesen war, die eigenwillig und frevlerisch das Schicksal heraufbeschworen hatte, das ja nicht nur sie allein belastete.

Susanne Bruckner war im Grunde ein wahrhaftiger Mensch, und durch das Wiedersehen mit ihrem alten Jugendfreund war diese ihre gute Eigenschaft aufs neue in ihr erwacht — aber sie tat ihr nicht wohl, sie quälte und bedrängte sie. Unruhig warf sie sich in ihrem Bett herum. Oh, sie wußte nicht, daß ihr Herz ein Kampfplatz geworden war, in dem Tod und Leben, Licht und Dunkel, Himmel und Hölle miteinander rangen. Es war sehr viel Dunkel da, aber es stahl sich schon dann und wann ein Lichtstrahl in dieses Dunkel hinein, hell und blendend für ihre armen, kranken Augen. Auch an Angelika dachte sie in dieser Nacht. Wie, wenn sie ihr doch unrecht getan hätte? Wenn dieses junge Menschenkind doch aus anderen, ihr freilich nicht verständlichen Motiven gehandelt hätte? Susanne schob diesen Gedanken von sich, aber er kam mit Hartnäckigkeit wieder und vertrieb ihr den Schlaf.

Und weil die Stunden dahinkrochen wie Schnecken, griff sie nach dem Buch, das neben ihrem Bett lag. Es öffnete sich von selbst an der Stelle, in der ein Zeichen lag, und sie las. War es Zufall oder war es Absicht und hatte eine bestimmte Hand das Zeichen gerade an diese Stelle gelegt? Susanne las von Krankenheilungen. Ihre alte Skepsis meldete sich sofort. Hatte es das wirklich einmal gegeben, oder entsprangen diese Erzählungen der Phantasie der Menschen jener Zeit? Und wenn diese Berichte auf Tatsachen beruhen sollten, gab es heute noch Heilungen durch Wunder? Sie las und las. Gewiß, etwas stand immer wieder da: die Menschen kamen zu Jesus, sie baten ihn, sie glaubten an ihn. Aber sie, Susanne, konnte nicht glauben, selbst dann nicht, wenn es um den Preis ihrer Genesung ginge. Es war keine Auflehnung mehr in diesen Gedanken, mehr ein stilles Traurigsein. Aber was hatte Christoph gesagt? „Es beten auch noch andere für dich, von denen du nichts weißt." Ob auch er? Und vielleicht sein frommer Vater, der es nicht verstand, viele Worte zu machen? — Wieder kehrten ihre Gedanken zu Angelika zurück. Nein, von ihr konnte sie es jetzt nicht annehmen, sie hatte die Schwägerin zu sehr gekränkt. Susannes Stolz bäumte sich dagegen auf, aber es war ein recht kläglicher und matter Stolz.

Wie betäubt hatte Angelika das Zimmer der Schwägerin verlassen und war in ihr Schlafzimmer geeilt. Sie setzte sich auf den Bettrand, keines vernünftigen Gedankens fähig. So fand sie Johannes, als er vor dem Abendessen heraufkam, um sich umzukleiden. „Was ist denn, Kind, bist du krank?" fragte er erschrocken. Angelika schüttelte den Kopf. Alles Fragen und freundliche Zureden brachte nichts aus ihr heraus.

„Geh zum Essen", sagte sie schließlich. „Laß deine Mutter nicht warten, sonst wird sie ärgerlich."

„Und du? Kommst du nicht mit?"

Angelika verneinte.

„Hast du irgendeinen Wunsch, den ich dir erfüllen kann, meine Liebste?" fragte Johannes besorgt.

„Ja, könnten wir heute abend nicht einmal wieder zu Küppers gehen? Wir waren in den letzten Wochen so selten dort zur Andacht — und mir fehlt es so sehr."

„Mir auch, aber du weißt, daß ich jetzt immer sehr spät fertiggeworden bin. Wenn die Kartoffel- und Rübenernte vorüber ist, wird das anders werden, und wir können wieder regelmäßig gehen."

„Aber heute abend möchte ich gern", beharrte Angelika.

Johannes setzte sich neben seine junge Frau und nahm ihre Hand: „Sei nicht böse, aber heute geht es wirklich nicht, ich muß unbedingt zu einer Versammlung der Spar- und Darlehenskasse. Wäre es nicht auch besser, du ruhtest dich heute abend aus, und wir könnten dann morgen gemeinsam gehen?"

„Verzeih mir, Johannes, aber ich möchte gerne heute." Sie stand auf und machte ein paar Schritte. „Es ist mir schon wieder besser, wirklich, ich kann allein gehen."

Alma Küppers merkte sofort, daß die junge Frau etwas bedrückte, aber sie fragte nicht. Wie jeden Abend holte sie das Andachtsbuch, und ihr Mann las mit seiner brüchigen Stimme den Abendsegen. Er war todmüde, man sah es ihm an. Angelika bemühte sich, den vertrauten Worten zu folgen, aber es gelang ihr nicht wie sonst. Sie sah auf ihre gefalteten Hände nieder, und zwei große Tränen lösten sich aus ihren Augen.

Da hielt es Alma Küppers nicht länger aus. „Möchten Sie uns nicht anvertrauen, was Sie bedrückt?"

„Sie sagt, es sei alles Heuchelei", brach es aus Angelika hervor, „sie sagt, ich wolle mich hier im Hause meines Mannes einschmeicheln und sie verdrängen, um mir einen Platz zu erobern, der mir nicht zusteht. Oh, wäre ich doch niemals hergekommen! Ich habe der Familie geschadet! Hätte ich doch meinen Mann niemals kennengelernt!"

„Das wäre das allergrößte Unglück gewesen für unseren jungen Herrn, für das Gut — für uns alle", sagte die alte Bäuerin in bestimmtem Ton. „Sie wissen nicht, wie es vorher hier aussah und wie traurig und einsam Ihr Mann war, bevor Sie kamen." Mit ihren arbeitsharten Händen streichelte sie das Gesicht der jungen Frau. „Und dann war es doch der Wille unseres Herrn. Er hat Sie hergeführt, er will Sie hier haben. Wollen Sie sich dagegen auflehnen?"

Das Weinen wurde sachter. „Das will ich ja nicht — aber —"

„Es ist manchmal schwer, wir wissen es und verstehen es — wir kennen doch Fräulein Susanne."

„Sie ist krank", mahnte Wilhelm Küppers, der seine Müdigkeit überwunden hatte, „sie bedarf unseres Mitleids und unserer Fürbitte."

Angelikas Tränen versiegten. Beide Frauen, die alte und die junge, sahen vor sich nieder. Die ältere dachte an die vielen Demütigungen, die Susanne Bruckner ihr zugefügt hatte, als sie noch gesund gewesen war, und in den Ohren der jüngeren klangen noch die beißenden Worte der Schwägerin. Als könne er Gedanken lesen, fuhr der alte Bauer fort: „Unser Herr Jesus Christus spricht: Liebet eure Feinde, tut wohl denen, die euch hassen, bittet für die, so euch beleidigen und verfolgen! Ihm haben wir zu gehorchen."

Am nächsten Morgen erfüllte Angelika ihre Pflicht am Krankenbett wie immer — vielleicht noch etwas sorgsamer. Gesprochen wurde außer dem unbedingt Notwendigen kein Wort, aber als Angelika der Kranken das Frühstückstablett reichte, hörte sie zum erstenmal ein „Danke!"

Christoph Wächter spürte es, daß Susanne anders war als sonst. Gut angezogen saß sie in ihrem Lehnstuhl und lächelte ihm entgegen. Wie schön sie ist, dachte der Mann, und sein Herz begann zu klopfen.

„Glaubst du an Krankenheilungen? Ich meine, an Wunder, wie sie in der Bibel erzählt werden?" Susanne ging sofort auf das Thema zu, das sie seit der Nacht unentwegt beschäftigte.

„Unbedingt", entgegnete Christoph und zog sich einen Stuhl heran. „Wohin kämen wir mit unserem Christentum, wenn wir anfingen zu zweifeln an dem, was die Bibel aussagt!"

„Glaubst du, daß auch jetzt noch Heilungen vorkommen? Ich meine Gebetserhörungen", verbesserte sie sich.

„Auch das glaube ich."

„Würdest du es für möglich halten, daß jetzt, in unserer Zeit, noch Menschen, vielleicht zwei oder drei, wenn sie sich zusammentäten, um gemeinsam für etwas zu bitten, Erhörung finden könnten?" fragte sie erregt.

„Es steht in der Bibel: ‚Wo zwei oder drei versammelt sind in meinem Namen, da bin ich mitten unter ihnen.' Das bezieht sich bestimmt auch auf solche Gebete", sagte Christoph überzeugt. „Aber es gibt noch andere Aussprüche über das Gebet: Des Gerechten Gebet vermag viel, wenn es ernstlich ist! oder: So ihr Glauben habt wie ein Senfkorn, so könnt ihr Berge versetzen! Und dann die völlig feste Zusage: Wenn ihr den Vater etwas bitten werdet in meinem Namen, so wird er's euch geben!"

„Du sagtest vor ein paar Tagen zu mir, daß Menschen für mich beten, von denen ich es nicht weiß. Meintest du vielleicht deinen Vater und dich?" fragte Susanne zaghaft. Christoph sah sie von der Seite an. Vollzog sich mit ihr schon eine Wandlung? Diese Wandlung wäre das allergrößte Wunder, weit größer als das Gesundwerden. Er wagte es nicht, diesen Gedanken auszusprechen. „Suse", sagte er behutsam und ergriff ihre Hand, „als Jesus den Gichtbrüchigen heilte, sagte er: ‚Sei getrost, mein Sohn, deine Sünden sind dir vergeben!' Dann fragte er die, die bei ihm waren: ‚Was ist leichter, zu sagen: Dir sind deine Sünden vergeben, oder zu sagen: Stehe auf und wandle?'"

Susanne zog langsam ihre Hand aus dem Zugriff des Freundes. „Dann blieb der Mann also lahm", sagte sie enttäuscht.

„Nein, der Heiland sprach weiter: ‚Stehe auf, hebe dein Bett auf und gehe heim!'"

Nach einer Pause sagte das Mädchen leise und traurig: „Der Kranke kam zu Jesus, weil er an ihn glaubte. Wie aber, wenn es sich um einen Menschen handelt, der sein Leben lang nicht viel nach Gott gefragt hat, ja ihn sogar in spöttischem Übermut ablehnte?" In plötzliche Verzweiflung ausbrechend, rief sie: „Geh, Christophorus, mit mir ist's unmöglich! Ich bin's nicht wert, daß du dich um mich mühst! Heilige sollten sich bei so schwarzen Seelen wie der meinigen nicht aufhalten."

Christoph faßte erneut nach Susannes Hand, die in der seinen flatterte wie ein gefangener Vogel, und hielt sie fest. „Du hast gehört, daß der Heiland dem Kranken seine Sünden vergab. Weißt du, was jeder Vergebung vorangeht? Die Sündenerkenntnis und die Reue! Und diesen ersten Schritt hast du soeben getan." Als Susanne den Kopf schüttelte, fuhr er bewegt fort: „Es wird für dich gebetet, und die Gebete werden Erhörung finden; auf welche Weise, weiß ich nicht. Und jetzt möchte ich dir noch etwas sagen, als Mensch und auch als Mann, und das ist mein heiliger Ernst: mir persönlich steht die Seele weit höher als der Körper. Eine gesunde Seele trägt den Körper, selbst wenn er gehemmt bleiben sollte."

„Aber was könnte ein Mann mit einer lahmen Frau anfangen?" fragte Susanne kaum hörbar.

Christoph stand auf und reckte seine lange Gestalt: „Er nimmt sie auf seinen Arm und trägt sie", sagte er zuversichtlich. „Jetzt möchte ich mich aber verabschieden, denn morgen in aller Frühe muß ich abreisen, und eine strenge Kur liegt vor mir."

„Ich wünsche dir so sehr, daß du Erfolg hast, Christoph. Was aber, wenn auch dir dein Herzenswunsch versagt bleibt?"

„Dann werde ich es als Gottes Willen hinnehmen. Vorerst aber werde ich mir die größte Mühe geben, wieder ganz gesund zu werden. Gott gab uns ja unsere Kraft und unseren Verstand, um sie zu gebrauchen."

„Auch mir sprach der Arzt noch eine Chance zu", sagte Susanne langsam, „auch ich möchte sie nutzen." Mit einem Ruck hob sie den Kopf. „In der nächsten Woche gehe ich in die Klinik zurück. Ich habe mich zur Operation entschlossen."

Die folgenden Wochen vergingen in ruhigem Gleichmaß. Angelika hatte es jetzt besser. Johannes tat ihr alles zuliebe, was er konnte. Zwischen ihr und dem Schwiegervater hatte sich ein rechtes Vater-Kind-Verhältnis angebahnt, und selbst die Mutter machte ihr keine Schwierigkeiten mehr. Fridolin bekam das Essen aus zwei Küchen, so daß er aufging wie eine Semmel, und auch aus dem Finkenheim kamen gute Nachrichten. Angelika hätte sich erholen müssen, aber das geschah nicht. Hatte sie vielleicht schon Furcht vor Susannes Heimkehr aus der Klinik? Sie stemmte sich dagegen und bat Gott um Überwindung dieser Angst.

Aber ihr Zustand besserte sich nicht. Müde und lustlos schlich sie durch die Tage, und Johannes sorgte sich um seine Frau. Wenn die Rübenernte vorüber war, wollte er sich ihr besonders widmen, das nahm er sich vor. Einmal in der Woche fuhr er mit seiner Mutter in die Stadt, um Susanne zu besuchen. Die Operation war überstanden, aber der Professor sprach sich noch nicht über den Erfolg aus. „Abwarten" hieß die Parole. Einmal stellte ihn Johannes und bekam die Auskunft: „Ein Teilerfolg — keine völlige Heilung." Der Professor erläuterte die Situation. Ähnliche Operationen waren zu Tausenden nach dem Krieg ausgeführt worden. Manche der Operierten lernten das Gehen wieder so gut, daß kaum ein leichtes Hinken sichtbar war. Andere blieben dauernd hilfsbedürftig; es kam sehr auf die vorhandenen psychischen Kräfte des Patienten an. „Und, ehrlich gesagt, ich weiß nicht, wie weit der Lebenswille Ihrer Schwester reicht — ich versuchte schon mehrmals ein Gespräch mit ihr, aber vergebens", schloß der Professor. Mit dieser Auskunft mußte sich Johannes zufriedengeben. Er teilte sie seiner Frau mit und machte ihr Herz dadurch nicht leichter.

Vater Eduard bemerkte die Veränderung, die mit seiner Schwiegertochter vorgegangen war, und beobachtete sie mit Sorge. Eines Nachmittags, als sie müde neben ihm in der Diele saß, fragte er sie: „Fehlt dir etwas, Kind, oder bedrückt dich auch der Kummer um Susanne?"

„Ja", gab Angelika mit schwankender Stimme zu.

„Ich habe das Gefühl, ihr verheimlicht mir etwas?" fragte er direkt.

Angelika entschloß sich, dem Vater mitzuteilen, was Johannes von dem Professor erfahren hatte.

„Dann wird sie nicht wieder richtig gehen lernen", sagte der alte Mann traurig, „ich habe nicht gut genug gebetet, Gott hat mich nicht erhört." Nach kurzem Nachdenken fügte er hinzu: „Du sprachst einmal von Hindernissen, die den Weg zu Gott versperren. Vielleicht liegt es daran?"

Angelika sah den Schwiegervater an und dachte an ihre eigene Verzagtheit, die sie als Sünde empfand, und die ihr jetzt oft den Weg zu einem rechten Glaubensgebet versperrte. „Es ist so", sagte sie, „eins dieser Hindernisse ist die Scheu, seine Sünden zu bekennen, ich meine, vor den Menchen zu bekennen."

„Vor den Menschen?" fragte der alte Mann ängstlich.

„Ganz gewiß", stimmte Angelika zu und ahnte nicht, welche Folgen diese Unterredung haben würde.

Vater Eduard seufzte schwer: „Dann muß ich es tun. Alles will ich auf mich nehmen für Susanne."

Johannes und Wilhelm Küppers verluden Rüben. Ein trüber Winterhimmel hing über dem Land. Angelika zog sich fröstelnd in die Diele zurück. Das Rascheln von Zeitungspapier machte sie auf die Anwesenheit des Schwiegervaters aufmerksam. Der alte Bruckner las nicht. Mit traurigen Augen sah er die junge Frau an. „Es hat nichts genutzt", sagte er.

„Was hat nichts genutzt?" fragte Angelika ratlos.

„Das Bekennen! Du sagtest doch, ich müßte."

„Ja, tatest du es denn? Wem hast du bekannt?" fragte Angelika aufgestört.

Der Vater blickte in die Richtung der Küche, aus der gerade die scharfe Stimme seiner Frau zu hören war. „Nun, ihr", sagte er gedämpft, „ich habe ihr bekannt, daß ich es war, als damals vor dreiundzwanzig Jahren das Geld in der Kasse fehlte und sie den Verwalter wegjagte. Sie hat mir geantwortet, das wüßte sie längst, meine Einsicht käme zu spät. Aber meine Tat hätte Früchte getragen, denn ein Apfel fiele nicht weit vom Stamm. Weißt du, was sie damit gemeint haben kann?"

Entsetzt sah Angelika den Schwiegervater an. Also wußte die Mutter von der Verfehlung des Lieblingssohnes — und sie, Angelika, hatte immer noch geschwiegen, auch Johannes gegenüber, um die Familie, auf der jetzt so viel lastete, zu schonen. Liebevoll beugte sie sich über den alten Mann. „Wenn Mutter dein Bekenntnis nicht hören will, Gott hat es gehört", sagte sie warm.

„Glaubst du, daß er jetzt mein Gebet annimmt?" fragte er gespannt.

„Bestimmt — aber weißt du, manchmal hört er anders, als wir es hoffen."

„Wenn es meinem Kind nur hilft", sagte der Vater schlicht.

Wie stand es in Wirklichkeit um Susanne Bruckner? Kein Mensch wußte es. Sie gab sich bedeutend freundlicher in der Klinik als das erste Mal, aber sie sprach sich mit niemand aus. Einmal erkundigte sie sich flüchtig bei Johannes nach seiner Frau, und als er mit der Antwort zögerte, machte sie eine resignierte Handbewegung: „Laß nur, sie hat kein Verlangen nach mir, ich weiß schon."

Am 1. Adventssonntag kam Jochen zu kurzem Besuch, ein sehr stiller, veränderter Jochen. Er habe viel zu tun, es sei keine Kleinigkeit, soviel Versäumtes nachzuholen, sagte er bei Tisch. Er sprach nicht direkt mit seiner Schwägerin, aber einmal, als sie einen Augenblick allein waren, sah er ihr fest in die Augen und nickte ihr zu. Angelika war froh, daß sie ihr gemeinsames Geheimnis bisher gewahrt hatte. Mutter Anna würde ihr deshalb nicht zürnen, sie hatte ihr ja den Zeitpunkt der Aussprache überlassen.

An diesem 1. Advent duftete das Haus nach Tannengrün und Gebäck, aber nur einer der Einwohner hatte ein unbeschwertes Herz: Fridolin. Er schwelgte in frischgebackenen Herrlichkeiten, die ihm Alma Küppers in reicher Fülle zusteckte. Die alternde Frau war wieder jung und froh mit dem Kind geworden, das ihr Mutter- und Großmutterfreuden zugleich schenkte.

Auch in der Klinik wurde Advent gefeiert. Die Schwestern gingen von Tür zu Tür und sangen Adventslieder, Zweige dufteten und Kerzen brannten. Susanne hatte einen langen Brief von Christoph erhalten. „Ich komme vorwärts, ich werde wieder gesund", klang es aus jeder Zeile. „Noch nie habe ich mich so auf Weihnachten gefreut. Und Du, Suse? Wann kommst Du nach Hause? Ich in der dritten Adventswoche." Ja, sie würde dann auch zu Hause sein, dachte Susanne trübe, aber anders als Christoph.

Wenig später sprach der Professor mit ihr, sehr behutsam zuerst, aber als er merkte, daß die Patientin in ihrer alten Lethargie verharrte, änderte er den Ton. Er erzählte ihr von Soldaten, die er im Kriege wegen ähnlicher Leiden operiert hatte, nannte ihr auch einzelne mit Namen. Sie leisteten jetzt Großes in Wissenschaft und Wirtschaft. „Auch Sie haben Pflichten", mahnte der Professor, „sich selbst und Ihren Mitmenschen gegenüber. Wenn Sie ernstlich wollen, können Sie noch viel leisten."

Leisten, dachte Susanne verzweifelt, ich will doch leben, leben!

Das orthopädische Korsett kam und wurde angepaßt. Die ersten Gehübungen waren eine Qual. Auf eine Schwester und einen Stock gestützt, lernte Susanne, sich fortzubewegen – bald ging es mit dem Stock allein. In der dritten Adventswoche durfte sie heimkehren, genau einen Tag vor Christoph Wächter.

Die alte und die junge Frau Bruckner standen auf der Freitreppe, als das Auto hielt. In dem stolzen Gesicht der alten Frau bewegte sich kein Muskel. Du hast dein Schicksal selbst verschuldet, du mußt es tragen, stand darin zu lesen. Angelikas Gesicht war verschattet, schwarze Ringe lagen um ihre Augen. Aber freundlich ging sie auf die Schwägerin zu: „Darf ich dir helfen?" fragte sie.

„Danke, ich kann mir selbst helfen!" Susanne stützte sich schwer auf den Stock. Dann zog sie sich mit den Händen am Eisengeländer der Treppe hoch. Erschöpft, aber ohne fremde Hilfe, stand sie in der Diele vor ihrem Vater, und er fand das richtige Wort für die Tochter: „Es ist bestimmt eine große Leistung, daß du dir jetzt alleine hilfst. Ich bewundere deinen Mut, mein Kind!" Erstaunt betrachtete Susanne ihren Vater, dann stapfte sie in ihr Zimmer. Angelika mußte ihr aber doch ins Bett helfen. Susanne war am Ende ihrer Kraft.

In der Nacht fror es zum erstenmal in diesem Jahre. Bäume und Sträucher standen im Rauhreif. Gegen Mittag brach die Sonne durch, aber sie wärmte nicht mehr. „Die Rübenernte ist geschafft", berichtete Johannes Bruckner fröhlich seiner Frau und rieb sich die kalten

Hände vor dem Kamin in der Diele. „Jetzt kommt die Winterruhe, und ich freue mich darauf."

Gegen Abend wurde heftig am Klingelzug gerissen. Angelika öffnete die Haustür. Vor ihr stand Christoph Wächter mit frischem Gesicht und glänzenden Augen. „Da bin ich wieder", rief er lachend. „Vor einer Stunde angekommen und wieder gesund. Was macht Susanne?"

„Ich weiß nicht so recht, das beste ist, Sie sehen selbst."

Nach einiger Zeit verließ Christoph das Krankenzimmer wieder, nicht ganz so fröhlich, wie er es betreten hatte, aber festen Schrittes. Vor dem Haus traf er Angelika, die von ihrer Abendvisite im Geflügelhaus zurückkam. Blaß und verfroren stand sie vor ihm.

„Auch Sie haben sich verändert", sagte Christoph Wächter und sah die junge Frau besorgt an. „Sie sehen elend aus, sind Sie krank?"

„Ich weiß es nicht — vielleicht. Ich bin so mutlos, und ich schäme mich dessen. Gott hat mir viel Gutes geschenkt, aber ich kann es jetzt manchmal nicht sehen und mich darüber freuen."

„Zeiten der Mutlosigkeit und des Verzagens kommen über jeden Menschen, auch über die frommen Herzen", tröstete er, „aber sie gehen vorüber. Die Hauptsache ist, man traut Gottes Führung. Sie vertrauen ihr — selbst wenn Sie es im Augenblick nicht zu verspüren meinen. Und Susanne wird es lernen, ich bin dessen gewiß. Ich habe Mut. Haben auch Sie Mut und Geduld mit sich selbst und mit ihr. Ich bitte Sie darum." Und als er schon ein Stück entfernt war, drehte er sich nochmal zu der an ihrem Platz verharrenden Angelika um und rief: „Es wird alles gut, glauben Sie es mir."

Die Krankenpflege war jetzt längst nicht mehr so

schwer. Viele kleine Handreichungen, die Angelika früher hatte tun müssen, übernahm Susanne selbst. Oft schien es, als brauche sie die Hilfe Angelikas nicht mehr. Blieb sie aber fern, so fragte Susanne unmutig: „Wo warst du so lange? Stundenlang hat sich kein Mensch um mich gekümmert." Wie konnte man es dieser Kranken nur recht machen?

Auch Christoph kam nicht voran mit ihr. Er berichtete von seinen Krankenhauserlebnissen. Susanne hörte höflich zu. Über ihre eigenen Leiden sprach sie nie.

Niemals war die Jugendfreundin wieder auf religiöse Gespräche eingegangen. Sie hatte ihn nicht schroff zurückgewiesen, aber ihn auch nicht ermutigt. Dem geraden und schlichten Wesen Christoph Wächters war dieser ewige Schwebezustand im Grunde zuwider, und er entschloß sich zu einer Aussprache. Es war in der Spätnachmittagsstunde am 20. Dezember, dem letzten Adventssonntag. Auf Susannes Tisch brannten die Kerzen am Adventskranz. Angelika hatte sie angezündet, war aber sofort wieder aus dem Zimmer gegangen. Vor dem Fenster stand die frühe Dämmerung des Winterabends, und Christoph Wächter sprach von den Jahren seiner Jugend, in denen er nur eine Liebe gehabt hatte: Susanne Bruckner, das stolze, ehrliche Mädchen, die gute Kameradin. Von der schweren Zeit sprach er, als er einsehen lernen mußte, daß sich die Freundin von ihm entfernte, um sich schließlich ganz zu lösen, und von seiner langen Einsamkeit danach. Das Wiedersehen in diesem Frühjahr und das Wiederaufflammen des alten Gefühls streifte er nur kurz. Er hatte es ja auch nicht Herr über sich werden lassen, weil er schon sehr bald spürte, wie unüberbrückbar die Kluft geworden zu sein schien, welche die Gespielen von einst trennte.

Auch das deutete er an. „Jetzt ist das natürlich alles ganz anders“, sagte er warm.

„Wieso?“ fragte Susanne mißtrauisch. Langsam stieg eine dunkle Röte in ihr vorher so bleiches Gesicht. „Du meinst, durch meinen Unfall bin ich anders geworden, geläutert, wie ihr das wohl nennt?“

Christoph suchte nach den richtigen Worten. „Nehmen wir einmal an, Susanne, du hättest Kinder.“

„Kinder?“ Susannes dunkle Augen hefteten sich groß und fragend auf den Jugendfreund, aber sie sah schnell wieder weg und zum Fenster hinaus. Im letzten Abendschein erkannte sie die alte Kiefer, in der sie als Kind mit Christoph und den Brüdern herumgeklettert war. Jetzt sah ihr inneres Auge dort andere Kinder klettern mit den Augen und den Zügen ihres Jugendfreundes, oder trugen sie vielleicht auch ihre eigenen? „Ich werde niemals Kinder haben“, sagte sie traurig und bitter.

„Das liegt nicht zuerst in deiner Hand“, entgegnete der Freund und blickte hinaus in die einbrechende Winternacht. In verändertem Ton fuhr er fort: „Angenommen aber, du hättest Kinder, und sie wollten dir nicht gehorchen, und alle deine Bemühungen wären erfolglos geblieben, was würdest du tun?“

„Ich würde sie züchtigen“, antwortete Susanne ohne Zögern.

„Und das aus welchem Grund? Nur, weil du böse auf sie wärest, oder um sie zurechtzubringen — also aus Liebe?“

„Aus Liebe, selbstverständlich.“

„Gott tat es auch aus Liebe, aus Liebe zu dir, Susanne Bruckner, aber auch aus Liebe zu mir, denn die Susanne, die du noch in diesem Sommer warst, würde ich niemals darum bitten, meine Frau zu werden, auch wenn ich sie noch so sehr liebte." Das letzte sagte der Mann so leise, daß das Mädchen ihn kaum verstand.

Susanne antwortete nicht. Ihre zitternden Hände tasteten nach dem Stock, der immer griffbereit neben ihr stand. Schwer richtete sie sich auf und machte ein paar mühsame Schritte durch die Stube.

Christoph folgte ihr mit den Blicken. Dann verstand er sie. „Ehrlichkeit war immer deine größte Tugend, Susanne Bruckner, aber du schreckst mich nicht. Außerdem hast du eben schwer übertrieben. Du kannst besser gehen und wirst es noch viel besser lernen, wenn du deine alte Energie erst einmal einsetzt."

„Wenn ich aber nicht will, weil es doch nichts Ganzes wird und nur elendes Flickwerk bleibt", stöhnte das Mädchen und ließ sich schwer in den Sessel fallen.

„Du hast mich nicht verstanden, Susanne, weil du mich nicht verstehen willst. Ich fürchte mich nicht davor, mich mit einem Menschen zu verbinden, der, wie du, körperlich nicht ganz so leistungsfähig sein wird wie ein gesunder Mensch. Es geht ja nicht zuerst um deinen Körper. Oh, ich verschweige es dir nicht. Ich liebe ihn auch: deine schlanke Gestalt, dein schönes, stolzes Gesicht, aber wichtiger ist mir deine Seele."

Susanne schlug die Hände vor das Gesicht. „Ich kann nicht, ich mache dich ja nicht glücklich, Christophorus, so wie ich bin, krank und schlecht."

Christoph Wächter stand auf. Wie gern hätte er die Verzweifelte in seine Arme genommen, aber er bezwang sich. Groß und unerbittlich stand er vor dem Mädchen und sprach mit eindringlichem Ernst: „Ich gehe jetzt, Susanne Bruckner, und ich komme auch nicht wieder, wenn du mich nicht rufst. Ich kann und will mich nur mit einer Frau verbinden, die bereit ist, ihr Leben in die Hände meines Herrn und Heilandes Jesus Christus zu geben und sich ihm völlig anzuvertrauen. Wenn du dazu von Herzen bereit bist, so rufe mich. Ich werde auf dich warten."

Noch lange Zeit, nachdem sich die Tür hinter dem Freund geschlossen hatte, saß Susanne unbeweglich in ihrem Sessel. Die Adventskerzen brannten noch immer. Das Licht tat ihr weh. Sie humpelte zum Tisch und blies sie aus. Erna kam und rief zu Tisch. „Ich komme nicht zum Essen", lehnte Susanne ab.

„Soll ich Ihnen etwas bringen?" fragte das Mädchen nicht sehr freundlich.

„Danke, ich möchte nichts essen, aber sagen Sie der jungen Frau Bruckner, sie möchte vor dem Schlafengehen noch einmal zu mir kommen." Was wollte sie von Angelika? Sie wußte es selbst nicht, ausziehen konnte sie sich allein. „Ein Menschenherz", sagte sie vor sich hin, „ein Menschenherz."

„Du brauchst jetzt nur ‚ja' zu sagen", flüsterte ihr eine Stimme zu. War es die Stimme des Bösen oder des Guten? Nein, du kannst es nicht als ehrlicher, anständiger Mensch, du kannst es nicht, weil du ihn liebst, und Liebe will das Beste für den anderen.

Dann kam ihr ein tödlicher Gedanke: er will dich ja nur aus Mitleid heiraten, denn er ist der heilige Christophorus, der bereit ist, alles auf sich zu laden, auch dein Leid! „Nein!" sagte sie laut, „niemals!"

So fand sie Angelika. „Hast du mich eben gerufen?" fragte die junge Frau.

Susanne sah die Schwägerin wild an. „Ich wollte dir etwas sagen, hör gut zu! Heute hat Christoph mich gebeten, seine Frau zu werden."

„Oh, das ist doch wunderbar, Susanne! Er ist der beste Mensch, den ich kenne, außer Johannes natürlich. Ich möchte dir herzlich gratulieren."

„So, möchtest du", höhnte die Schwägerin, „es ist nicht nötig, ich nehme den Antrag nicht an. Ich gehöre nicht zu den Menschen, die sich Almosen geben lassen, von niemandem, auch von dir nicht. Ich weiß, was ich tue. Jetzt weiß ich es!" Und in die schreckgeweiteten Augen Angelikas hinein sagte sie langsam, jedes Wort betonend: „Ich kann gut schießen und sicher treffen. Ich weiß, wo Johannes seine Waffen hat."

„Susanne, so hör doch, Susanne!" schrie Angelika auf, aber die Schwägerin machte eine abschließende Gebärde mit der Hand und wies auf die Tür. „Geh zu deinem Johannes und seid glücklich miteinander", sagte sie, „mir könnt ihr doch nicht helfen, mir kann niemand helfen."

Mit zitternden Knien folgte Angelika ihrem Mann ins Schlafzimmer und legte sich nieder. Ich darf nicht einschlafen, ich muß sofort, wenn Johannes schläft, die Gewehre sicherstellen, dachte sie und hielt sich krampfhaft wach. Eine plötzliche Erschöpfung hatte sie überfallen und ein Schwindelgefühl. Endlich hörte sie, daß ihr Mann schlief. Sie stand leise auf und zog den warmen Morgenrock an, den Johannes ihr geschenkt hatte. Trotzdem klapperte sie mit den Zähnen. Schnell eilte sie die Treppe hinab und in das kleine Kontor neben der Diele, in dem der Gewehrschrank stand. Vorsichtig nahm sie das Jagdgewehr ihres Mannes heraus und seine Pistole. Mißtrauisch betrachtete sie die Waffen in ihrer Hand. Sie hielt sie weit von sich, als könnten sie jeden Augenblick explodieren, und trat eilig den Rückzug an. Ich werde sie in meinem Kleiderschrank einschließen, überlegte sie. Da hörte sie ein leises Stampfen in der Diele, und ihr Herz setzte für einen Moment aus: Susannes Stock! Unversehens standen sich die beiden Schwägerinnen gegenüber und starrten einander in die weißen Gesichter. Susanne faßte sich zuerst. Sie empfand sogar die Komik der Situation: die kindliche Gestalt, zwei Schußwaffen weit von sich haltend.

„Sie gehen nicht los", sagte sie mit bitterem Auflachen, „sie sind gesichert." Dicht trat sie an die Schwägerin heran, so daß ihr hastiger Atem deren Gesicht streifte. „Weshalb tust du das, Angelika? Weshalb läßt du mich nicht meinen Weg gehen? Du hast von mir nichts als Last und Kummer!"

Sie nimmt mir die Waffen weg, dachte die junge Frau angstvoll und umklammerte die kalten Läufe, sie ist trotz ihrer Krankheit viel stärker als ich.

Plötzlich drehte sich alles um Angelika, Susannes Gesicht, die Möbel, die Diele, alles vollführte einen wilden Tanz. Ich muß die Waffen festhalten, dachte sie noch, bevor sie das Bewußtsein verlor.

Als sie wieder zu sich kam, sah sie Susannes Gesicht über sich mit einem Ausdruck, den sie noch nie wahrgenommen hatte. „Gott sei Dank, da bist du ja wieder", sagte die Schwägerin und setzte das Wasserglas aus der Hand, das sie ihr an den Mund gehalten hatte, und als sie Angelikas ängstlichen Blick gewahrte, fügte sie hinzu: „Die Schießeisen liegen neben dir, ich fasse sie nicht an, du kannst beruhigt sein. — Aber sage mir mal, was machst du für Geschichten? Kriegst du etwa ein Kind?"

„Ein Kind?" Wie ein Blitzstrahl drang diese Erkenntnis in Angelikas eben noch so dumpfe Seele. Aber das wäre ja die Erklärung für ihr schlechtes Befinden und ihre Mutlosigkeit, die glückhafte und natürliche Erklärung! „Ich glaube, du hast recht“, sagte sie.

„Aber das müßtest du doch wissen“, verwunderte sich Susanne.

„Ich hatte gar keine Zeit“, stotterte Angelika.

„Keine Zeit, an dich zu denken? Und an mich hast du gedacht – mich hast du retten wollen, mich, die ich dir nur Steine in den Weg geworfen habe!“ Susanne schlug ihre Hände vor das Gesicht. „Oh, Angelika, ich habe dir großes Unrecht getan! Verzeih mir, verzeih!“

„Du bittest um Verzeihung, Susanne? Ist das wirklich wahr? Ich vergebe dir, Gott vergibt dir. Nach der Vergebung fängt ja die Herrlichkeit des Glaubens an.“ Ein großes Glücksgefühl überflutete Angelikas Herz, aber die innere Erschütterung war zuviel für sie. Schon wieder vernebelten sich ihre Sinne, und sie wurde totenbleich.

Das brachte Susanne in die Wirklichkeit zurück. Sie humpelte zum Likörschrank und kam mit einem Glas Steinhäger zurück, das sie der Schwägerin an die Lippen führte. „Du zitterst ja wie Espenlaub! Mach, daß du ins Bett kommst! Es ist sträflicher Leichtsinn, daß du dich hier in der Kälte aufhältst in deinem Zustand.“

Gehorsam versuchte Angelika, sich aufzurichten. Ihre Hände griffen nach Gewehr und Pistole.

„Laß sie hier, wir wollen sie wieder an ihren Platz bringen. Es ist nicht nötig, daß ein anderer von unserem nächtlichen Zusammentreffen etwas erfährt“, überredete Susanne verlegen.

Aber Angelikas Hände hielten fest. „Ich möchte die Waffen doch lieber mitnehmen. Ich schließe sie in meinen Schrank ein. Johannes findet sie bestimmt nicht“, sagte sie und ging taumelnd auf die Treppe zu.

Susanne rief sie nochmals zurück. „Bitte, sag mir doch, was hat dich hergetrieben? Hast du mir nur das Leben retten wollen — oder war es noch etwas anderes?"

„Ich hatte so furchtbare Angst um deine Seele."

Wieder ein Mensch, dem es um ihre Seele ging, zuerst Christoph und jetzt Angelika! „Möchtest du mir das, bitte, genauer erklären", bat Susanne.

„Ich fürchtete — ach, Susanne, wenn es dir gelungen wäre!" Die junge Frau sah die Waffen in ihrer Hand ängstlich an. „In der Bibel steht: Schrecklich ist es, in die Hände des lebendigen Gottes zu fallen."

„Du meinst, nach einem verfehlten Leben wie dem meinen, so voll Sünde und Schuld, so ohne die erlösende Gnade Jesu Christi", ergänzte Susanne, und ein Grauen kroch in ihr hoch, wie sie es noch nie gespürt hatte. Wie nahe hatte sie davor gestanden! Nur ein kleiner Schritt hatte sie von dem Abgrund getrennt! Und wer hatte sie gerettet? Die schwache Gestalt dort? Nein, ein anderer, Größerer, der dahinter stand und dessen Bote Angelika gewesen war. Susanne Bruckner hatte seine Macht zum erstenmal greifbar deutlich gespürt in ihrem Leben! — „Geh schlafen, Angelika", sagte sie weich, „und sorge dich nicht mehr!"

So schnell sie konnte, kehrte Susanne Bruckner in ihr Schlafzimmer zurück und warf sich auf ihr Bett. Das Grauen ließ sie nicht los. „Was habe ich tun wollen? Was habe ich getan?" stöhnte sie. „Ich habe es doch getan im Geiste! Ich habe sie begangen, die große Sünde! Wie hat Angelika gesagt? Schrecklich ist es, in die Hand des lebendigen Gottes zu fallen! Ich bin ja in seine Hand gefallen. Ich habe Strafe verdient. Wer kann mich erlösen? Wer kann mich erretten?"

Susanne Bruckner vergrub ihr Gesicht in die Kissen. Die Operationsnarbe schmerzte. Mit brennenden Augen starrte sie in die Nacht. „Es ist dunkel um mich, ach so dunkel, ich fürchte mich sehr", murmelte sie. Ganz leer fühlte sie sich und wußte nicht, daß Gott am liebsten in leere Gefäße das volle Maß seiner Gnade schüttet. „Wer wird mich erlösen, wer kann mich erretten?" fragte sie zum zweiten Mal.

Und eine Stimme antwortete ihr, eine liebe, vertraute Stimme: „Jesus Christus, von dem geschrieben steht, daß sein Blut vergossen ist für die Sünden der Welt."

„Auch für die meinen, die vielen, vielen?" fragte sie angstvoll.

„Auch für die deinen, die vielen, vielen!" antwortete die tröstliche Stimme. Susanne richtete sich auf. Was war ihr soeben geschehen? Daß etwas geschehen war, spürte sie deutlich. Gnade? War es diese Gnade, von der ihr der Freund gesprochen hatte? Die heißen Wellen der Angst, die sie eben noch überflutet hatten, ebbten langsam ab. Eine Ruhe zog in ihr Herz ein wie nie zuvor. Sie blickte in das Dunkel, aber sie fürchtete sich nicht mehr. Mein Leben wird nicht leicht sein, dachte sie. Ich werde Hilfe brauchen, Gottes Hilfe zu allererst, aber auch menschliche. Die Legende vom heiligen Christophorus fiel ihr ein, von dem Fährmann, der auf seinen starken Armen die Menschen über den Strom trug. Sie machte Licht und humpelte zu ihrem Schreibtisch. Dort lag der Schreibblock, von dem sie ein Blatt abriß. Mit ihren steilen Buchstaben schrieb sie darauf: „Christophorus, hol über!" Morgen sollte Fridolin den Brief ins Pfarrhaus bringen. Sie legte sich ins Bett und faltete die Hände. Beten muß mich Christoph auch erst lehren, dachte sie, schon halb im Schlaf.

Angelika war leise in ihr Schlafzimmer zurückgekehrt. Mit behutsamen Händen öffnete sie ihren Schrank und verbarg die Schußwaffen hinter ihren Kleidern. Dort würde sie niemand finden. Susanne brauchte keine Angst zu haben, das Erlebnis dieser Nacht sollte ihr gemeinsames Geheimnis bleiben. Aber das andere Geheimnis, dieses süße Geheimnis, daß sie ein Kind unter ihrem Herzen trug, konnte sie nur schwer allein tragen. Am liebsten hätte sie Johannes gleich geweckt, um es ihm zu sagen, aber sie tat es doch nicht. „Lieber Vater im Himmel, ich danke dir!" sagte sie immer wieder. Eine große Zuversicht überkam sie. „Alles wird gut werden", hatte Christoph Wächter gesagt. In dieses „alles" schloß sie ihre Lieben ein, die in der Nähe und in der Ferne: die Eltern hier im Haus, auch die alte, strenge Frau, vor der sie sich bisher gefürchtet hatte, Susanne mit ihren Nöten, Christoph Wächter, von dem sie fühlte, daß er schon mit dazu gehörte, Jochen, der in den nächsten Tagen erwartet wurde, Fridolin mit seinen lieben Küppers und das gesamte Finkenheim, vor allem aber den einen, der ihr der liebste war, ihren Mann. Und wieder lockte die Versuchung, ihn zu wekken. Sie beugte sich über den Schlafenden und studierte sein Gesicht, Zug um Zug. Ich wecke ihn nicht, beschloß sie und schaltete die Nachttischlampe aus; ein mütterliches Lächeln breitete sich über ihr junges Gesicht.

Johannes Bruckner stand in der grauen Frühe des Morgens auf und kleidete sich leise an. Wie fest Angelika schlief! Mochte sie sich einmal ordentlich ausruhen, sie hatte es so nötig! Er riß einen Zettel aus seinem Notizblock und schrieb darauf: „Schlaf dich richtig aus, meine Liebste! Die Hühner wird Frau Küppers besorgen, ich sage ihr Bescheid." Vorsichtig schob er das Papier in Angelikas Hand, die sie in der Art eines Kindes über dem Kopf hielt. Bei der Berührung zuckte die junge Frau leicht zusammen, dann lächelte sie. Merkwürdig, dachte Johannes, ihr Gesicht hat sich verändert. Wie sieht sie nur aus? Mütterlich? Auf Zehenspitzen verließ er das Zimmer.

„Keiner steht heute morgen auf", sagte Erna, während sie in der Küche der alten Gnädigen beim Backen der Honigkuchen zur Hand ging. „An Fräulein Susannes Tür habe ich schon zweimal geklopft, nichts rührt sich, und die junge Frau Bruckner kommt auch nicht herunter. Soll ich den Frühstückstisch abräumen?"

„Ja, decken Sie ab!" sagte Frau Bruckner ungnädig und rollte den Teig auf. In diesem Augenblick öffnete Angelika die Küchentür. Ihr freundlicher Morgengruß wurde nur mit einem kurzen Kopfnicken beantwortet. Die junge Frau holte sich eine Brotschnitte aus der Speisekammer und aß sie mit gutem Appetit. Dabei betrachtete sie unauffällig das Gesicht ihrer Schwiegermutter. Wie bekümmert es aussah in letzter Zeit! Tiefe Furchen gruben sich um Mund und Nase ein und zogen die harten Linien ihres Gesichts nach. Was hatte sie auch durchgemacht mit ihren Kindern Jochen und Susanne! Angelika wußte es plötzlich aus ihrer eigenen erwachenden Mütterlichkeit heraus. Erbarmen löschte ihre Scheu aus. Ohne Aufforderung ergriff sie eine Kuchenform und stach aus dem braunen Teig kleine Herzen. Mit flinken Händen setzte sie die Figürchen auf das vorbereitete Blech, immer ein Herz neben das andere. „Nicht wahr, ich darf doch?" Die Antwort wartete sie gar nicht ab und fuhr fort in ihrer Tätigkeit. „Ich tat es immer so gern im Finkenheim. — Morgen kommt Jochen. Vater, Johannes und ich, wir freuen uns schon darauf.“ Die Mutter antwortete mit keiner Silbe, und Angelika kam ein anderer Gedanke. „Ich glaube, wir erleben zu Weihnachten eine große Überraschung, vielleicht sogar mehrere“, sagte sie und stellte das fertige Blech beiseite.

Cläre Bruckner hob kaum den Kopf: „Ich wüßte nicht, was mich überraschen oder erfreuen könnte.“

„Mit Gewißheit kann ich es auch nicht sagen, aber wenn mich nicht alles täuscht, so verlobt sich Susanne mit Christoph Wächter.“

Cläre Bruckner legte das Mangelholz fort. „Ich glaube es nicht — ich kann es nicht glauben“, sagte sie mit abgewandtem Gesicht.

Da schlangen sich zwei weiche Arme um ihren Hals, und eine junge Stimme flüsterte ihr ins Ohr: „Ich sage es dir zuallererst, nicht einmal Johannes weiß es: ich erwarte ein Kind.“ Aber als die alte Frau sich umdrehte, nun doch angerührt, entfernte sich Angelika schon mit schnellen Schritten, und die Küchentür fiel hinter ihr ins Schloß.

Langsam verließ Angelika das Haus, um nach dem Geflügel zu sehen. Sie hatte ja Zeit an diesem besonderen Morgen. Susannes Fenster stand weit auf. Etwas verlegen rief ihr die Schwägerin einen Morgengruß zu. „Könntest du mir Fridolin schicken, Angelika? Ich hätte gern einen Brief ins Pfarrhaus befördert.“

„Aber gern, ich gehe ihn sofort suchen.“ Sie fand den Jungen in der Nähe des Hühnerhofes. Nicht sehr freudig kam Fridolin in Susannes Zimmer. Verlegen, dicht neben der Tür stehend, starrte er das große Mädchen an. Er hat Angst vor mir. Alle fürchten mich. Was muß ich für ein Mensch gewesen sein, dachte Susanne traurig. „Möchtest du mir einen Brief ins Pfarrhaus bringen mit einem schönen Gruß an Herrn Christoph Wächter?“ fragte sie.

Fridolin trat zögernd einen Schritt näher. „Warte noch einen Augenblick!“ Susanne humpelte zum Schreibtisch. Der Junge schielte auf die Tür und blieb sprungbereit stehen. Mit einer Tafel Schokolade in der Hand kam Susanne zurück. „Weißt du, Fridolin“, sagte sie verlegen, „ich habe dir immer noch nicht gedankt.“

Fridolins Augen hafteten begehrlich auf der Schokolade. „Wofür denn?“ fragte er erstaunt.

„Dafür, daß du damals, als du mich im Walde fandest, so schnell nach Hause gelaufen bist, um Hilfe zu holen.“

„Och, dafür!“ sagte der Junge.

„Doch, ich habe dir ganz besonders deshalb zu danken, weil ich immer so häßlich zu dir gewesen bin. Einmal habe ich dich sogar geschlagen. Kannst du mir verzeihen?“ Wie zur Salzsäule erstarrt, stand Fridolin da und brachte keinen Laut hervor. „Willst du mir verzeihen?“ fragte das große, stolze Mädchen, vor dem sich der kleine Junge immer so gefürchtet hatte, zum zweiten Mal.

„Ja“, brachte er heiser heraus, nahm Brief und Schokolade in Empfang und stob davon, so schnell er konnte.

„Grüße Herrn und Frau Küppers von mir“, rief ihm Susanne nach, aber das hörte er schon nicht mehr. Mitten im Zimmer blieb sie stehen. „Küppers habe ich auch so viel Böses getan. Wie oft habe ich die gute Frau, die viel mehr für uns tut, als sie muß, verletzt durch meinen unseligen Stolz.“ Entschlossen ging Susanne an ihren Schrank und holte sich ihren Mantel. Dann nahm sie ihren Stock und machte sich auf den Weg. Nein,

Susanne Bruckner tat nichts halb. „Ich muß sie um Verzeihung bitten", sagte sie laut, „und am besten, ich tue es gleich."

In der Diele traf Susanne auf ihren Vater. Sie humpelte auf ihn zu und legte mit scheuer Gebärde die Hand auf seinen Arm. Es ist doch schrecklich, zu wie vielen Menschen ich häßlich gewesen bin, dachte sie in plötzlicher Mutlosigkeit. „Ich war nicht gut zu dir, Vater, kannst du mir verzeihen?" fragte sie leise. In ungläubigem Staunen fuhr der alte Mann herum und gewahrte den neuen Ausdruck im Gesicht seiner Tochter. „Meine Susanne, du warst immer mein liebstes Kind", sagte er überwältigt. Beschämt humpelte Susanne in ihr Zimmer zurück. Nein, für den Weg zu Küppers fehlte ihr jetzt die Kraft. Aber sie wollte ihn gehen. Sie hatte ihre Schuld erkannt und war bereit, zu bekennen und um Vergebung zu bitten vor Gott und den Menschen und wieder gutzumachen, so weit es in ihrer Macht stand.

Angelika ging ein wenig im winterlichen Park spazieren. Sie hatte ja Zeit an diesem gesegneten Morgen. Die Sonne schien durch die kahlen Laubbäume und verzauberte die Spitzen der Tannen, die im Rauhreif glitzerten. Wie schön doch die Welt war! Und in drei Tagen würde es Weihnachten sein! Fridolin kam um die Hausecke gesaust. „Bist du denn schon aus dem Pfarrhaus zurück?" verwunderte sich Angelika. Außer Atem und rotbackig stand der Junge vor ihr. „Herr Christoph kommt gleich nach. Er mußte sich bloß noch seine Stiefel anziehen."

Arm in Arm wanderten die beiden Pflegegeschwister auf den trockenen Parkwegen. Angelika sprach vom letzten gemeinsamen Weihnachtsfest im Finkenheim.

Der Junge hörte geduldig zu, warf auch ab und zu ein Wort ein, aber sie spürte, daß er mit seinen Gedanken nicht ganz bei der Sache war. An seinem geheimnisvollen Gesicht erkannte sie, daß er etwas Wichtiges auf dem Herzen hatte.

„Eigentlich wollte ich es dir ja erst Weihnachten sagen, aber so lange halte ich es einfach nicht aus", deutete er an.

„Noch eine Weihnachtsüberraschung? Na, dann schieß los — was ist es?"

„Ach, Angelika, Onkel und Tante Küppers wollen jetzt nicht mehr Onkel und Tante sein, sondern Vater und Mutter. Ich habe Eltern, Angelika, richtige Eltern! — Aber Angelika", der Junge hielt bestürzt inne, „was hast du denn? Du weinst ja? Du brauchst doch nicht traurig zu sein. Wir drei bleiben immer dicht bei dir. Wir müssen doch auf dich aufpassen!"

Angelika fuhr sich über die Augen und lächelte dem Jungen zu. „Es waren ja nur Freudentränen!"

Im Sturmschritt kam ein Mann den Weg vom Dorf herauf. Jetzt bog er in den Park ein. Die beiden Gestalten, Angelika und Fridolin, schien er nicht zu bemerken. Schon eilte er auf das Haus zu und schwang sich in Susannes offenes Fenster. Angelika und Fridolin sahen nur noch zwei lange gestiefelte Beine, bis auch die verschwunden waren. „Hat der es aber eilig!" sagte Fridolin.

Angelika hatte es plötzlich ebenso eilig. Die Mittagsglocke erklang vom Wirtschaftshof. Gleich mußte Johannes kommen. Sie ließ den Jungen stehen und lief ihrem Mann entgegen.